阅读之前 没有真相

午夜文库

阿加莎·克里斯蒂
赫尔克里·波洛系列

阿加莎·克里斯蒂
Agatha Christie (1890—1976)

无可争议的侦探小说女王,侦探文学史上最伟大的作家之一。

阿加莎·克里斯蒂原名为阿加莎·玛丽·克拉丽莎·米勒,一八九〇年九月十五日生于英国德文郡托基的阿什菲尔德宅邸。她几乎没有接受过正规的教育,但酷爱阅读,尤其痴迷于歇洛克·福尔摩斯的故事。

第一次世界大战期间,阿加莎·克里斯蒂成了一名志愿者。战争结束后,她创作了自己的第一部侦探小说《斯泰尔斯庄园奇案》。几经周折,作品于一九二〇年正式出版,由此开启了克里斯蒂辉煌的创作生涯。一九二六年,《罗杰疑案》由哈珀柯林斯出版公司出版。这部作品一举奠定了阿加莎·克里斯蒂在侦探文学领域不可撼动的地位。之后,她又陆续出版了《东方快车谋杀案》《ABC谋杀案》《尼罗河上的惨案》《无人生还》《阳光下的罪恶》等脍炙人口的作品。时至今日,这些作品依然是世界侦探文学宝库里最宝贵的财富。根据她的小说改编而成的舞台剧《捕鼠器》,已经成为世界上公演场次最多的剧目;而在影视改编方面,《东方快车谋杀案》为英格丽·褒曼斩获奥斯卡大奖,《尼罗河上的惨案》更是成为几代人心目中的经典。

阿加莎·克里斯蒂的创作生涯持续了五十余年,总共创作了八十余部侦探小说。她的作品畅销全世界一百多个国家和地区,累计销量已经突破二十亿册。她创造的小胡子侦探波洛和老处女侦探马普尔小姐为读者津津乐道。阿加莎·克里斯蒂是柯南·道尔之后最伟大的侦探小说作家,是侦探文学黄金时代的开创者和集大成者。一九七一年,英国女王授予克里斯蒂爵士称号,以表彰其不朽的贡献。

一九七六年一月十二日,阿加莎·克里斯蒂逝世于英国牛津郡沃灵福德家中,被安葬于牛津郡的圣玛丽教堂墓园,享年八十五岁。

阿加莎·克里斯蒂 侦探作品年表

波洛系列

1920　The Mysterious Affair at Styles《斯泰尔斯庄园奇案》
1923　Murder on the Links《高尔夫球场命案》
1924　Poirot Investigates《首相绑架案》
1926　The Murder of Roger Ackroyd《罗杰疑案》
1927　The Big Four《四魔头》
1928　The Mystery of the Blue Train《蓝色列车之谜》
1932　Peril at End House《悬崖山庄奇案》
1933　Lord Edgware Dies《人性记录》
1934　Murder on the Orient Express《东方快车谋杀案》
1935　Three—Act Tragedy《三幕悲剧》
1935　Death in the Clouds《云中命案》
1936　The ABC Murders《ABC谋杀案》
1936　Murder in Mesopotamia《古墓之谜》
1936　Cards on the Table《底牌》
1937　Dumb Witness《沉默的证人》
1937　Death on the Nile《尼罗河上的惨案》
1937　Murder in the Mews《幽巷谋杀案》
1938　Appointment with Death《死亡约会》
1938　Hercule Poirot's Christmas《波洛圣诞探案记》
1940　Sad Cypress《H庄园的午餐》
1940　One, Two, Buckle My Shoe《牙医谋杀案》
1941　Evil Under the Sun《阳光下的罪恶》
1943　Five Little Pigs《五只小猪》
1946　The Hollow《空幻之屋》
1947　The Labours of Hercules《赫尔克里·波洛的丰功伟绩》
1948　Taken at the Flood《顺水推舟》
1952　Mrs．McGinty's Dead《清洁女工之死》
1953　After the Funeral《葬礼之后》
1955　Hickory Dickory Dock《山核桃大街谋杀案》
1956　Dead Man's Folly《弄假成真》
1959　Cat Among the Pigeons《鸽群中的猫》
1960　The Adventure of the Christmas Pudding《雪地上的女尸》

阿加莎·克里斯蒂 侦探作品年表

1963　The Clocks《怪钟疑案》
1966　Third Girl《第三个女郎》
1969　Hallowe'en Party《万圣节前夜的谋杀》
1972　Elephants Can Remember《大象的证词》
1974　Poirot's Early Stories《蒙面女人》
1975　Curtain—Poirot's Last Case《帷幕》

马普尔小姐系列

1930　The Murder at the Vicarage《寓所谜案》
1932　The Thirteen Problems《死亡草》
1942　The Body in the Library《藏书室女尸之谜》
1943　The Moving Finger《魔手》
1950　A Murder Is Announced《谋杀启事》
1952　They Do It with Mirrors《借镜杀人》
1953　A Pocket Full of Rye《黑麦奇案》
1957　4.50 from Paddington《命案目睹记》
1962　The Mirror Crack'd from Side to side《破镜谋杀案》
1964　A Caribbean Mystery《加勒比海之谜》
1965　At Bertram's Hotel《伯特伦旅馆》
1971　Nemesis《复仇女神》
1976　Sleeping Murder《沉睡谋杀案》
1979　Miss Marple's Final Cases《马普尔小姐最后的案件》

其他系列及非系列

1922　The Secret Adversary《暗藏杀机》
1924　The Man in the Brown Suit《褐衣男子》
1925　The Secret of Chimneys《烟囱别墅之谜》
1929　Partners in Crime《犯罪团伙》
1929　The Seven Dials Mystery《七面钟之谜》
1930　The Mysterious Mr. Quin《神秘的奎因先生》
1931　The Sittaford Mystery《斯塔福特疑案》
1933　The Witness for the Prosecution and Other Stories《控方证人》
1934　Why Didn't They Ask Evans?《悬崖上的谋杀》

阿加莎·克里斯蒂 侦探作品年表

1934	The Listerdale Mystery	《金色的机遇》
1934	Parker Pyne Investigates	《惊险的浪漫》
1939	Murder Is Easy	《逆我者亡》
1939	And Then There Were None	《无人生还》
1941	N or M?	《桑苏西来客》
1944	Towards Zero	《零点》
1945	Sparkling Cyanide	《闪光的氰化物》
1945	Death Comes as the End	《死亡终局》
1949	Crooked House	《怪屋》
1950	Three Blind Mice and Other Stories	《三只瞎老鼠》
1951	They Came to Baghdad	《他们来到巴格达》
1954	Destination Unknown	《地狱之旅》
1958	Ordeal by Innocence	《奉命谋杀》
1961	The Pale Horse	《灰马酒店》
1967	Endless Night	《长夜》
1968	By the Pricking of My Thumbs	《煦阳岭的疑云》
1970	Passenger to Frankfurt	《天涯过客》
1973	Postern of Fate	《命运之门》
1991	Problem at Pollensa Bay	《神秘的第三者》
1997	While the Light Lasts	《灯火阑珊》

出版前言

纵观世界侦探文学一百七十余年的历史，如果说有谁已经超脱了这一类型文学的类型化束缚，恐怕我们只能想起两个名字——一个是虚构的人物歇洛克·福尔摩斯，而另一个便是真实的作家阿加莎·克里斯蒂。

阿加莎·克里斯蒂以她个人独特的魅力创造着侦探文学史上无数的传奇：她的创作生涯长达五十余年，一生撰写了八十余部侦探小说；她开创了侦探小说史上最著名的"黄金时代"；她让阅读从贵族走入家庭，渗透到每个人的生活中；她的作品被翻译成一百多种文字，畅销全球一百五十余个国家，作品销量与《圣经》《莎士比亚戏剧集》同列世界畅销书前三名；她的《罗杰疑案》《无人生还》《东方快车谋杀案》《尼罗河上的惨案》都是侦探小说史上的经典；她是侦探小说女王，因在侦探小说领域的独特贡献而被册封为爵士；她是侦探小说的符号和象征。她本身就是传奇。沏一杯红茶，配一张躺椅，在暖暖的阳光下读阿加莎的小说是一种生活方式，是惬意的享受，也是一种态度。

午夜文库成立之初就试图引进阿加莎的作品，但几次都与版权擦肩而过。随着午夜文库的专业化和影响力日益增强，阿加莎·克里斯蒂的版权继承人和哈珀柯林斯出版公司主动要求将版权独家授予新星出版社,并将阿加莎系列侦探小说并入午夜文库。这是对我们长期以来执着于侦探小说出版的褒奖,是对我们的信任与鼓励,更是一种压力和责任。

新版阿加莎·克里斯蒂作品由专业的侦探小说翻译家以最权威的英文版本为底本,全新翻译,并加入双语作品年表和阿加莎·克里斯蒂家族独家授权的照片、手稿等资料,力求全景展现"侦探女王"的风采与魅力。使读者不仅欣赏到作家的巧妙构思、离奇桥段和睿智语言,而且能体味到浓郁的英伦风情。

阿加莎作品的出版是一项系统工程,规模庞大,我们将努力使之臻于完美。或存在疏漏之处,欢迎方家指正。

新星出版社
午夜文库编辑部

Agatha Christie

Over the next few years, we plan to celebrate two very important Agatha Christie anniversaries. In 2015, it is the 125th anniversary of her birth in Torquay, South Devon, England, and in 2020 it will be 100 years after her first book, THE MYSTERIOUS AFFAIR AT STYLES, featuring her famous detective, Hercule Poirot, was published. This is therefore a very appropriate moment to publish a new edition of her works, and I am delighted that HarperCollins has chosen to work with New Star on these new editions. New Star is China's top crime publisher, and has a strong and dedicated editorial staff and a continued passion for Agatha Christie, making them the ideal partner. It is the right time to make these classic books available in modern translations and so to bring Agatha Christie's books anew to her many fans in China, giving them a new reason to re-read these much-loved stories, as well as introducing them to a whole new audience. How delighted Agatha Christie would have been that her stories (as she called them) are still giving so much pleasure to so many people all over the world!

I think there are two very remarkable things about Agatha Christie's stories. The first is that they are so adaptable. It doesn't really matter which language they appear in, the stories and the plots still give the same thrill, still provide the same puzzles, and the characters still have the same attraction. Readers in China will I am sure enjoy Hercule Poirot and Miss Marple just as much as we do in England, and readers in China will still be transfixed by the surprises and horrors of AND THEN THERE WERE NONE, one of the great classics of 20th century detective fiction, as we are here.

Agatha Christie

The second is that the stories give a wonderful picture of England, particularly rural England, at the time Agatha Christie lived. She wrote books from 1920 until 1970 but it is sometimes hard to tell which part of her life each book was written in. Her characters and the life they lived were very much the same. The life we all live is changing very quickly these days but "the Agatha Christie world stays the same". Perhaps the Miss Marple stories provide the best example of this, and in some ways, THE BODY IN THE LIBRARY and NEMESIS are quite similar, despite the fact that thirty years elapsed between the time they were written.

Perhaps I might end by mentioning three Agatha Christies (other than the ones mentioned above) which I think demonstrate why she is so popular, even in the twenty-first century. The first is MURDER ON THE ORIENT EXPRESS, one of the most famous with one of the most ingenious and human plots. Read this on one of your long train journeys in China! Next is A MURDER IS ANNOUNCED, a Miss Marple which was her 50th book. It has my favourite murderer in it! And last is ENDLESS NIGHT, a story about evil and how it affects three young people, written at the time when I knew her best, and understood how deeply she cared and sympathised with young people and the world they lived in.

Whichever are your favourites I hope you enjoy these stories that New Star are introducing to you again. I think it is a great publishing event.

Mathew
Grandson of Agatha Christie
Chairman of Agatha Christie Ltd

致中国读者

(午夜文库版阿加莎·克里斯蒂作品集序)

在未来的几年中,我们将要筹备两个非常重要的关于阿加莎·克里斯蒂的纪念日。二〇一五年是她的一百二十五岁生日——她于一八九〇年出生于英国的托基市,二〇二〇年则是她的处女作《斯泰尔斯庄园奇案》问世一百周年的日子,她笔下最著名的侦探赫尔克里·波洛就是在这本书中首次登场。因此,新星出版社为中国读者们推出全新版本的克里斯蒂作品正是恰逢其时,而且我很高兴哈珀柯林斯选择了新星来出版这一全新版本。新星出版社是中国最好的侦探小说出版机构,拥有强大而且专业的编辑团队,并且对阿加莎·克里斯蒂的作品极有热情,这使得他们成为我们最理想的合作伙伴。如今正是一个良机,可以将这些经典作品重新翻译为更现代、更权威的版本,带给她的中国书迷,让大家有理由重温这些备受喜爱的故事,同时也可以将它们介绍给新的读者。如果阿加莎·克里斯蒂知道她的小故事们(她这样称呼自己的这些作品)仍然能给世界上这么多人带来如此巨大的阅读享受,该有多么高兴啊!

我认为阿加莎·克里斯蒂的作品有两个非常重要的特征。首先它们是非常易于理解的。无论以哪种语言呈现,故事和情节都同样惊险刺激,呈现给读者的谜团都同样精彩,而书中人物的魅力也丝毫不受影响。我完全可以肯定,中国的读者能够像我们英国人一样充分享受赫尔克里·波洛和马普尔小姐带来的乐趣;中国读者也会和我们一样，读到二十世纪最伟大的侦探经典作品——比如《无人生还》——的时候，被震惊和恐惧牢牢钉在原地。

第二个特征是这些故事给我们展开了一幅英格兰的精彩画卷，特别是阿加莎·克里斯蒂那个年代的英国乡村。她的作品写于二十世纪二十年代至七十年代间，不过有时候很难说清楚每一本书是在她人生中的哪一段日子里写下的。她笔下的人物，以及他们的生活，多多少少都有些相似。如今，我们的生活瞬息万变，但"阿加莎·克里斯蒂的世界"依旧永恒。也许马普尔小姐的故事提供了最好的范例：《藏书室女尸之谜》与《复仇女神》看起来颇为相似，但实际上它们的创作年代竟然相差了三十年。

最后，我想提三本书，在我心目中（除了上面提过的几本之外）这几本最能说明克里斯蒂为什么能够一直受到大家的喜爱。首先是《东方快车谋杀案》，最著名，也是最机智巧妙、最有人性的一本。当你在中国乘火车长途旅行时，不妨拿出来读读吧！第二本是《谋杀启事》，一个马普尔小姐系列的故事，也是克里斯蒂的第五十本著作。这本书里的诡计是我个人最喜欢的。最后是《长夜》，一个关于邪恶如何影响三个年轻人生活的故事。这本书的写作时间正是我最了解她的时候。我能体会到她对年轻人以及他们生活的世界关心至深。

现在新星出版社重新将这些故事奉献给了读者。无论你最爱的是哪一本，我都希望你能感受到这份快乐。我相信这是出版界的一件盛事。

阿加莎·克里斯蒂外孙
阿加莎·克里斯蒂有限责任公司董事长
马修·普理查德
二〇一三年二月二十日

阿加莎·克里斯蒂侦探小说全集㉖

五只小猪
Five Little Pigs

[英] 阿加莎·克里斯蒂 著
周力 译

新 星 出 版 社　NEW STAR PRESS

献给史蒂芬·格兰维尔

目录

1 引子　卡拉·勒马钱特

第一卷

11　被告律师
20　检方律师
27　年轻律师
31　老律师
37　警司
54　这只小猪跑去市场
68　这只小猪待在家里
98　这只小猪吃烤牛肉
111　这只小猪一无所有
126　这只小猪呜呜哭泣

第二卷

143　菲利普·布莱克的叙述
161　梅瑞迪斯·布莱克的叙述
173　狄提斯汉姆夫人的叙述
183　塞西莉亚·威廉姆斯的叙述
192　安吉拉·沃伦的叙述

第三卷

199　结论
203　波洛提出五个问题
211　重现
225　真相
233　余波

引子　卡拉·勒马钱特

赫尔克里·波洛带着欣赏的眼光，饶有兴趣地打量着这个正被领进屋来的年轻女子。

她写来的那封信没有什么特别之处，只是要求预约一次会面，而对于目的只字未提。信写得简洁明了，语气也是公事公办。只有那坚实有力的笔迹才会让人想到卡拉·勒马钱特是一个年轻的女人。

而现在她本人就站在这里，身材高挑，二十出头，绝对是那种你会忍不住想看第二眼的年轻女性。她身着价格不菲、剪裁考究的外套和裙子，脖子上还围着奢侈的毛皮围脖。她的头有对称的美感，长着两道平直的眉毛，一个线条精巧的鼻子和一个坚毅果敢的下巴。她看上去浑身充满了活力，而这种活力比她的美貌给人留下的印象还要深刻。

在她进来之前，赫尔克里·波洛本来已经觉得自己垂垂老矣，而现在他又感觉自己重新焕发了青春，变得朝气蓬勃，热情高涨起来。

在走上前招呼她的时候，他意识到她那双深灰色的眼睛正在聚精会神地端详着自己，那是一种郑重其事的审视。

她落了座，接过他递上来的烟，点燃以后就那么坐着吸了一小会儿，同时依然用那种认真而若有所思的眼神盯着他。

波洛温和地说道:"好吧,你需要先拿定主意,对吗?"

她突然一惊。"对不起,你说什么?"

她的声音很迷人,稍微有些沙哑,但令人愉悦。

"你心里正在掂量,我到底是个骗子呢,还是你要找的人,不是吗?"

她淡淡一笑,说道:"啊,没错,差不多是这么回事儿。你看,波洛先生,你——你确实和我想象中的不大一样。"

"而且我也太老了,对吗?比你预想得要老?"

"是啊,这也是其中一个原因。"她犹豫了一下,"你看,我怎么想就怎么说吧。我想要——我必须找最好的人选。"

"尽管放心吧,"波洛说,"我就是最好的!"

卡拉说:"你一点儿都不谦虚……不过尽管如此,我还是愿意相信你的话。"

波洛泰然自若地说:"要知道,你并非仅仅雇人替你卖力气。我也并不需要弯下腰去量脚印、捡烟头或者检查被压弯了的草。对我来说,坐在椅子里思考就已经足够了。是这里——"他说着,轻轻拍拍蛋形的脑袋,"这里在起作用!"

"我知道,"卡拉·勒马钱特说,"那就是我来找你的原因。你看,我想请你做一件有点儿异想天开的事情。"

"这个,"波洛说,"听起来很不错啊!"

他用充满鼓励的眼神看着她。

卡拉·勒马钱特深吸了一口气。

"我的名字,"她说,"不叫卡拉。我叫卡罗琳,和我母亲的名字一样,我的名字就是随她起的。"她顿了一下,"而我虽然一直都姓勒马钱特,但实际上我本姓克雷尔。"

赫尔克里·波洛困惑地皱了皱眉头,小声念叨着:"克雷

2

尔——我似乎记得……"

她说："我父亲是画家，一个相当有名的画家。有些人说他是个杰出的画家。我认为他确实算得上。"

赫尔克里·波洛说："埃米亚斯·克雷尔？"

"正是。"她停了一下，然后继续说道，"而我的母亲，卡罗琳·克雷尔，却因为被控谋杀了他而受审。"

"啊哈，"赫尔克里·波洛说，"我现在想起来了，只是印象有点儿模糊。那时候我在国外，应该是很久以前的事儿了。"

"十六年了。"姑娘说道。

此刻的她面色苍白，双目如炬。

她说："你能明白吗？她受了审，被判有罪……她没被绞死是因为他们觉得案子有可以从轻的情节，所以最后判的是终身监禁和劳役。但她在审判后仅仅一年就死了。你懂了吗？事情就这样过去了——结束了——完了……"

波洛平静地说道："那你的意思是？"

这个叫卡拉·勒马钱特的姑娘两手交握，说话的语速不快，不时还会停顿，但带有一些奇怪的强调语气。

她说："你必须了解——确切地了解这一切是从何而起的。事情发生的时候我才五岁，太小了，什么都不懂。当然了，我记得我的母亲和父亲，也记得我突然就离开家——被带到乡下去了。我记得那些猪群和一个胖胖的亲切的农场主太太——那里所有的人都很友善——我还很清晰地记得他们看我时那种奇怪的样子——每一个人都是那种偷偷摸摸的眼神。我当然知道有什么事情不对劲，孩子都有这种本事，但我并不知道是什么事。

"接着我就乘船出行了——特别令人兴奋。我们航行了很多天，然后我就到了加拿大。西蒙姑父来接我，我跟他和路易丝姑姑住在蒙特利尔。当我向他们问起爸爸妈妈的时候，他们告诉我他们很快就会来的。后来——后来的事我想我也忘记了——我只是知道他们都死了，但实际上却不记得有什么人确切告诉过我。你看，到那个时候，我其实已经不太常常想起他们了。你要知道，我生活得很幸福。西蒙姑父和路易丝姑姑都对我特别好，我也上了学，交了很多朋友，而且已经几乎忘记除了勒马钱特之外我还曾经有过其他的姓氏。路易丝姑姑告诉我那是我在加拿大使用的姓氏，对当时的我来说这似乎是很顺理成章的事情——但就像我刚才说的，最终我忘记了我还曾经有过其他的姓氏。"

她挑衅似的扬了扬下巴，说道："看着我。如果你在外面遇到我，你肯定会这么说——这一看就是个万事无忧的女孩儿！——对不对？因为我家境殷实，身体健康，天生丽质，可以很好地享受人生。在我二十岁的时候，我不会愿意拿我的位置去和任何一个女孩儿作交换的。

"但你要知道，我已经开始心生疑问了。我的亲生父母，他们到底是谁？他们又干了什么？我最终必须搞清楚——

"事实上，他们告诉了我真相，就在我二十一岁那年。他们也是不得已，因为我继承了一笔属于我的钱。然后，我看到了那封信。那是我母亲临死前留给我的。"

她的表情黯淡了下来，双眼也不再那么闪闪发亮，而看上去更像是两汪幽潭。她说："也就是在那个时候，我得知了真相。我母亲被判了谋杀罪，这简直太可怕了。"

她停了一下。

"还有一件事我必须告诉你。我订婚了。他们说我必须等到二十一岁才能够结婚。当我知道真相以后，我才明白了其中的原因。"

波洛动了动身子,第一次插嘴。他问道:"那你的未婚夫对此作何反应呢?"

"约翰?约翰才不在乎呢。他说这对他来说都一样。他和我就是约翰和卡拉,过去的事情并不重要。"

她倾身向前。

"我们的婚约依然有效。但是你知道,尽管这么说,这件事还是会有影响的。对我有影响,对约翰也同样有……我们担心的不是过去,而是未来。"说到这里她握紧了双手,"我们想要孩子,你明白吗?我们两个人都想要。但我们不想看着孩子在我们的担惊受怕下长大。"

波洛说:"你难道没有意识到,其实每个人的祖辈都曾经做过暴力和邪恶的事情吗?"

"你还是不明白。当然你说得没错,只是一般人往往并不知道这些事情,而我们知道。因为它离我们太近了。有时候,我会看见约翰就么看着我,就么迅速一瞥,在转瞬之间。假如我们结婚了,吵架了,我看见他那样看着我,我该怎么办?"

赫尔克里·波洛说:"你父亲是怎么死的?"

卡拉的声音清晰而坚定。

"他是被毒死的。"

赫尔克里·波洛说:"我明白了。"

一段沉默。

接着这个姑娘用平静的口气说道:"谢天谢地,你能明白我的意思。你能看出来这件事确实有影响,还有它牵涉的问题。你可不能只是说几句言不由衷的安慰话就把我打发了。"

"我听得很明白了,"波洛说,"我不明白的是,你需要我做什么。"

卡拉·勒马钱特简洁地说道:"我想嫁给约翰!我是真的打算和约翰结婚!我还想至少要生两个女孩儿和两个男孩儿。而你要想办法让这成为可能!"

"你的意思是,想让我去和你的未婚夫谈谈吗?啊不,我这话说得太傻了!你想说的肯定是完全不同的事情。告诉我你心里是怎么想的。"

"听我说,波洛先生。你要听好,听清楚了:我是想雇你调查一桩谋杀案。"

"你是打算——"

"没错,我就是这么想的。不管是发生在昨天还是十六年前,谋杀案就是谋杀案。"

"但是我亲爱的小姐——"

"等等,波洛先生。你还没有听完。有一点非常重要。"

"哦?"

"我母亲是无辜的。"卡拉·勒马钱特说。

赫尔克里·波洛揉揉鼻子,小声咕哝道:"啊,这个很自然——我能理解——"

"这可不是感情用事。这里有她的信,是她死前留给我的。计划就是要在我二十一岁的时候交给我。她留下这封信只为那个原因,这个我无比确信。因为信里说的全都是这件事。她说她没有杀人,说她是无辜的,还说我应该永远相信她。"

赫尔克里·波洛若有所思地看着眼前这张同样在看着他的脸,年轻,朝气蓬勃,那么诚挚,那么热切。

他缓缓地说道:"话虽这么说——"

卡拉笑了。

"不,我母亲不是那样的人!你是不是在想这可能是个谎言——是她出于感情上的考虑对我说的谎言？"她很认真地倾身向前，"听我说，波洛先生，有些事情小孩子就能看得一清二楚。我能够记起我母亲，当然，都是些零零星星的回忆，但我记得很清楚她是个什么样的人。她从不说谎，哪怕是善意的谎言。就算一件事可能会让你痛苦，对你造成伤害，她也会如实相告的。就好比看牙医啊，手指头上扎了刺儿啊之类的。对她来说，实话实说是自然而然的事情。我现在觉得其实那时我并不是很喜欢她，但我相信她。而且至今依然相信！如果她说了她没杀我父亲，那她一定没杀！她不是那种知道自己行将就木还要郑重其事写下谎言的人。"

赫尔克里·波洛慢慢地，几乎是有些勉强地低下了头。

卡拉继续说下去。

"那也是为什么在我看来和约翰结婚是没有问题的。我自己知道是没有任何问题的，但约翰不这么看。他认为我自然会觉得我母亲是无辜的。所以波洛先生，这件事必须澄清，而这就是我要交给你的任务！"

赫尔克里·波洛慢条斯理地说道："小姐，就算你说得都是事实，这件事也已经过去十六年了啊！"

卡拉·勒马钱特说："噢，我当然知道这会很难！但是除了你之外没有人能够办到！"

赫尔克里·波洛的眼睛微微一亮。他说道："你这是在抬举我，对吧？"

卡拉说："我听说过你的大名，还有你经手的那些案子，以及你破案的方法。你感兴趣的是心理，对吗？嗯，心理不会随着时间的流逝而改变。那些看得见摸得着的有形的东西，烟头、脚印，以及压弯了的草之类的东西都会不复存在，你再也无法找到它们。但是你可以重温和这件案子有关的所有资料，也许还能和当时在场的人谈谈，他们都还健在。然后……然后就像你刚才所说的，你可以靠在椅子里认真思考，接着你就会知道到底发生了什么……"

赫尔克里·波洛站起身来，用一只手摸着胡子。他说道："小姐，我深感荣幸！我不会辜负你的信任。我会调查你委托我的这桩谋杀案。我要回溯十六年前发生的事情，然后揭开真相。"

卡拉也站了起来，两眼熠熠放光。她说了一个字："好。"

赫尔克里·波洛意味深长地摇了摇食指。

"稍等一下。我说过我会揭开真相。但你知道，我不会抱有任何偏见。我并不接受你关于你母亲无辜的保证。如果她是有罪的，那么，怎么办？"

卡拉骄傲地昂起头来："我是她的女儿，我要知道真相！"

赫尔克里·波洛说："那么，就往前走着看吧。尽管我得说，其实并非如此，恰恰相反，是要往回看……"

第一卷

被告律师

"我记不记得克雷尔的案子？"蒙塔古·德普利奇爵士问道，"我当然记得，而且记得很清楚呢。她是个非常有魅力的女人。但是当然啦，情绪有点儿不稳定，没有自制力。"

他斜着眼睛瞟了波洛一下。

"你怎么想起问我这个？"

"我感兴趣。"

"我亲爱的老弟，你这么问可实在有点儿不够意思啊。"德普利奇说着，龇着牙露出他那闻名遐迩的"狼之微笑"，这笑容曾令很多证人不寒而栗，也因此广为人知，"你要知道，这可不是我成功的案例。我没能为她洗脱罪名。"

"这个我清楚。"

蒙塔古爵士耸了耸肩膀。他说："当然了，那个时候我不像现在这么有经验。尽管如此，我认为我当时还是竭尽了全力。不过如果对方不配合你也没辙。我们确实设法使她减刑为终身监禁和劳役了。结果你猜怎么着，惹了众怒。好些个体面正派的太太和母亲搞了个联名请愿。有太多的人同情她。"

他往后靠去，舒展一下两条长腿，脸上显现出一种在法庭上审视时的表情。

"你知道吗，假如她是开枪杀了他，或者即使是拿刀捅了他，我都会全力以赴替她往过失杀人上去辩护。但是下毒就不一样了，你没法儿用这一招。很难办，太棘手了。"

"那你是怎么为她辩护的呢?"赫尔克里·波洛问道。

他其实心知肚明,因为他已经读过那些报纸卷宗了,不过他发现在蒙塔古爵士面前装作一无所知也没有什么坏处。

"噢,自杀。这也是唯一的选择。不过终究没能成功。克雷尔就不是那种类型的人!我猜你没见过他吧?真的没有?啊,他可是个大嗓门儿,生龙活虎的家伙,风流坏子,爱喝啤酒——诸如此类的吧。喜欢和女人乱搞,还乐此不疲。你没法说服陪审团的人相信这样一个男人会安安静静地坐在那里自寻短见。这不像他能做出来的事儿。不,从一开始我就担心我这是在做赔本买卖,而且她自己也一点儿都不上心!她一站到法庭上我就知道我们已经输了。她完全没有斗志。但事情就是这样,如果你不让你的当事人上庭,陪审团也会得出他们自己的结论。"

波洛说:"这是不是就是你刚才所说的,'如果她不配合,你也没办法'的含义?"

"我亲爱的伙计,千真万确啊。你知道,我们又不是魔术师。被告给陪审团留下好印象就是成功的一半。我已经三番五次地看到陪审团的裁定和法官的结论完全相反。'好吧,是他干的'——那就是我们的观点。或者'别跟我说这些,他从未做过那样的事'!可是卡罗琳·克雷尔甚至都不愿意去试着争辩一下。"

"为什么会那样呢?"

蒙塔古爵士耸耸肩膀。

"这个别问我。当然啦,她很爱那家伙。当她后来清醒过来,意识到自己都干了些什么的时候,她就完全崩溃了。千万别相信她还能从这种打击当中恢复过来。"

"那么你认为她是有罪的了?"

德普利奇一脸的惊讶。他说:"呃,是这样,我想我们都认为那是理所应当的事情。"

"她曾经向你承认过她有罪吗？"

德普利奇看上去有些震惊。

"当然没有，当然没有。如你所知，我们有我们的准则。无罪通常情况下——呃——是假定的。你要是那么感兴趣的话，没能见着老梅休就有点儿遗憾了。当初就是梅休父子向我简要地介绍情况并委托我的。老梅休能告诉你的比我多。不过，他已经入土为安了。当然，现在有年轻的乔治·梅休，不过他当时还只是个孩子。你也清楚，事情已经过去很长时间了。"

"是的，我知道。你能记得那么多也是我的幸运，你的记性真是太好了。"

德普利奇看起来很高兴。他嘟囔道："唔，你知道，人总是会记住那些重大的事情，况且这是一起重案。而且，克雷尔的案子不出所料地受到了媒体的密切关注，还有好多花边新闻之类的。案子里的那个女孩儿特别引人注目，我想，她是那种意志非常坚定的人。"

"如果我显得过于坚持了，你得原谅我，"波洛说，"但我还想再问一遍，你完全相信卡罗琳·克雷尔是有罪的吗？"

德普利奇又耸耸肩。他说："坦白地讲，我觉得这里面没有什么可怀疑的。没错儿，就是她干的。"

"对她不利的证据是什么呢？"

"简直是铁证如山啊。首当其冲就是动机。她和克雷尔这么多年以来一直没完没了地吵吵闹闹，搞得鸡犬不宁。他总是和一些其他的女人搅在一起，根本忍不住。他就是那类人。总体来说，她已经忍耐得够可以的了。你知道，那家伙真是个一流的画家，而她也就因为他的这种气质才一直容忍着。他的作品升值很快，售价奇高。我自己瞧不上那种风格的画作，难看但是让人印象深刻，不过毫无疑问，都是好东西。

"啊，正如我所说的，他总是时不时地跟女人纠缠不清。克雷尔太太可不是那种逆来顺受还一言不发的人。他们不断地吵架。不过到最后他总是会回到她身边来，那些风流韵事也随之烟消云散。但是最后这次可就有点儿不一样了，你知道吧，这次是个姑娘，一个相当年轻的姑娘，只有二十岁。

"埃尔莎·格里尔，这是那姑娘的名字。她是约克郡一个制造商的独生女。她有钱，也有决心，知道自己想要的是什么。她想要的就是埃米亚斯·克雷尔。她要克雷尔给她画像，他平时是不画那种正规的社会肖像画的，诸如'穿戴绸缎和珍珠的布林克蒂·布兰克夫人'之类的，但他画人物画。我还真不知道有那么多女人都愿意让他画——他反正是一个都没放过！但他给这个格里尔家的姑娘画像的结果却是彻彻底底地爱上她了。你得知道，他已经是奔四十的人了，而且结婚也这么多年了。他似乎就是准备好了要为了某个小丫头做出傻事儿来——而这个小丫头就是埃尔莎·格里尔。他对她痴迷极了，一门心思就想着要和他太太离婚，然后娶埃尔莎。

"这回卡罗琳·克雷尔可没法忍受了。她威胁他。有两个人无意中听到她说，如果他不甩了那个女孩儿她就会杀了他。而且她可不是开玩笑的！事情发生的前一天，他们和一个邻居一起喝茶。那个邻居正好对药草小有研究，还在家自制了一些草药。其中有一种是从斑毒芹中提取的毒芹碱。那天他们也谈到了这种药以及它的致命性。

"第二天他发现瓶子里的药少了一半，跟着就开始害怕起来。他们在克雷尔太太的房间里找到了一个几乎空了的毒芹碱瓶子，藏在抽屉底下。"

赫尔克里·波洛不自在地动了动身子，说道："也有可能是其他人把它放在那儿的。"

"哦！她向警察承认是她拿的。当然，这很不明智，不过那个时候她身边也没有律师能给她出个主意。他们问起她这个的时候，她很坦率地承认是她拿的。"

"她为什么要拿？"

"她说她拿这个是想要自杀用的。她无法解释瓶子怎么就空了，也没法解释为什么那上面只有她的指纹。有这一点就很惨了。你看，她声称埃米亚斯·克雷尔是自杀的，可如果他从她藏在房间里的瓶子里拿了毒芹碱的话，瓶子上也同样应该有他的指纹啊。"

"毒药是下在啤酒里面的，对吗？"

"是的。她从冰箱里取出啤酒瓶，亲自拿到了花园里他作画的地方。她倒了酒递给他，看着他喝下去。所有人都去吃饭了，只剩下他，他经常不进屋吃饭的。后来她和家庭女教师发现他已经死在那儿了。据她自己说，她递给他的啤酒是没问题的。而我们的理论是他突然之间觉得很担忧很懊悔，于是就服毒自杀了。都是胡扯——他根本就不是那样的人！而所有证据中指纹是最确凿无疑的。"

"他们在酒瓶上找到了她的指纹？"

"不，他们没找到，只找到了死者的指纹，而且还是伪造的。你看，当家庭女教师去打电话叫医生的时候，她是单独和尸体待在一起的。而她肯定是把酒瓶和杯子擦干净，然后把他的手指头摁在上面了。你知道，她想装作压根儿就没碰过那些东西的样子。但是这没用。检察官老鲁道夫抓住这一点在法庭上大做文章，他通过演示相当确定地证明，人根本不可能用手指头在那个位置上抓住酒瓶！当然我们也竭尽全力去证明他能抓住，比如说濒死时他的手处在一种很扭曲的状态下，不过老实说，我们准备的材料并没有很强的说服力。"

赫尔克里·波洛说："酒瓶里的毒芹碱一定是在她把它拿下去到花园里之前就放进去的。"

"酒瓶里根本就没有毒芹碱，只有酒杯里有。"

他停了下来，那张又大又英俊的脸突然变色了，接着猛然扭过头。"喂，"他说，"波洛，你说这些到底有什么意图啊？"

波洛说："假如卡罗琳·克雷尔是无辜的，那毒芹碱又是怎么跑到啤酒里面去的呢？辩护的时候说那是埃米亚斯·克雷尔自己放进去的。但你又告诉我那几乎是不可能的，就我个人而言完全赞同你的意见。他不是那类人。那么，假如卡罗琳·克雷尔没有下毒，就说明是其他人干的。"

德普利奇几乎是气急败坏地说道："噢，真该死，老弟，你别白费心机了。事情已经过去那么多年了。当然是她干的。你当时要是见过她，就会知道得清清楚楚。她浑身上下恨不得都写着呢！我甚至猜想判决对她来说是一种解脱。她并不害怕，也丝毫不紧张，只想着能够熬过审判，让这一切结束。真是个特别勇敢的女人……"

"然而，"赫尔克里·波洛说，"她死的时候留了一封要转交给她女儿的信，在信里她郑重地发誓说她是无辜的。"

"我敢担保她肯定会的，"蒙塔古·德普利奇说，"你我要是在她的位置上，也会那么做的。"

"她女儿说她不是那种类型的人。"

"她女儿说的——呸！她女儿又知道些什么？我亲爱的波洛，

16

审判的时候她女儿还只是个小孩儿，那时候她多大？四岁还是五岁？他们给她改了名字，把她从英国送到别处的亲戚那里。她能知道什么或者记得什么啊？"

"孩子有时候看人看得更清楚。"

"也许吧，不过在这个案子里可不是这么回事儿。那姑娘很自然地想要相信她母亲没杀人，那就让她相信去吧，反正也没什么害处。"

"但是很不幸，她还想要证明。"

"证明卡罗琳·克雷尔没杀她丈夫？"

"没错。"

"唔，"德普利奇说道，"那她可办不到。"

"你觉得她没法证明？"

这个著名的皇家律师若有所思地看着他的朋友。

"波洛，我一直觉得你是个诚实的人。你到底在干什么？你不会是要利用这女孩儿自然淳朴的感情来赚钱吧？"

"你不了解这个女孩儿，她可是个不同寻常的姑娘，有很强的人格力量。"

"那倒是，我能想象到，埃米亚斯和卡罗琳·克雷尔的女儿应该就是这个样子吧。那她究竟想要什么？"

"她想要知道真相。"

"嗯，我恐怕她会发现真相是难以接受的。老实说，波洛，我不觉得这个案子里还有什么疑点。就是她杀了他。"

"请你原谅，我的朋友，但在这一点上我也必须得让自己得到一个满意的结论。"

"好吧，我不知道你还能做些什么。你可以去翻翻旧报纸，看看关于那场审判的记载。当时是汉弗莱·鲁道夫作为公诉人代表检方出庭。他现在已经死了。让我想想看，谁是接替他的人来着？我觉得是年轻的福格。没错，就是福格。你可以去跟他聊聊。然后就是那几个案发时在场的人。别指望他们会乐意看见你突然冒出来，翻起这些陈年旧事，不过我敢保证你肯定能从他们嘴里问出你想知道的事情。你可是个能说会道的家伙。"

"对啊，当事人，这很重要。也许你还记得都有谁吧？"

德普利奇考虑了一下。

"让我想想，时间过去太久了，可以说牵涉其中的只剩下五个人了，当然，我没算上仆人，那只是一对儿忠心耿耿的老家伙，一看就吓坏了。他们什么都不知道，没人会怀疑他们。"

"你说一共有五个人，跟我分别说说。"

"好啊，有菲利普·布莱克。他是克雷尔最好的朋友，两人从小就认识了。命案发生的时候他正好在那栋房子里，现在也还健在。我时不时地还能在高尔夫球场看见他。他住在圣乔治山，是个证券经纪人，做些投机倒把的生意，而且还总能全身而退。算是个成功的男人，就是现在有点儿发福了。"

"好，那下一个呢？"

"然后是布莱克的哥哥，一个乡绅。他是那种老待在家里的人。"

一首儿歌在波洛的头脑中闪过。他克制了一下自己，不能总是想起这些儿歌和童谣，他最近对这个似乎有点儿着魔了，可这首歌还是萦绕在他脑海里。

"这只小猪跑去市场，这只小猪待在家里……"

他咕哝道："他待在家里，是吗？"

"他就是我刚才跟你说的那个人，在家自己做药，鼓捣那些药草，差不多能算个药剂师了。那就是他的爱好。他叫什么名字来着?好像还挺文艺的——我想起来了,梅瑞迪斯。梅瑞迪斯·布莱克。也不知道他现在是不是还活着。"

"下一个呢?"

"下一个?啊,那就该是这件事的罪魁祸首了,也就是案子里的那个姑娘——埃尔莎·格里尔。"

"这只小猪吃烤牛肉。"波洛小声说道。

德普利奇盯着他看。

"他们确实给她肉吃,"他说,"她可是个野心勃勃的人。自那之后她有过三任丈夫。出入离婚法庭对她来说简直就是家常便饭。而她每次离婚都是为了要找个更好的。目前她的身份是狄提斯汉姆夫人。保证你随便翻开一期《闲谈者》[①]都能看到她。"

"还有两个人呢?"

"有一个是家庭女教师,我不记得她的名字了。是个好心又能干的女人,可能是叫汤普森或者琼斯之类的吧。另一个是个孩子,是卡罗琳·克雷尔同母异父的妹妹,那会儿应该差不多十五岁。现在她出名了,到处挖掘东西,还去人迹罕至的地方徒步旅行。她姓沃伦,安吉拉·沃伦。如今她可是个了不起的年轻女人。我那天还碰见她来着。"

"那她就不是那只呜呜哭的小猪喽?"

蒙塔古·德普利奇爵士用很奇怪的目光看着他。他干巴巴地说道:"她这辈子还真有让她呜呜哭的事儿。你知道吧,她破相了。在她一边脸上有一道很显眼的伤疤。她——哦,我保证会有人告诉你这件事的来龙去脉的。"

波洛站起身,说道:"我得谢谢你,你实在是太好了。如果

[①]《闲谈者》(Tatler),英国老牌贵族杂志,创刊至今已三百余年。

克雷尔太太没有杀死她丈夫——"

德普利奇打断了他的话："但她杀了，老弟，就是她干的。相信我说的吧。"

波洛丝毫没在意自己被打断，而是继续说下去。

"那么合乎逻辑的推测就是，这五个人当中一定有一个人是凶手。"

"我认为，他们当中可能有一个是凶手，"德普利奇表示怀疑地说，"但我确实不明白这几个人为什么要这么做。完全没有理由啊！所以实际上，我敢肯定不会是他们中的任何一个人干的。老弟，可别这么一根筋了！"

但赫尔克里·波洛只是微笑着摇了摇头。

检方律师

"绝对有罪。"福格先生简练地说道。

赫尔克里·波洛沉思不语地看着面前这个律师瘦削的脸。

皇家律师昆廷·福格和蒙塔古·德普利奇完全是两类人。德普利奇有魄力，也有魅力，性格有些专横跋扈、恃强凌弱。他阴晴不定、变幻莫测的态度给人印象深刻。前一秒钟还英俊潇洒、温文尔雅，转眼间就跟变魔术一样，变得粗鲁无礼、面目狰狞，恨不得想要你命似的。

昆廷·福格则身形瘦弱，面色苍白，看上去极其缺乏我们通常称之为个性的东西。他问的问题往往朴实无华，不带感情色彩，却锲而不舍。如果说德普利奇像把长剑，那福格就像个螺丝钻，持续不断地钻着孔。他从未达到过声名显赫的地步，但大家都知道,在事关法律的问题上他是一流的。他接手的案子总能赢。"

赫尔克里·波洛若有所思地看着他。

"那么这个,"他说,"就是这案子给你留下的印象?"

福格点点头。他说:"你应该看看她在被告席上的样子。老汉皮[1]·鲁道夫(你知道,他主办此案)轻而易举就把她驳斥得体无完肤,根本不费吹灰之力!"

他顿了一下,接着又出乎意料地说:"你要知道,总的来看,有点儿过于简单了。"

赫尔克里·波洛说:"我不确定我能完全明白你的意思。"

福格两道精致而显眼的眉毛皱在一起,一只手轻轻地摸着光溜溜的上唇。他说:"我该怎么解释呢?这是一种非常英国式的观点。用'枪打孵蛋的鸟儿'来形容最合适。这么说你能懂吗?"

"如你所说,这是一种很英国式的观点,但我想我能理解。在中央刑事法庭,就跟在伊顿公学的运动场,以及在狩猎场上一样,英国人喜欢看到牺牲品也能够有逃命的机会。"

"完全正确,就是这样。可是在这件案子里,被告人连一点儿机会都没有。汉皮·鲁道夫对待她可以说是随心所欲了。开始时是德普利奇对她进行询问。你知道吗,她就站在那儿,像个晚会上的小女孩儿一样温顺,用背诵得烂熟于心的答案来回答德普利奇的提问。相当驯服,一字不差,对答如流,就是没有一点儿说服力。别人告诉她应该说什么,她就照着说。这不是德普利奇的错儿。那个老骗子自己表现得好极了,但在任何一出需要两

---

[1] 汉弗莱的昵称。

个人搭台演的戏里,只靠一个人都是不行的。她不跟他配合。这一来给陪审团留下的印象要多差有多差。接着老汉皮起身了。我想你应该见过他吧?他的死可是个重大损失。当时只见他拉起法袍,蓄势待发,马上就直奔要害而去了!

"就像我跟你说的,他把她的话驳斥得体无完肤!他东拉西扯,每次都能让她上当。他设法让她承认了自己的供述很荒唐,使她自相矛盾,在挣扎中越陷越深。最后他以他惯用的伎俩作为收尾,既强硬又令人信服地总结说:'克雷尔太太,我想说的是,你讲的这个关于你为了自杀而偷拿毒芹碱的故事是一派胡言。依我看,你拿它就是为了用在你丈夫身上,因为他将要离开你而投入另一个女人的怀抱中,给他服毒是你蓄意为之的。'而她则看着他,仪态万方,楚楚动人。她说道:'哦,不,不,我没有。'这是你所能听到的最平淡无奇的说法,同时也是最苍白无力的。我看见老德普利奇在座位里扭动了一下,因为他知道一切都完蛋了。"

福格停了一小会儿,然后继续说道:"然而——我不知道。从某些方面来讲这可能是她能够做出的最聪明的选择!这实际上唤醒了一些人心中的骑士精神,也就是那种和血腥的狩猎活动紧密关联,让多数外国人都觉得我们无比虚伪的骑士精神!不仅陪审团,连整个法庭都觉得她没有得到一丁点儿机会。她甚至不能为自己进行申辩。她显然不是像老汉皮那样老奸巨猾的家伙的对手。那句软弱无力的'哦,不,不,我没有'令人心生怜悯,纯粹的怜悯。她已经身陷绝境了!

"没错,在某种程度上,这是她能做的最明智的事情。陪审团只退席商议了半个多小时就做出了裁决:有罪,但建议从轻量刑。

"你知道吗,事实上她和这个案子中的另一个女人形成了鲜明的对照——也就是那个女孩儿。陪审团从一开始就对她毫不同情。她一直都那么面不改色,人长得很漂亮,冷冰冰的,非常时髦。对于法庭中的所有女人来说,她代表着一类人,那种破坏别人家庭的人。有这种女孩儿在周围转悠,谁家也安生不了。这些女孩儿性感十足,一点儿也不把妻子和母亲的权利放在眼里。我得说,她也一点儿没袒护自己;她很诚实,诚实得让人钦佩。她爱上了埃米亚斯·克雷尔,而他也爱上了她,她对于要把他从妻女身边抢走这件事毫无顾忌。

"在某些方面我真的挺佩服她。她有勇气,有个性。德普利奇在交叉询问的过程中用了些下三烂的手段,但她成功地扛住了。但是法庭对她并不同情,法官也不喜欢她。那天的法官是老艾维斯,他自己年轻的时候本来也是个放荡之徒,不过一旦穿上法衣,他就俨然成了道德的卫士。他关于卡罗琳·克雷尔有罪的总结本身就很温和。虽然不能否认事实,但他却强烈地暗示这件罪行是事出有因的。"

赫尔克里·波洛问道:"他没有支持辩方律师关于自杀的理论吗?"

福格摇了摇头。

"那种说法压根儿就站不住脚。听着,我并不是说德普利奇没有尽心尽力办这个案子。他干得已经很漂亮了。他描绘了一幅极其感人的画卷,在这里面,一个性格豪爽、贪图享乐、喜怒无常的男人忽然之间不可救药地爱上了一个年轻可爱的姑娘,尽管受到了良心的谴责却依然不能自拔。接着他开始畏缩,厌恶自己,对自己如此对待妻女懊悔不迭,然后突然决定用自杀的方法来结束这一切!这是一条高尚而体面的出路。说真的,当时的表演感人极了，德普利奇的声音足够催人泪下。你仿佛能看到那个可怜虫在他的满腔激情和基本的道德感之间痛苦挣扎。那效果棒极了。只是当他说完以后，就像咒语解除了一样，人们还是无法将这个虚构的人物和埃米亚斯·克雷尔画上等号。大家都太了解克雷尔了，他根本不是那样的人，而且德普利奇也没法拿出任何证据证明他是。要我说，克雷尔就是个连最起码的良知都没有的人。他是个冷酷无情、自私自利、好脾气、快快活活的自我主义者，即使他信奉什么道德准则，也都是用在他的绘画上的。我深信无论有多么优厚的条件，他都不会去画一幅粗枝大叶、马马虎虎的作品。而至于其他方面，他精力旺盛，热爱生命，对生活充满热情。自杀？他绝对不会！"

"也许，他选了一个不是很好的辩护理由？"

福格耸耸他瘦削的肩膀，说道："那还能选什么啊？总不能坐在那儿什么都不干，只是恳求陪审团判她无罪啊！毕竟检方是必须证明被告有罪的。证据实在是太多太多了，她接触过那毒药，事实上，她承认自己拿过一些。有方法，有动机，有机会，真的是万事俱备。"

"没有人试图去证明这些都可能是人为安排的假象吗？"

福格直率地说："她基本上都承认了。而且不管怎么说，这都显得太牵强了。我觉得你是想暗示别的什么人杀了他，然后又伪装得像是她干的一样吧？"

"你认为这个可能性也站不住脚？"

福格缓缓说道："恐怕是的。你的意思是有个神秘的 X，但我们到哪儿去找他呢？"

波洛说："显然就在一个很小的圈子里。可能涉及此案的有五个人，对吗？"

"五个人？我想想看。有那个整天摆弄草药的老笨蛋。人倒是挺和蔼可亲的，就是这个爱好太危险。也说不好他算是哪类人，可别把他当成那个X。还有那个女孩儿，她倒是很可能想要除掉卡罗琳，但肯定不会想杀了埃米亚斯。然后是那个证券经纪人——克雷尔最好的朋友。在侦探小说里这种情况倒是挺受欢迎的，不过真实生活中我不相信这一套。没别人了，啊，对了，还有那个小妹妹，但谁也不会真的认为是她干的。这是四个人了。"

赫尔克里·波洛说："你忘了算上家庭女教师了。"

"啊，真的。家庭女教师，可怜的人，总是被人遗忘。但我还是依稀记起她来了，中等年纪，相貌平平，很能干。我猜心理学家可能会说她对克雷尔有那种犯罪的激情，于是就杀了他。压抑的老处女！这可不好，我不相信这种说法。在我模糊的记忆里，她不是那种神经质的人。"

"时间过了很久了。"

"我想，有十五年或者十六年了吧。没错儿，就是这样。你不能指望我对这件案子的记忆还那么清晰。"

赫尔克里·波洛说道："恰恰相反，你的记性出奇的好，让我大吃一惊。你就像能看见当时的情景似的，不是吗？当你说起的时候，那幅画面就呈现在你眼前。"

福格不紧不慢地说道："是啊，你说对了，我确实能看到，清晰可见。"

波洛说："朋友，我对这个非常感兴趣，假如你愿意告诉我为什么的话。"

"为什么？"福格掂量着这个问题。他瘦削而机智的脸上显出又兴奋又感兴趣的神色。"是啊，那么为什么呢？"

波洛问道："你清楚地看见什么了？证人？律师？法官？还

是站在被告席上的被告人？"

福格平心静气地说："当然，原因就在那儿。你准确地发现了这一点。我经常会看见她……浪漫色彩是件有意思的事情。她身上就透着浪漫气息。我不知道她是否真的很漂亮……她已经不年轻了，看上去很疲惫，还有黑眼圈。所有的事情都以她为中心，她是兴趣的焦点，也是这出戏的焦点。然而，有一半的时间她的心都不在那里。她的思绪飘到别的地方去了，很遥远的地方，只剩了一副躯壳在那儿，沉寂不语，若有所思，嘴上挂着一抹礼节性的淡淡的笑。知道吗，她给人的整体感觉就像是介于明暗之间。即便如此，她也比另一个人——那个有着完美身材、漂亮脸蛋，以及未加修饰的青春气息的姑娘显得更加生动。我钦佩埃尔莎·格里尔是因为她有胆量，因为她会抗争，敢于迎接挑战，直面给她带来痛苦的人，从不畏缩！而我欣赏卡罗琳·克雷尔则是因为她不去抗争，因为她退回到她自己那个半光半影的世界中去了。她永远都不会被打败，因为她根本就不去打。"

他顿了一下。

"只有一件事我能确定。她爱那个她杀死的男人。她爱得如此之深，以至于连她自己的那一半也随他而去了……"

皇家律师福格先生停了下来，擦了擦眼镜。

"天哪，"他说，"我似乎刚刚说了一些很奇怪的事情！要知道，那时候的我还相当年轻，就是个有野心有抱负的年轻人。这些事情给我留下的印象很深。但尽管如此，我还是确信卡罗琳·克雷尔是个非比寻常的女人。我永远都忘不了她，对，永远都忘不了……"

年轻律师

乔治·梅休是个谨小慎微的人,说话总是不置可否。

当然,他记得那个案子,只是记得不那么清楚了。案子是他父亲经手办理的,他自己当时只有十九岁。

是的,这件案子引起了很大的震动。因为克雷尔太出名了。他的画作都很杰出,确实非常杰出,其中两幅还收藏在泰特美术馆①。当然这也并不是说就意味着什么。

他希望波洛先生海涵,但他实在不明白波洛先生怎么会对这件事情感兴趣。哦,是因为那个女儿!是吗?真的吗?她在加拿大?他还一直听说她在新西兰呢。

乔治·梅休不再那么刻板,而是变得随意起来。

对于一个女孩儿的人生来说,这件事情的打击很大。他对她深表同情。说真的,她要是永远都不知道真相可能会更好,不过,现在说这些已经没有用了。

她想要知道?是啊,不过还有什么可知道的呢?当然,可以看看审判的报告,不过他本人确实是一无所知。

不,恐怕他并不认为克雷尔太太有罪的结论还有什么疑问。当然她那么做也有一些理由,和这些艺术家共同生活往往是很难的。就他所知,克雷尔总是和这样那样的女人纠缠不清。

而她本人可能也是那种占有欲比较强的女人,无法接受事实。若是在今天,她只要跟他离婚,翻过这一页就可以了。

他又小心翼翼地补充道:"让我想想看,呃,我相信,现在的狄提斯汉姆夫人就是当年案子里的那个女孩儿。"

---

①英国国立博物馆,收藏现代艺术。

波洛说他也相信就是她。

"报纸上会不时提起这个,"梅休说,"她是离婚法庭的常客。我想你应该知道吧,她很富有。在狄提斯汉姆之前,她嫁给过一个探险家。她总会多多少少地引起公众的关注,要我看,她就是那种喜欢坏名声的女人。"

"也可能她就是个偶像崇拜者呢。"波洛提议道。

这个想法令乔治·梅休很不舒服。他将信将疑地接受了。

"啊,也许吧,是,我想也可能是这种情况。"

看起来他正在心里反复地揣摩这个想法。

波洛说道:"这么多年来,一直是你们事务所代理克雷尔太太的事情吗?"

乔治·梅休摇摇头。

"恰恰相反。乔纳森-乔纳森才是克雷尔家的律师。但在当时那种情况下,乔纳森先生认为他无法很好地代表克雷尔太太办理这桩案子,于是就和我们,准确地说是和我父亲商洽,让他接手。波洛先生,我想你安排一下,见见老乔纳森先生是会有帮助的。他已经七十多岁,退休并脱离这些实际的工作了,不过他跟克雷尔家很熟,对他们的情况了如指掌。他能告诉你的比我多得多。事实上,我什么也没法告诉你,因为那时候我还是个孩子呢。我觉得我当时甚至都没出庭。"

波洛站起身,乔治·梅休也跟着站起来,又补充道:"你可能会愿意和我们的业务管理员埃德蒙兹聊几句。他当时就在那家事务所,而且对那件案子非常感兴趣。"

埃德蒙兹是个说话慢条斯理的人。他的双眼流露出一种律师式的慎重。在允许自己开口说话之前，他先花了点儿时间打量了波洛一番。然后他说："对，我挺关注克雷尔的案子。"

接着他又正色补充道："这可不是件光彩的事儿。"

他那敏锐的眼光还在品评似的停留在赫尔克里·波洛身上。

他说："已经过了那么长时间，为什么又要旧事重提呢？"

"法庭的裁定并不总是等于最终的结果。"

埃德蒙兹四四方方的脑袋缓缓地点了点。

"在这个问题上我也不能说你说得没有道理。"

赫尔克里·波洛继续说道："克雷尔太太留下了一个女儿。"

"是，我记得是有个孩子。她被送到国外的亲戚那儿去了，对吗？"

波洛又说道："她女儿坚信母亲是无辜的。"

埃德蒙兹先生浓密的眉毛挑了挑。

"那也是很自然的事情，不对吗？"

波洛问道："你能告诉我什么可以支持这种信念的事情吗？"

埃德蒙兹想了想，然后慢慢地摇了摇头。

"我不能昧着良心说我能告诉你。我很钦佩克雷尔太太，不管怎么说，她都是个淑女！不像另一个女人，十足的贱货，厚颜无耻！要我说，她就是个荡妇，还以此为荣呢！克雷尔太太就很有涵养。"

"但她依然是杀人凶手？"

埃德蒙兹皱着眉头，用比刚才更自然的口吻说道："这也是我日复一日总在问自己的问题。她当时坐在被告席上，那么平静，那么温顺。'我无法相信。'我总是对自己这么说。但是波洛先生，如果你懂我的意思，你就会明白除此之外真的别无可信了。毒芹碱可不会偶然间自己跑到克雷尔先生的啤酒里去。它是被有意放进去的。如果不是克雷尔太太放的，还能是谁呢？"

"这就是问题所在，"波洛说，"谁下的毒？"

那双老辣敏锐的眼睛再一次盯着他的脸看，仿佛在搜寻着什么。

"这就是你的意图吗？"埃德蒙兹说。

"你自己是怎么想的呢？"

管理员在回答之前迟疑了一下，然后说道："没有任何证据可以表明有那种可能性，什么证据都没有。"

波洛说："案件的庭审过程中你在场吗？"

"每天都在。"

"你听到证人们作证了吗？"

"听到了。"

"有什么事情给你留下印象了吗，任何反常的或者不诚实的情况？"

埃德蒙兹坦率地说："你是想问他们之中有谁撒谎了吗？要不就是他们之中谁有理由希望克雷尔先生死？波洛先生，请你原谅，我觉得这个想法太夸张了。"

"至少也要考虑一下啊。"波洛力劝道。

他看着那张精明的脸，以及一双既困惑又若有所思的眼睛。埃德蒙兹缓缓地、不无遗憾地摇了摇头。

"那个格里尔小姐，"他说，"她可是充满恶意又怀恨在心的。我得说她说了很多过分的话，但她想要的是一个活生生的克雷尔先生，他要是死了对她来说就没用了。她想要克雷尔太太被绞死，但那也是因为这桩命案把她心爱的男人从她身边夺走了。她就像是一只受挫的母老虎！但是如我所言，她想要的是克雷尔先生活着。菲利普·布莱克先生嘛，他也不站在克雷尔太太这一边。他对她抱有偏见，只要有可能，他会一刀捅了她。但我得说，依他自己的标准来看他是诚实的。他一直是克雷尔先生最好的朋友。他的哥哥，梅瑞迪斯·布莱克先生，算是个差劲的证人，模棱两可、犹豫不决，看起来永远都不能确定自己的回答。我见过很多像这样的证人。尽管他们一直都在说实话，但看上去就像在撒谎一样，而且多一句话都不肯说。梅瑞迪斯·布莱克先生也是这样。这种一言不发的绅士很容易被搞得慌乱不安，也正因为如此，律师才更要让他多说。接下来是那个家庭女教师，她应对得很好，没有一句废话，回答问题恰到好处、切中要害。如果只是听她说，你很难弄清楚她到底是站在哪一边的。她很有头脑，是那种干脆利落的人。"他停顿了一下，"如果她对整件事情知道的比实际说出来的多，我也不会感到惊讶。"

"我也不会感到惊讶的。"赫尔克里·波洛说。

他用锐利的目光看着阿尔佛雷德·埃德蒙兹先生那张布满皱纹的精明的脸，那上面平淡无奇，毫无表情。但赫尔克里·波洛在想，他是否在暗示着什么？

老律师

凯莱布·乔纳森先生住在埃塞克斯。在彬彬有礼地互通了书信之后，波洛接到了一封请柬，盛情邀请他前往赴宴并过夜。这位老绅士毫无疑问是个人物。波洛刚刚打过交道的年轻的乔治·梅休可谓枯燥无味，相比之下，乔纳森先生简直就像是一杯自酿的上等波特酒一样。

他自有一套切入话题的方法，只有到了将近午夜时分，呷着一杯醇香扑鼻的陈年白兰地，乔纳森先生才真正变得随和起来。对于赫尔克里·波洛很客气地没有显露出一丁点要催促他的意思，他以东方文化中的方式表示了感谢。而现在，也正是他不急不忙、最为方便的时候，他很乐意详细谈谈关于克雷尔家族的话题。

"当然了，我们事务所认识克雷尔家族的人已经有好几代了。我认识埃米亚斯·克雷尔和他的父亲理查德·克雷尔，而且我还能记起他的祖父伊诺克·克雷尔。他们都是乡绅，更多时间是在想马的事情而不是人。他们喜欢骑着马跨越障碍，喜欢女人，却和思想这玩意儿不沾边。他们根本不相信什么思想。而理查德·克雷尔的妻子却有着满脑子的思想，比见识还多。她富有诗意又精通音律，你知道吗，她还会弹竖琴呢。她身体不好，弱不禁风，坐在沙发上的样子看上去楚楚可怜。她是金斯利[①]的崇拜者，这也是她给儿子取名叫埃米亚斯的原因。孩子的父亲对这个名字嗤之以鼻，但最终还是让步了。

"埃米亚斯·克雷尔身上糅合了父母双方的特点，这让他因此而受益。他从体弱多病的母亲那里继承了艺术天分，而他父亲那种活力和冷酷无情的自我主义也传给了他。所有克雷尔家族的人都是自私自利的。他们从来只为自己着想，不会替别人考虑。"

老人的手指轻轻敲着椅子扶手，用敏锐的目光瞥了波洛一眼。

"如果我说错了你可以纠正我，波洛先生，但我认为你感兴趣的是人的性格特点，可以这么说吗？"

波洛回答道："对我来说，所有案件中最让我感兴趣的就是这个。"

[①] 指查尔斯·金斯利（Charles Kingsley, 1819—1875），英国文学家、学者与神学家。他的历史小说《向西》（*Westward Ho!*）中的主人公名为埃米亚斯·雷。

"我能够想象到。在某种程度上可以说你是要深入到罪犯内心的。多么有意思,多么吸引人啊。当然啦,我们事务所从来没有承担过刑事案件的辩护,所以就算我们有兴趣,恐怕也难以胜任克雷尔太太这件案子,而梅休家族事务所却是再合适不过了。他们把案子交给德普利奇,简单介绍了情况,并没有添油加醋。他的要价很高,当然喽,他也极具表演才能!但他们万万没想到的是卡罗琳根本就不配合他,不按照他的要求去做。她可不是个会演戏的人。"

"那她到底是个什么样的人?"波洛问道,"这是我现在最急于知道的。"

"对啊,对啊,当然了。她怎么就会做出那种事来呢?这是真正至关重要的问题。你知道吗,我在她结婚前就认识她。她本名叫卡罗琳·斯波尔丁,是个性情乖戾、怏怏不乐,却又充满活力的姑娘。她母亲早年寡居,卡罗琳很爱她的母亲。后来她母亲再嫁,又生了一个孩子。是啊,是啊,她自然是非常伤心,非常痛苦的。都是年轻女孩儿那种强烈的嫉妒心在作祟啊。"

"她很嫉妒?"

"非常强烈。还曾经发生过一件令人遗憾的事情呢。可怜了那个孩子,她在事后也极度自责。但波洛先生你也知道,事情已经无可挽回了。那一刻她就是控制不住自己。这个只有在成熟以后才能够慢慢学会。"

波洛说:"出了什么事?"

"她打了那孩子,朝那个婴儿扔了个镇纸。那孩子有一只眼睛没了视力,而且永久地破了相。"

乔纳森先生叹了口气。他说道:"你应该能想象得到,在审讯过程中,针对这件事的一个简单问题就能产生什么样的效果。"

他说着摇摇头。"这给人留下一种印象，卡罗琳·克雷尔是个脾气暴烈、难以控制的女人。其实不是这样的，真的，不是这样的。"

他停顿了一下，又继续说道："卡罗琳·斯波尔丁经常来奥尔德伯里庄园小住。她马骑得很好，而且很热心。理查德·克雷尔很喜欢她。她服侍克雷尔太太，动作又熟练又轻柔，结果克雷尔太太也喜欢她。这姑娘在家的时候并不开心，但在奥尔德伯里的时候却很快乐。埃米亚斯的妹妹黛安娜·克雷尔跟她成了朋友。紧邻的那个庄园里的菲利普和梅瑞迪斯·布莱克兄弟俩也经常到奥尔德伯里来。菲利普从来就是个招人讨厌的一心向钱看的小畜生。我不得不承认我一直都很讨厌他。但据传他能说会道、巧舌如簧，而且还因为对朋友很讲义气而享有很好的口碑。梅瑞迪斯则是那种我们这一代通常认为性格软弱、多愁善感、总爱无病呻吟的人。喜欢植物啊、蝴蝶啊，观察鸟兽之类的。如今他们管这个叫作研究自然。唉，所有这些年轻人都让他们的父母大失所望。父辈就希望他们每天打打猎钓钓鱼什么的，可没有一个人走上这条路。梅瑞迪斯更喜欢观察小鸟小动物而不是去捕猎；菲利普不愿意待在乡下，他喜欢城里的生活，最终去做了赚钱的生意；黛安娜嫁人了，但对方压根儿不是个绅士，只是个战时的临时官员。而埃米亚斯，强壮、英俊、充满阳刚之气的埃米亚斯，干点儿什么不好，偏偏当了个画家。依我看，理查德·克雷尔就是受不了这个打击才死的。

"后来没过多久，埃米亚斯就娶了卡罗琳·斯波尔丁。他们俩总是打打闹闹的，但还算得上是一对恩爱夫妻。他们彼此很痴迷，也一直都很在意对方。但埃米亚斯就像所有克雷尔家族的人一样，是个冷酷的自我主义者。他爱卡罗琳，但从来不会为她着想，想怎么做就怎么做。依我看他爱任何人也不过就是如此了，跟他的艺术比起来，她还差得远呢，艺术对他来说才是第一位的，而且我敢说这个地位任何女人都取代不了。他和很多女人都有过风流韵事，她们能够激发他的热情，可是当他玩够了，他就会毫不留情地把她们甩掉。他既不多情也不浪漫，而且也不能算是一个完全的肉欲主义者。他唯一在乎的女人就是他自己的太太。她也正是因为知道这个，所以才能够一忍再忍。要知道，他是个非常出色的画家，她了解这一点，在这方面也很敬重他。他到处留情，却总是会再回到她身边，通常还会带着一幅新作借以展示。

"要不是后来出现了个埃尔莎·格里尔，日子可能就会一直这样下去了。埃尔莎·格里尔——"

乔纳森先生摇摇头。

波洛说："埃尔莎·格里尔怎么了？"

乔纳森先生出乎意料地说："可怜的孩子，可怜的孩子啊。"

波洛说："这就是你对她的感觉吗？"

乔纳森说："也可能是因为我上了年纪，但是我发现，波洛先生，年轻人身上的这种毫无戒备常常会把我感动得落泪。年轻人是多么脆弱易伤啊。那么坚决果敢，那么自信满满，那么慷慨大方，又那么务求完美。"

他站起身走到书柜前，拿出一本来翻开，然后大声地朗诵起来："'要是你的爱情的确是光明正大的，你的目的是在于婚姻，那么明天我会叫一个人到你的地方来，请你叫他带一封信给我，告诉我愿意在什么地方、什么时候举行婚礼；我就会把我的整个命运交托给你，把你当作我的主人，跟随你到天涯海角。'"[①]

[①] 引自朱生豪译《罗密欧与朱丽叶》，《莎士比亚全集》之八。

"这是借朱丽叶之口说的，爱情总是和青春密切相伴。没有沉默不语，没有犹豫不决，也没有所谓的少女的矜持。这就是青春所拥有的勇气、执着和果决的力量。莎士比亚洞悉了青春。朱丽叶选择罗密欧，苔丝狄蒙娜赢得了奥赛罗。这些年轻人都能够放下自尊、毫不疑虑、无所畏惧。"

波洛若有所思地说道："所以在你看来，埃尔莎·格里尔就像是朱丽叶的化身？"

"没错。她是个被幸运宠坏了的孩子——年轻、漂亮、富有。她找到了她的理想伴侣，并且得到了他——不是年轻的罗密欧，而是一个已婚的中年画家。对埃尔莎·格里尔来说，没有什么条条框框能够管得住她，她所抱持的是现代的行为准则：'想要什么就去拿——每个人都只活一次！'"

他叹了口气，向后靠回椅背，又开始轻轻敲打椅子的扶手。

"一个掠夺成性的朱丽叶。年轻、冷酷，却又无比脆弱！孤注一掷。表面上看起来她赢了……而然后呢，在最后关头，死神光顾了，原本那个活泼、热情、快乐的埃尔莎也随之一去不返，只剩下一个冷若冰霜、铁石心肠、满怀怨恨的女人，她发自心底痛恨那个亲手杀了她心上人的女人。"

他的声音变了："天哪，天哪！请原谅这个小小的过错，就当它是一出闹剧吧。一个涉世未深的年轻女子，对生活抱着不成熟的看法。我觉得这不是什么有意思的角色。白玫瑰的青春，情意绵绵，花容失色之类的。把这些去掉还剩下什么呢？也就是个平凡的年轻女子，在寻找一个现实生活中的偶像去摆上神坛吧。"

波洛说："如果埃米亚斯·克雷尔不是个著名画家的话——"

乔纳森先生马上表示了赞同。他说："太对了。你一下就说到点子上了。世界上就有像埃尔莎这样崇拜偶像的人。男人必须事业有成，声名显赫……而卡罗琳·克雷尔就能够看出一个人身上的品质，哪怕他只是个银行职员或者保险代理人！卡罗琳爱的是埃米亚斯·克雷尔这个人，而不是埃米亚斯·克雷尔这个画家。卡罗琳·克雷尔可没有那么不谙世事，而埃尔莎·格里尔就是那样。"

他补充道："不过她年轻、漂亮，在我看来十分可怜。"

赫尔克里·波洛上床的时候还在思考。他被人格问题所深深吸引了。

对于那个管理员埃德蒙兹来说，埃尔莎·格里尔就是个十足的贱货。

而对老乔纳森先生来说她却是不朽的朱丽叶。

卡罗琳·克雷尔又怎么样呢？

每个人眼中的她都不一样。蒙塔古·德普利奇鄙视她，觉得她是个失败主义者——一个轻言放弃的人。在年轻的福格眼中她代表着浪漫。埃德蒙兹简单地把她看成一个"淑女"。而乔纳森先生则说她是个性情乖戾、冲动的女人。

那他自己，赫尔克里·波洛，会怎么看她呢？

他感觉这次能否成功地探明真相，就取决于这个问题的答案了。

目前为止，他见过的所有人中，无论他们认为卡罗琳·克雷尔是什么样的人，都没有一个人怀疑过她就是凶手的结论。

警司

前警司黑尔一边抽着他的烟斗一边思考着。

他说:"波洛先生,这真是个挺奇怪的想法。"

"也许吧,有点儿不同寻常。"波洛小心翼翼地附和道。

"你瞧,"黑尔说,"事情都已经过去那么久了。"

赫尔克里·波洛预见到自己很快就会对这句大家不约而同的回答感到厌倦。他温和地说道:"当然,这又额外增加了难度。"

"如果要翻旧账的话,"对方沉思着说道,"我想应该是有目的的,那么……"

"确实有目的。"

"究竟是什么呢?"

"人有可能仅仅因为喜欢而去探寻事实真相,我就是这样一个人。而且你千万别忘了,还有那位年轻的女士。"

黑尔点点头。

"我能够理解她的初衷。但是波洛先生,请你别见怪,你是个聪明人,你完全可以给她编个故事嘛。"

波洛回答道:"你不了解这位年轻的女士。"

"哦,拜托,你可是个身经百战的人啊!"

波洛挺直了身子。

"天哪,也许就像你认为的那样,我是个很擅长编谎话的人。但那有悖于我的道德操守,我有我的行事原则。"

"抱歉,波洛先生,我并非故意伤害你的感情。这么说吧,我只是觉得你即使这么做了也是有很好的理由的。"

"我不知道,真是这样吗?"

黑尔缓缓地说道:"对于一个即将出嫁的快乐而单纯的女孩儿来说,得知自己的母亲是个杀人凶手确实是件很不幸的事。如果我是你,我就会找到她并告诉她,归根结底,事实上是自杀。告诉她是德普利奇把这个案子搞砸了,然后告诉她,你心里一点儿都不怀疑克雷尔是自己服毒身亡的。"

"但是我心里充满了疑问!我一点儿都不相信克雷尔会服毒自杀。你自己想没想过,这合乎情理吗?"

黑尔慢慢地摇了摇头。

"你明白了吗?没错,我必须找到事实真相,而不是一个貌似合理,或者甚至听起来都不太合理的谎言。"

黑尔转过身看着波洛。他那张本就有些发红的阔脸膛变得更红,甚至也显得更宽了。他说道:"你说起了事实真相。我想要明明白白地告诉你,我们认为,我们已经找到了克雷尔一案的真相。"

波洛迅速说道:"你说的这句话意义重大。我了解你的为人,既诚实又干练。那么你告诉我,你心里就从来不曾对克雷尔太太有罪的结论产生过任何怀疑吗?"

警司的回答同样是脱口而出。

"没有丝毫的怀疑,波洛先生。当时的情形立刻就指向了她,而我们发现的每一个单独的事实也都支持这个结论。"

"你能给我大概说说那些不利于她的证据吗?"

"没问题。接到你的信以后,我就去查阅了这件案子的卷宗,"他拿起一个小笔记本,"我把一些重要的事实大致都记在这里了。"

"非常感谢,我的朋友。我准备洗耳恭听了。"

黑尔清了清嗓子。他的声音中透出了些许官腔。

"九月十八日下午两点四十五分,康韦督察接到了安德鲁·福塞特医生的电话。福塞特医生报告说奥尔德伯里的埃米亚斯·克雷尔先生暴亡,根据死亡现场的情形,以及一位在宅子里做客的布莱克先生陈述的情况,他认为这件事应该交由警方处理。

"康韦督察立即带着一名警长和一名法医赶到了奥尔德伯里。福塞特医生在那里等着他们,带他们去了发现克雷尔先生尸体的地方,尸体没有被动过。

"克雷尔先生当时正在一个围墙围起来的小花园里作画,这个花园被称为巴特利花园,它可以俯瞰大海,因围墙的垛口上安放着一些小型加农炮而得名[①]。花园距离住宅步行大约需要四分钟。克雷尔先生当天没有回屋吃午饭,因为他想要捕捉光线打在石头上的某种特殊效果,如果晚了的话太阳的位置就不对了。于是他就一个人留在巴特利花园里画画。据说这种情况经常发生,克雷尔先生很少注意到用餐的时间。有时候他们会给他送个三明治下去,但更多的时候他不愿意被人打扰。最后看见他活着的人是埃尔莎·格里尔小姐(住在房子里)和梅瑞迪斯·布莱克先生(一位近邻)。这两个人是一起走回屋去的,并且和屋子里的其他人一起吃了午饭。午饭过后,他们在阳台上喝咖啡。克雷尔太太喝完她的咖啡以后,说她打算'下去看看埃米亚斯画得怎么样了'。家庭女教师塞西莉亚·威廉姆斯小姐陪她一同起身。她正在找一件套头毛衣,那是她的学生,克雷尔太太的妹妹安吉拉·沃伦小姐的,沃伦小姐不记得把它放在哪里了,她想也有可能是落在了下面的海滩上。

"这两个人一起出发了。那条小路一路向下,穿过一些树林,一直能通到巴特利花园的门口。你可以从这里进入巴特利花园,也可以继续沿着这条路走,最后走到海边。

"威廉姆斯小姐接着往下走了,克雷尔太太则进了巴特利花园。然而,几乎是立刻,就听到克雷尔太太开始尖叫,威廉姆

[①]原文中巴特利(Battery)有炮台、排炮的意思。

斯小姐马上折了回来。她们看见克雷尔先生斜躺在座位上,已经死了。

"在克雷尔太太的急切要求之下,威廉姆斯小姐离开巴特利花园,匆忙回屋打电话叫医生。然而在半路上,她碰见了梅瑞迪斯·布莱克先生,于是又把这件差事托付给了他,自己则返回去找克雷尔太太,她觉得她身边可能需要有个人陪。福塞特医生一刻钟以后赶到了现场。他一眼就看出克雷尔先生已经死了一段时间,他估计大概的死亡时间在一点到两点之间。没有东西能够表明死亡的原因。没有外伤,而且克雷尔先生的姿势也显得极其自然。然而福塞特医生非常了解克雷尔先生的健康状况,很确定地知道他什么病也没有,因此他觉得事态有点儿严重。也恰在此时,菲利普·布莱克先生告诉了福塞特医生一件事。"

黑尔警司停顿了一下,深吸了一口气,那样子就像是准备要开始第二章了。

"后来布莱克先生把他的话对康韦督察又重复了一遍。大概意思是这样的:他那天早上接到了他哥哥梅瑞迪斯·布莱克先生(他住在一英里半以外的汉考斯庄园)的电话。梅瑞迪斯·布莱克先生是一个业余的药剂师,或者也许说他是个种药草的人更贴切。那天早上梅瑞迪斯·布莱克先生一进他的实验室就被吓坏了,他注意到一个装着毒芹制剂的瓶子几乎空了,而就在之前的一天这个瓶子还差不多是满的。他对此惊慌失措,只得给弟弟打电话,想征求一下他的意见,看看该怎么办。菲利普·布莱克先生催他赶快到奥尔德伯里来一起商量对策,他自己则去半道上迎候哥哥,这样他们可以一起走回屋子。关于应该采取什么措施,他们还没有决定好,准备先放一放,等到午饭以后再继续商议。

"在进一步的调查之后,康韦督察弄清了以下事实:在前一天下午，有五个人从奥尔德伯里走路去汉考斯庄园喝茶，包括克雷尔先生和太太、安吉拉·沃伦小姐、埃尔莎·格里尔小姐，以及菲利普·布莱克先生。在那儿的那段时间里，梅瑞迪斯·布莱克先生就他的爱好发表了长篇大论，还带着大家进他的实验室'到处转了转'。在参观的过程中，他提到了一些特殊的药，其中之一就是毒芹碱，也就是从毒芹中提取出来的主要活性成分。他解释了它的特性，对于它已经从药典当中消失了的事实，他哀叹了一番，并且还吹嘘他知道小剂量的毒芹碱可以非常有效地治疗百日咳和哮喘。后来他又谈到了它的致死性，还给他的客人们念了几段一个希腊作家写的描述它毒性的东西。"

黑尔警司又停了下来，重新装满了烟斗，继续他的第三章。

"警察局局长弗里尔上校把这个案子移交给了我。尸检的结果毋庸置疑。我听说服毒芹碱致死的人死后并没有确定的表征，不过医生们自有办法，还是发现了大量的药物残留。医生认为这是在死亡之前两三个小时左右服下去的。在克雷尔先生前面的桌子上，有一个空玻璃杯和一个空啤酒瓶，里面的残留物都经过了分析。结果在啤酒瓶里没有发现毒芹碱，而玻璃杯里有。我做了调查，得知虽然巴特利花园的一座小凉亭里常备着一箱啤酒和玻璃杯，供克雷尔先生在画画过程中口渴时取用，但就在那天上午，克雷尔太太从屋子里带下来了一瓶刚刚冰镇好的啤酒。她到那儿的时候克雷尔先生正忙于作画，格里尔小姐则坐在其中一个垛口上为他摆姿势当模特儿。

"克雷尔太太开了酒瓶，倒好了酒，将杯子交到了站在画架前的丈夫手中。他一饮而尽——后来我得知这是他的习惯。接着他做了个鬼脸，把杯子放在桌子上说道：'今天所有东西都这么难喝！'格里尔小姐于是笑着说道：'真难伺候！'克雷尔先生说：'好吧，不管怎么说，好歹是凉的。'"

黑尔停了下来。波洛说："这件事发生在什么时间？"

"大概在十一点十五分左右。克雷尔先生继续画画。据格里尔小姐讲，后来他开始抱怨四肢有点儿发僵，嘟囔着说肯定是得了风湿病什么的。不过他是那类痛恨承认自己生病了的人，必定会极力掩饰不舒服的感觉。我得说，他很烦躁地让其他人都上去吃午饭，而自己单独留在那儿，是他很典型的做法。"

波洛点点头。

黑尔继续说道："于是克雷尔就一个人留在了巴特利花园里。毫无疑问，其他人一走他就倒在椅子上放松了下来，肌肉渐渐开始麻痹。身边没有人救他，死亡也就随之而来了。"

波洛又点点头。

黑尔说："嗯，我按照惯例继续进行调查。获悉事实并没有费太大力气。在之前一天，克雷尔太太和格里尔小姐之间曾经发生过一次激烈的争吵。后者相当傲慢无礼地说到'等我住在这儿的时候'家具要如何重新摆放，克雷尔太太不甘示弱，说：'你这话什么意思？什么叫等你住在这儿的时候？'格里尔小姐回答说：'卡罗琳，别假装不知道我说的是什么意思。你就像是一只把头埋在沙子里的鸵鸟，其实你心里清楚得很，埃米亚斯和我彼此相爱，很快就要结婚了。'克雷尔太太说：'我可从来没听说过。'然后格里尔小姐说：'好啊，那你现在知道了吧。'似乎这个时候这位丈夫正好走进房间，于是克雷尔太太转向他说道：'埃米亚斯，她说的是真的吗？你准备和埃尔莎结婚？'"

波洛充满兴趣地问道："那克雷尔先生又是怎么说的呢？"

"据说他冲着格里尔小姐大声咆哮起来：'你他妈没事儿把这个抖搂出来干什么？你就不会管住你自己的嘴？'"

"格里尔小姐说:'我觉得卡罗琳应该知道真相。'

"克雷尔太太对她丈夫说:'是真的吗,埃米亚斯?'

"他似乎是不愿意看她,把脸扭到一边咕哝着什么。

"她又说:'有什么就说出来吧。我必须知道。'

"于是他说:'对,是真的,但我现在不想讨论这个。'

"说完他愤然离开了房间,而格里尔小姐接着说道:'你听见了吧!'然后就是说克雷尔太太如果继续像一只卧在马槽里阻碍别人的狗一样,对她也没什么好处。大家都应该表现得理智一些,她自己则希望卡罗琳和埃米亚斯还能够一直做很好的朋友。"

"那克雷尔太太怎么说?"波洛好奇地问。

"根据证人的说法,她当时笑了。她说:'除非我死了,埃尔莎。'然后她走到门边,格里尔小姐在她身后喊道:'你什么意思?'克雷尔太太回过头来说:'就算我把埃米亚斯让给你,也会先把他杀了的。'"

黑尔顿了一下。

"够狠毒的吧,嗯?"

"是啊,"波洛看上去在思索,"有谁听到了这些话?"

"威廉姆斯小姐当时在屋里,还有菲利普·布莱克。这对他们来说都很尴尬。"

"他们关于这些话的叙述一致吗?"

"八九不离十。你永远找不到两个证人能够对一件事的记忆完全一致,这个你心里和我一样清楚,波洛先生。"

波洛点点头,若有所思地说:"是啊,有意思的是,如果能搞清楚……"他的话只说了一半。

黑尔继续说道:"我开始对房子进行搜查。在克雷尔太太卧室一个最底下的抽屉里,我发现了一个小瓶子,藏在一堆冬天穿的厚长袜下面，上面贴着茉莉花香水的标签。瓶子是空的。我取了上面的指纹，只有克雷尔太太的。成分分析的结果表明里面含有极少量的茉莉油，却有浓度很高的氢溴酸毒芹碱溶液。

"我告诫了克雷尔太太，给她看了瓶子。她的回答轻松随意。她说她一直以来心情都很糟糕，在听了梅瑞迪斯·布莱克先生讲解那些药物之后，她溜回了实验室，把包里的一小瓶茉莉花香水倒空，然后装满了毒芹碱溶液。我问她为什么要这么做，她说：'我不想说太多这方面的事，但是我确实受到了很大的打击。我丈夫正准备抛弃我去投入另一个女人的怀抱，如果真的发生了，我也就不想活了。这就是我拿它的原因。'"

黑尔又停下来。

波洛说："这么说的话，还是挺有可能的。"

"也许吧，波洛先生。但这和别人听到她说的话可一点儿都对不上。而且就在第二天早上还发生了另一幕。菲利普·布莱克先生听到了一部分，格里尔小姐听到了另外一部分。事情发生在书房，当时克雷尔先生和太太在那里。布莱克先生当时在大厅里听见了只言片语。而格里尔小姐就坐在书房开着的窗户附近，她听见的话就多多了。"

"他们都听见什么了？"

"布莱克先生听见克雷尔太太说：'你和你那些女人！我想杀了你，哪天我一定要杀了你。'"

"没提自杀的事情？"

"没错，只字未提，没有一句诸如'你要是这么干我就自杀'之类的话。格里尔小姐的证词也大体相同。照她的说法，克雷尔先生说：'卡罗琳，请你试着理性一点儿，我喜欢你，也希望你一直都好好的——包括你和孩子。但我准备和埃尔莎结婚。我们可是一直都说好了要给彼此自由的啊!'克雷尔太太回答道:'很好啊,别说我没警告过你。'他说:'你什么意思?'然后她说:'我的意思是说我爱你,我不想失去你。我宁可杀了你也不愿意让你跟那个女孩儿走。'"

波洛轻轻地做了个手势。

"我忽然想到,"他小声说道,"格里尔小姐提这件事是不是太不明智了呢?克雷尔太太要是想拒绝和丈夫离婚可是易如反掌啊。"

"我们有一些证据跟这个有关。"黑尔说,"克雷尔太太似乎和梅瑞迪斯·布莱克还比较谈得来。他是个值得信赖的老朋友。他对这件事也感到很难过,于是设法和克雷尔先生谈了谈。我想这应该是在头一天的下午。布莱克先生对他的朋友婉言相劝,说如果克雷尔夫妇的婚姻就这样悲惨地破裂的话,他会有多么难过。他还强调说,格里尔小姐还很年轻,如果被牵扯上离婚法庭可就不是什么小事儿了。对此克雷尔先生笑着回答(他一定是个冷酷无情的人):'埃尔莎根本就不是这样想的,她不会出现在法庭上,我们会按照通常的方法了结这件事情。'"

波洛说:"所以说,像格里尔小姐那样把这件事抖搂出来就更不明智了啊。"

黑尔警司说:"哦,你当然知道女人都是这样的!恨不得互相掐着对方的脖子才过瘾呢,可是无论如何,那种局面对谁来说都不好收拾。我不能理解克雷尔先生怎么就会听之任之。按梅瑞迪斯·布莱克先生的说法,他想要完成他的画作。你觉得这说得通吗?"

"是的,我的朋友,我觉得说得通。"

"但我不这么看,他这不是在自找苦吃吗!"

"那姑娘这样把事情说出来,有可能真的把他惹毛了。"

"哦,他的确生气了。梅瑞迪斯·布莱克是这么说的。如果说他必须画完这幅画,我不明白他为什么不能拍一些照片,然后对着照片画呢?我认识一个家伙,画水彩风景画的,就这么干。"

波洛摇摇头。

"不,我能够理解克雷尔作为艺术家的想法。你必须明白,我的朋友,也许在那个时候,那幅画对克雷尔来说是唯一要紧的事。无论他有多么想要那个女孩儿,那幅画都是最重要的。这也就是为什么他希望能够平稳地度过她到访的这几天,不急于把这件事公之于众。而那个女孩儿当然不这么看。对女人来说,爱情总是最重要的。"

"我还不知道这个吗?"黑尔警司有些激动地说。

"而男人,"波洛继续说道,"尤其是艺术家,就不一样了。"

"艺术!"警司不屑一顾地说道,"别老跟我说什么艺术!我从来就理解不了,也不想去理解。你真应该看看克雷尔当时正在画的画儿,完全是歪的嘛!他把那个女孩画得就像是在闹牙疼一样,而那些墙上的垛口也都是歪歪扭扭的。整幅画难看死了。那之后很长时间这种印象都挥之不去,我甚至还梦到过呢。更要命的是它还影响了我的视觉,我后来再看垛口和城墙之类的东西,都跟那幅画里画的一样。对了,看女人也是!"

波洛微微一笑,说道:"尽管你自己还没意识到,但实际上你正是在称颂埃米亚斯·克雷尔伟大的艺术成就呢。"

"都是胡扯。为什么画家就不能画些让人赏心悦目的东西?非要不厌其烦地找那些丑陋无比的吗?"

"亲爱的,有些人就是能在奇怪的地方发现美。"

"那姑娘确实是个美女,"黑尔说,"妆化得很浓,衣服穿得却少得不能再少。这些女孩儿的做派真是有点儿说不过去。别忘了,那可还是在十六年前呢。现在大家可能都司空见惯了,不过那时候真的惊着我了。一条长裤加上一件帆布的开领衬衫,我敢打包票,别的就什么都没了!"

"看起来你对这些事情记得很清楚啊。"波洛俏皮地小声说道。

黑尔警司的脸一下子红了。"我只是告诉你我当时的印象。"他一脸严肃地说道。

"不错,不错,"波洛安慰着他,然后继续说道:"那么看起来,对克雷尔太太最主要的不利证人就是菲利普·布莱克和埃尔莎·格里尔?"

"是的。两个人的态度还都挺激烈的。不过检方也传唤了家庭女教师,她说的话可比那两个人有分量。你知道,她是完全站在克雷尔太太这一边的,为了她两肋插刀。但她是个诚实的人,如实地提供了证词,并没有故意地轻描淡写。"

"梅瑞迪斯·布莱克呢?"

"那个可怜的绅士,整件事情搞得他很难过,不过也该当如此!他为鼓捣那些药而深感自责,而验尸官也为这事儿怪罪了他。毒芹碱及其盐类化合物可都是归到《毒品法案》I类目录底下的。他因此受到了强烈的谴责。而且他本来就是那种想要远离是非,不愿抛头露面的乡绅,跟双方又都是朋友,这一来对他的打击可太大了。"

"克雷尔太太的妹妹没有出庭作证吗?"

"没有,并不需要她作证。克雷尔太太威胁她丈夫的时候她并不在场,而且她能告诉我们的东西,我们从其他人那儿也能问出来。她看到克雷尔太太从冰箱里拿了冰镇啤酒。当然了,辩方也可以传她出庭,让她说克雷尔太太是直接把酒拿下去的,并没有做什么手脚。不过这也没什么意义,因为我们从来没有说过毒芹碱是在啤酒瓶子里的。"

"那她是如何在两个人的注视之下在玻璃杯里下毒的呢?"

"啊,首先,他们并没有看着她。换句话说,克雷尔先生正在画画,他的眼睛盯着他的画布和模特。而格里尔小姐正摆着姿势,坐的地方几乎背对着克雷尔太太站的地方,她的目光是从克雷尔先生的肩膀上看过去的。"

波洛点点头。

"如我所言,他们两个人都没有看着克雷尔太太。她应该是把毒药装在了一个小吸管里,就是通常用来灌钢笔水的那种。我们在走回屋子的小路上发现了一个破碎的吸管。"

波洛小声嘟囔道:"你总能够自圆其说。"

"噢,承认吧,波洛先生!我们不带任何偏见。是她威胁说要杀了他,是她从实验室拿走了毒药,空瓶子也是在她的房间里发现的,除了她没有人动过。她有意把冰镇啤酒给他送下去,不管怎么说,这件事都很奇怪,尤其在你知道他们刚刚闹翻了的情况下——"

"确实很蹊跷,我也注意到了。"

"没错,有点儿像是在示好。可是为什么她突然之间就变得这么和蔼可亲呢?他抱怨说啤酒的味道不好,而毒芹碱就有一股让人讨厌的味道。发现尸体是她安排好的,然后她让另一个女人去打电话。为什么呢?这样她就有时间擦掉酒瓶和玻璃杯上的指纹,再把他的手指头摁上去。如此一来她就可以说他全都是因为悔恨才会服毒自杀的。倒是个有可能的故事。"

"不过显然这个故事编得还不够好。"

"是不够好。如果让我说的话,她就没用点儿心思去好好想想。她满脑子都是仇恨和嫉妒，一心想的就是要置他于死地。然后当木已成舟，当她看到他已经死了的时候，我想，她突然之间醒悟过来，意识到自己这是在谋杀，而谋杀是要被绞死的。绝望之际她的脑子一片空白，唯一能够想到的理由就是——自杀。"

波洛说："你说的这些很有道理，是的。她当时心里可能就是这么想的。"

"从某种角度来看，这是一起有预谋的犯罪，而从另一个角度来看又不完全是。"黑尔说，"你知道吗，我并不相信她有个全盘的计划，倒像是在走一步看一步。"

波洛咕哝道："我没想明白……"

黑尔好奇地看着他，说道："波洛先生，听我说完之后，你能相信这是一桩很明确的案子了吗？"

"差不多，但还不完全。还有一两件奇怪的事……"

"那你还能提出其他的见解吗，能站得住脚的？"

波洛说："那天早上别的人都在干什么？"

"我可以向你保证，我们都查过了。我们调查了每一个人的行动，没有一个人有所谓的不在场证明——毒杀案本身也不可能有。为什么呢，因为准备行凶的人完全可以在之前一天把装好毒药的胶囊交给受害者，告诉他这个专治他的消化不良，一定要在午饭前服下去，然后他自己却远走高飞了，这一手谁也防不住。"

"不过你也不觉得这个案子里会有这种情况吧？"

"克雷尔先生并没有消化不良的毛病。而且不管怎么说，我都没发现这方面的情况。梅瑞迪斯·布莱克先生确实喜欢向人推荐他自制的那些草药偏方，但我并不认为克雷尔先生真的吃过。如果他真吃过，那他很可能就会拿它当笑话跟别人说了。话说回来，梅瑞迪斯·布莱克先生有什么理由想要杀了克雷尔先生呢？

所有的事情都表明他们俩关系很好。所有人都是。菲利普·布莱克先生是他最好的朋友,格里尔小姐正在和他谈恋爱。我猜威廉姆斯小姐应该是很不喜欢他——不过在道德层面上的非难也不意味着就要下毒杀了他啊。小沃伦小姐总跟他吵吵闹闹的,她正处在招人烦的年纪——我相信,她那时就要去学校了,不过他很喜欢她,而她也同样喜欢他。你知道吗,在那个家里她一直都受到特别的关爱和照顾。你可能也听说了其中的原因。她还是个孩子的时候受了很严重的伤,就是克雷尔太太在狂怒之下干的。这是不是也能够说明,她是个很缺乏自制力的人?居然去伤害一个孩子,还造成了终身残疾!"

"这也可能表明,"波洛沉思地说,"安吉拉·沃伦有很好的理由对卡罗琳·克雷尔怀恨在心。"

"也许吧,但这并非针对埃米亚斯·克雷尔的。而且不管怎么说,克雷尔太太很爱她这个小妹妹,在她父母死后给了她一个家。如我所说,她对她倾注了特别的感情,按他们的说法,简直都要把她惯坏了。很显然这个女孩儿也喜欢克雷尔太太。审判期间我们一直都让她回避,尽可能把她保护起来。我相信,这是克雷尔太太极力主张的。但这个女孩儿极其难过,总盼着有人能带她去监狱里看她姐姐。卡罗琳·克雷尔就是不同意。她说这种事情对一个女孩子一生的心理都会造成伤害,于是把她安排到国外去读书了。"

他接着补充道:"沃伦小姐后来成了一个非常杰出的女人。她去各种稀奇古怪的地方旅行,在皇家地理学会发表演讲,这类的事情。"

"就没有人记得那次审判吗?"

"啊,因为她们不同姓。她们甚至连娘家姓都不一样。她们是同母异父，克雷尔太太本姓斯波尔丁。"

"这个威廉姆斯小姐，她是那个孩子的家庭教师，还是安吉拉·沃伦的？"

"她是安吉拉的老师。孩子专门有个保姆照顾，不过我相信她以前每天也都会跟威廉姆斯小姐学一些功课。"

"出事的时候孩子在哪儿？"

"她正好和保姆一起去了她教母特雷西利安夫人那里。她教母是个寡妇，曾失去过两个小女儿，因此特别疼爱这个孩子。"

波洛点点头。"我明白了。"

黑尔继续说道："有关谋杀发生当天其他人的行踪和活动，我也全都可以告诉你。

"格里尔小姐早餐后坐在阳台上，靠近书房窗户的地方。如我所说，她就是在那里听到了克雷尔和他妻子的争吵。之后她和克雷尔一起下去到巴特利花园，坐在那儿给他当模特，直到午饭时间，中间为了放松肌肉休息过几次。

"菲利普·布莱克早餐后在屋子里，他听到了部分争吵。在克雷尔和格里尔小姐离开以后他看了一会儿报纸，直到他哥哥给他打来电话。随即他就走下海岸那里迎候他哥哥。然后他们两个人又一起沿着小路走上来，途中经过巴特利花园。格里尔小姐因为觉得有点儿冷，那时恰好回屋去拿她的套衫，而克雷尔太太正和她丈夫商量着安吉拉离开家去上学的安排。"

"啊，一次友好的会面。"

"嗯，不，一点儿都不友好。照我的理解，克雷尔简直就是在冲她吼，怪她不该用这些鸡毛蒜皮的家务琐事来打扰他。我猜她是想假如两人注定要分开，那就先把这些事情都处理妥当吧。"

波洛点了点头。

黑尔继续说下去："兄弟俩跟埃米亚斯·克雷尔说了几句话。接着格里尔小姐就回来了，继续回到她的位置上，而克雷尔又重新拿起他的画笔，很明显是想让他们都离开。他们也都很识趣地回了屋子。顺便提一句，就是他们在巴特利花园的时候，埃米亚斯·克雷尔抱怨说下面存放的这些啤酒都太热了，于是他妻子答应给他送一些冰镇的下来。"

"啊哈！"

"一点儿没错——啊哈！她这个时候又甜得跟蜜糖似的了。他们走上去回到宅邸，坐在外面的阳台上。克雷尔太太和安吉拉·沃伦给他们把啤酒拿出来。

"后来，安吉拉·沃伦去下面海边嬉水，菲利普·布莱克陪着她一起去了。

"梅瑞迪斯·布莱克带着椅子去了巴特利花园上面一点的一块空地上。在那里他正好可以看见格里尔小姐在垛口那儿摆着姿势，还能听见她和克雷尔说话的声音。他就坐在那儿反复琢磨毒芹碱的事儿。他仍然十分担心，却不知道该怎么办。埃尔莎·格里尔看见了他，还冲他招了招手。当午饭铃声响起的时候他走下去到巴特利花园，和埃尔莎两个人一起走回了屋子。用他自己的说法，那个时候他就注意到，克雷尔看上去怪怪的，不过他并没有放在心上。克雷尔是那种从来不生病的人，所以大家也就不会想到他可能生病了。另一方面，他有时候也会因为自己的作品没有达到他想要的效果而愤怒或者沮丧。在这种情况下，最好让他一个人待着，尽量别跟他说话。这两个人当时就是这么做的。

"至于其他人，仆人们忙于家务活儿和做午饭。威廉姆斯小姐上午先是在教室里批改了一些作业，后来又拿了些针线活儿到阳台上去做。安吉拉·沃伦上午大部分时间都在花园里游荡，爬爬树，吃点儿东西——你也知道十五岁的小孩儿都是这样！吃些李子啊，酸苹果啊，硬梨啊什么的。回屋以后，就像我刚才说的，她和菲利普·布莱克一起下去到海边，游泳洗澡，一直玩到吃午饭。"

黑尔警司停了一下，有些咄咄逼人地说道："那么，你发现什么破绽了吗？"

波洛说："完全没有。"

"好啦，搞定！"

这两个词意味深长。

"不过尽管如此，"赫尔克里·波洛说，"我还是得让自己满意才行。我——"

"你还打算干什么？"

"我准备去拜访这五个人。我打算从每个人嘴里听听他们自己的故事。"

黑尔警司悲哀地长叹一声。

他说："天哪，你脑子有毛病吧！他们每个人的说法都会不一样的。你连这个最基本的事实都不懂吗？无论如何也不会有两个人对一件事的记忆是完全一致的，而且又过了这么久！唉，你会听到这五个人给你讲五件不同的谋杀案！"

"这个，"波洛说，"正是我所期望的。那将会很有启发性。"

这只小猪跑去市场

菲利普·布莱克显然跟蒙塔古·德普利奇所描述的如出一

辙，是个成功富足、精于盘算、一副笑模样的男人，就是稍微有点儿发福。

赫尔克里·波洛把会面的时间定在了周六下午六点半。菲利普·布莱克刚刚打完他的十八洞，他为比赛下了赌注，最后赢了对手五英镑，此时正心情大好，因此表现得既友善又健谈。

赫尔克里·波洛做了自我介绍，解释了会面的目的。这一次他至少没有表现出对于探究纯粹事实真相的那种极度热情。而在布莱克看来，对方应该也就是为了编写一套关于著名罪案的丛书。

菲利普·布莱克皱着眉头说道："好家伙，编这些东西是要干什么？"

赫尔克里·波洛耸了耸肩。他今天尽最大可能表现得像个外国人，不再那么神气十足，而是力图让对方瞧不起。

他小声说道："是因为那些读者。他们就喜欢看这个，没错，就好这个。"

"这帮变态。"菲利普·布莱克说。

不过他说这话的时候还挺和气的，并没有带着那种更敏感的人可能表现出来的挑剔和厌恶。

赫尔克里·波洛耸了耸肩膀，说道："这是人的本性。布莱克先生，你和我，我们都是了解这个世界的人，对我们的人类伙伴并不抱有什么幻想。他们中的大多数都不是坏人，但无疑也不必把他们理想化。"

布莱克由衷地说道："我早就放弃我的幻想了。"

"不过有人跟我说，你挺能说会道，会讲故事。"

"啊哈！"布莱克的双眼放着光，"这个你也听说啦？"

波洛恰到好处地笑了。这不会是一个令人愉快的故事，但是很有意思。

菲利普·布莱克靠在椅背上,全身放松,眼睛高兴地眯起来。

赫尔克里·波洛突然觉得,他看起来就像一只心满意足的猪。

一只猪。这只小猪去市场……

面前的这个男人,这个菲利普·布莱克,到底是个什么样的人呢?看上去他无忧无虑,既富有又满足,没有什么悔恨内疚的想法,没有什么寝食难安的往事,也没有什么挥之不去的记忆。都没有,他就像一只被喂得膘肥体壮的猪,拉去市场就能卖个好价钱……

但是也许,曾经的菲利普·布莱克并不是这个样子。他年轻的时候肯定是个帅小伙儿。眼睛可能是稍微小了点儿,离得也稍微近了些,但除此之外绝对是个相貌英俊、体形匀称的年轻人。他现在有多大岁数?估计也就在五六十岁之间。那么在克雷尔死的时候,他应该将近四十了。那时的他肯定不像现在这样迟钝,也不会有现在这副志得意满的样子。也许那时他对生活的要求更多,但得到的却很少……

波洛小声嘟囔了一句人们常挂在嘴边的话:"你知道我是干什么的吧?"

"不,说老实话,我要是知道才怪呢。"这个证券经纪人再一次挺起了身子,眼神中又透出了那股精明劲儿,"为什么是你来呢?你不是个作家吧?"

"不,根本不是,实际上我是个侦探。"

波洛说这句话时谦逊的口气可是从来没有过的。

"当然啦,我们大家都该知道的,大名鼎鼎的赫尔克里·波洛嘛!"

不过他的语调中带着几分嘲弄。从根本上来说,菲利普·布莱克是那种过于典型的英国男人，从来都不会把外国人太放在眼里的。

要是跟他的狐朋狗友在一起，他也许就会说："这个怪里怪气的骗子！好吧，我猜他那套把戏也只能哄哄女人们。"

尽管这种居高临下的嘲讽态度正是赫尔克里·波洛有意要引出来的，但他发现自己还是感到很懊恼。

这个人，这个在事业上算得上很成功的男人，居然对赫尔克里·波洛表现得不以为然！真是让人气愤。

"你对我如此了解，"波洛言不由衷地说，"我真是受宠若惊啊。我想告诉你，我的成功案例都是建立在心理学基础上的，永远都要搞清楚人为什么要做某些事。布莱克先生，这也是当今世界对于犯罪行为最感兴趣的地方。以前大家感兴趣的是那种浪漫。在讲述著名案例的时候也只是从一个角度，把它和爱情故事联系在一起。现在大不相同了。人们现在已经乐于了解到克里平医生之所以杀死他的妻子，是因为她是个又高又壮的女人，而他自己则身材矮小，其貌不扬，觉得在她面前总是低人一等。他们还会了解到某个著名的女杀人犯杀人是因为她在三岁的时候受到过父亲的斥责和冷落。如我所说，如今人们感兴趣的就是罪案发生的原因。"

菲利普·布莱克轻轻打了个哈欠，说道："要我说的话，绝大多数犯罪的原因都再明显不过了。通常就是因为钱。"

波洛高声说道："啊，但我尊敬的先生，背后的原因从来都不会那么明显的。这才是关键所在！"

"那么这也就是你的着眼点喽？"

"你说得没错，这就是我的着眼点！有人建议要从心理学的角度重写一些过往的罪案，而犯罪中的心理学正是我的专长。所以我就接受了这个任务。"

菲利普·布莱克咧着嘴笑了。

"我猜,报酬丰厚吧?"

"我希望是,我当然希望这样。"

"祝贺你啊。现在也许你愿意告诉我,我能够做什么呢?"

"当然。是关于克雷尔的案子,先生。"

菲利普·布莱克看上去并没有很吃惊,但似乎在思考什么。他说道:"是啊,当然,克雷尔那件案子……"

赫尔克里·波洛有些不安地说:"布莱克先生,这不会让你觉得为难吧?"

"噢,至于这个嘛,"菲利普·布莱克耸耸肩膀,"对你没法阻止的事情生气,又有什么用呢?卡罗琳·克雷尔的案子已经是家喻户晓了,任何人都可以提笔去写它,我反对也没用。不妨告诉你,从某种程度上来说,我的确特别讨厌这样。埃米亚斯·克雷尔是我最好的朋友之一。现在又要重提这件不那么光彩的事儿,让我挺难受的。不过,这种事情总是会发生的。"

"布莱克先生,你倒真是个豁达的人。"

"那倒也不是。我只是很明白没必要干自不量力的事儿罢了。我相信你不会像其他很多人那样,写得让人无法接受。"

"至少,我希望能够写得审慎一些,格调高雅一些。"

菲利普·布莱克放声大笑起来,笑声里并没有多少真正的乐趣。"听你这么说,真能把我逗乐了。"

"布莱克先生,我向你保证,我是真的对这个感兴趣。对我来说并不仅仅是钱的问题。我是真心地想要再现过往,去感知当时发生的事情,看看表面之下的东西,想象一下剧中人物的想法和感受。"

菲利普·布莱克说:"我真不知道这里面还有多少不清楚的地方。这是件一目了然的案子。女人与生俱来的嫉妒心,这就是全部事情的根源。"

"布莱克先生,如果你能跟我说说你对这件事情的反应,我会很感兴趣的。"

菲利普·布莱克的脸突然涨得通红,他情绪激动地说:"反应!有什么反应!别用那些迂腐的词汇!我可不仅仅只是站在那儿表现出我的反应!你看来还没弄明白,我告诉你吧,那是我的朋友,我的朋友被杀了,被毒死了!如果我动作能快点儿,没准儿能救了他的命。"

"你又怎么知道能救他呢,布莱克先生?"

"是这样的。我认为你应该已经读过这个案子的卷宗了吧?"波洛点点头。"那太好了。那天早上我哥哥梅瑞迪斯给我打电话。电话里的他非常焦虑。他自己做的那些该死的药丢了一瓶,丢的这瓶该死的药还是致命的。我能干什么?我告诉他赶快过来,我们一起商量商量,看看怎么办最好。'怎么办最好。'现在想想都难过,我怎么会是这么个犹豫不决的蠢货呢?我应该意识到时间的紧迫,应该直接去找埃米亚斯并且警告他。我就应该说:'卡罗琳拿了一些梅瑞迪斯摆在外面的毒药,你和埃尔莎最好自己小心着点儿。'"

布莱克站起身,激动得来回踱着步。

"我的老天爷啊。难道你觉得我没有在心里面翻来覆去地想这件事吗?我知道,我本来有机会能救他的,但我就在那儿磨磨蹭蹭,等着梅瑞迪斯!为什么我就没意识到卡罗琳根本不会有丝毫的不安或犹豫!她拿那个东西就是为了要用,而且上帝啊,她一有机会马上就用了。她不会等到梅瑞迪斯发现药丢了的。我知道，我当然知道，埃米亚斯的性命危在旦夕，而我却在那儿袖手旁观！"

"我觉得你有点儿过分自责了，先生。你当时并没有那么多时间——"

对方打断了他。

"时间？我有足够的时间。有无数种方法摆在我面前。就像我说的，我可以去找埃米亚斯，当然，也有可能他并不相信我。埃米亚斯不是那种会轻易相信自己有危险的人。他肯定会嘲笑这种想法。他就从来没有彻底认清过卡罗琳的可怕之处。不过我本来也可以去找她。我可以对她说：'我知道你要干什么，我知道你有什么打算。但是如果埃米亚斯或者埃尔莎被毒芹碱毒死了，你就得上绞架！'那样也许能够阻止她。或者我也可以打电话报警。噢！有那么多的事儿可以干，我却让自己受了梅瑞迪斯的影响，不紧不慢、小心翼翼地做事情。'我们必须得确定——再仔细想想——彻底弄清楚到底是谁拿的……'这个该死的老笨蛋——他这一辈子就从来没做过什么果断的决定！幸亏他是长子，可以靠那片庄园活着。要是让他靠自己挣钱的话，到最后肯定是不名一文。"

波洛问道："你对是谁拿走的毒药从来都没有过疑问吗？"

"当然没有。我立刻就知道肯定是卡罗琳。你瞧，因为我太了解卡罗琳了。"

波洛说："那太有意思了。布莱克先生，我想要知道，卡罗琳·克雷尔究竟是个什么样的女人。"

菲利普·布莱克尖刻地说道："她可不是在审判的时候人们想象中的那种无辜的受害者！"

"那么，她是什么样的人呢？"

布莱克再次坐下来，一脸严肃地说道："你真的想知道吗？"

"我确实特别想知道。"

"卡罗琳是个无赖，她就是个彻头彻尾的无赖。不过你得记住，她很有魅力。她那种和蔼可亲、讨人喜欢的态度能够彻底地蒙蔽很多人，她脆弱无助的样子也常常会激起人们的怜香惜玉之心。有时我在看一些历史故事的时候，就觉得苏格兰的玛丽皇后肯定跟她有点儿像。总是那么温柔，那么不幸，又那么充满魅力——实际上却是个会算计的冷血女人，阴谋策划杀害了达恩利，还能逍遥法外。卡罗琳就像她那样，冷酷无情，工于心计，而且脾气还很坏。

"我不知道他们有没有告诉你她对自己的小妹妹都干了些什么？这事儿对于审判来说也许不怎么重要，却能告诉你她是个什么样的人。你看，她就是嫉妒心这么重。她妈妈再嫁了，所有的关注和情感都放在了小安吉拉身上，卡罗琳就忍受不了了。她用铁撬棍打那孩子的脑袋，想把她杀了。好在那一下没致命。不过能做出这种事来也真是够可怕的。"

"是啊，够可怕的。"

"嗯，这才是真正的卡罗琳。她凡事都要当第一，当不成第一是她根本无法忍受的事情。她内心里那种冷酷无情和自私自利要是被唤醒，就有可能干出杀人的勾当。

"你知道吗，她表面看起来容易冲动，实际上却很有心眼儿。她小时候来奥尔德伯里住的时候就把我们所有这些人都在心里掂量了一遍，然后想好了计划。她自己没什么钱。我从来都不在她的考虑之列，因为我是次子，得靠自己讨生活。（说起来也有意思，现如今克雷尔要是活着的话，我也许能把梅瑞迪斯和他的家产都买下来呢！）她曾经一度考虑过梅瑞迪斯，不过最终还是选定了埃米亚斯。埃米亚斯将来会继承奥尔德伯里,尽管这并不能为他带来多少钱,不过她还是意识到他作为画家来说是相当有天赋的。于是她就把赌注都押在了他身上,不仅仅因为他是个天才,没准儿还能成为一棵摇钱树呢。

"结果她赌赢了。埃米亚斯早早地就得到了认可。他完全不是那种时髦的画家,但是他的天赋为人赞赏,有人买他的画。你看过他的作品吗?这儿就有一幅。过来看看吧。"

他领路进了餐厅,指着左手边的墙。

"这幅就是埃米亚斯的作品。"

波洛默默地看着。他惊诧于一个传统的题材竟然可以在一个人独有的神奇画笔之下表现得如此不可思议。那是一瓶玫瑰花,摆在一张擦得锃亮的桃花心木桌子上。一个老掉牙的主题。可埃米亚斯·克雷尔又是怎样设法使他笔下的玫瑰花看起来就像火焰在燃烧一般,透出狂放不羁甚至几分淫秽感觉的呢?光亮的木头桌面似乎也在颤抖,仿佛被赋予了生命。而观者被这幅画唤起的那种兴奋之情又该作何解释呢?因为它着实令人激动不已。这张桌子的比例很可能会让黑尔警司感到难受,他肯定还会抱怨从没见过哪种玫瑰花会是这样的外形或者这样的颜色。然后,当他再看见玫瑰花的时候就会觉得怎么看怎么别扭,却又说不清是为什么,而各种桃花心木的圆桌估计也会让他心中无名火起的。

波洛轻叹了一声。

他小声说道:"啊,原来如此。"

布莱克带路回来,他一边走一边咕哝道:"我自己对艺术从来都是一窍不通。我不知道我为什么那么喜欢看那幅画,但我就是喜欢。这玩意儿——真他妈见鬼,确实好看啊。"

波洛用力地点点头。

布莱克递给客人一支烟，自己也点上一支，然后说道："就是这个男人，画了那些玫瑰花的男人，画了《拿着鸡尾酒调酒器的女人》的男人，画了那幅让人看了肝肠寸断的《耶稣降生》的男人，竟然在他事业最辉煌的时候英年早逝了。一条鲜活有力的生命就这么被夺走了，这全都是因为那个心怀怨恨、生性残忍的女人！"

他顿了一下。

"你可能会觉得我很刻薄，对卡罗琳的成见太深。她确实很有魅力，这一点我也能感觉到。但我知道，一直都知道她的本来面目。波洛先生，这个女人就是个祸害。她残忍恶毒，什么都要霸占！"

"可是也有人告诉我说，克雷尔太太在婚后生活中也忍受了很多委屈啊？"

"是啊，她不就是想让所有人都知道这些吗？总是摆出一副受害者的样子！可怜的老埃米亚斯，他的婚姻生活简直就像是没有尽头的地狱一样——或者应该说，若不是因为他拥有这种杰出才能的话，肯定会是这样。要知道，他一直都有他的艺术为伴，那就是一种逃避和解脱。他画画的时候什么都可以不在乎，把卡罗琳和她的唠唠叨叨，以及无休无止的吵闹和争辩都抛在脑后。你知道吗，真的是无休无止啊。没有一个星期不大吵一架的，不是为了这个就是为了那个。她就喜欢这样。我相信，吵架让她觉得很兴奋，对她来说是一种发泄的方法。争吵起来她想说什么难听话就说什么难听话，每次吵完之后她都会带着心满意足转身走开，像一只被喂饱了肚子捋顺了毛儿的猫一样。但这让他感觉精疲力竭。他想要的是安宁、平静、波澜不惊的生活。当然，他这样的男人应该永远都不结婚，他就不适合家庭生活。克雷尔这类人可以有一些露水情缘，但不能想着用承诺把他拴住。它们最终肯定会惹恼他的。"

"他很信任你，对你讲了这些吗？"

"嗯，他知道我对朋友忠心耿耿，所以他会告诉我很多。他没有抱怨，因为他不是那样的人。有时候他会说：'所有的女人都他妈该死。'要么就对我说，'兄弟，永远都别结婚。否则就等着下地狱吧。'"

"你知道他喜欢格里尔小姐的事儿吗？"

"哦，当然了，至少我是亲眼看着他们开始的。他告诉我他遇上了一个很棒的女孩儿，说她与众不同，和他以前遇见过的任何一个人都不一样。这种话我是不会太在意的。埃米亚斯总是会遇见这样那样'与众不同'的女人。常常是一个月以后你再对他提起这个人，他会瞪着你而不知道你在说谁！不过这个埃尔莎·格里尔还真是与众不同。这一点当我来奥尔德伯里小住的时候就意识到了。你知道吗，她算是彻底地把他抓住了。这可怜的老伙计对她已经是唯命是从了。"

"你同样也不喜欢埃尔莎·格里尔吧？"

"对，我不喜欢她。她绝对是个掠夺成性的女人，想要同时占有克雷尔的肉体和灵魂。不过尽管如此，我还是认为她比卡罗琳对于克雷尔来说更合适。可以想象到，一旦她确定得到了他，很可能就不会再干涉他的事情了。或者也可能她对他感到厌倦之后就移情别恋了。对埃米亚斯来说，最好的事情就是别和任何女人有瓜葛。"

"不过这种生活似乎并不合他的心意吧？"

菲利普·布莱克叹了口气，说道："这个该死的笨蛋总是让自己和这样那样的女人纠缠不清，可是从某种程度上来说，女人对他来说又真的是算不了什么。他这一辈子真正给他留下印象的女人就两个，卡罗琳和埃尔莎。"

波洛说："他喜欢孩子吗？"

"安吉拉？噢，我们都喜欢安吉拉。她可是个闲不住爱折腾的孩子，对什么事儿都争强好胜。她可把她可怜的家庭教师整惨了。没错，埃米亚斯是喜欢安吉拉，不过有时候她玩得过火了，他也真的会冲她发脾气。这个时候卡罗琳就要出面干涉了，卡罗琳总是站在安吉拉这边，最后让埃米亚斯也只得作罢。他讨厌卡罗琳向着安吉拉，和她一起跟他对着干。你明白吧，这里面到处都有那么点儿嫉妒心理。埃米亚斯嫉妒卡罗琳那种总是把安吉拉放在首位，愿意为她做任何事情的态度。而安吉拉也嫉妒埃米亚斯，总想反抗他那种傲慢专横的做法。让她那年秋天离开家去上学就是他的决定，她对此大发雷霆。我觉得她并非不喜欢去学校，我相信她其实还挺想去的，不过埃米亚斯这种什么事情都随随便便由他一个人说了算的做法把她惹怒了。她搞了各种恶作剧，就为了报复他。有一次，她弄了十只鼻涕虫放在他床上。不过总的来说，我觉得埃米亚斯做得对。是该给她定点儿规矩了。威廉姆斯小姐很能干，不过连她都承认已经快要忍受不了安吉拉了。"

他停了下来。波洛说："刚才我问他喜不喜欢孩子的时候，我指的是他喜不喜欢自己的孩子，他的女儿。"

"噢，你是指小卡拉啊？她绝对是他的掌上明珠。他心情好的时候可喜欢逗她玩儿了。只不过，他对她的爱并不能阻止他想要娶埃尔莎，如果你是想问这个的话。他对她的爱还不到那个份儿上。"

"那卡罗琳·克雷尔很喜欢这个孩子吗？"

菲利普的脸一阵抽搐扭曲。他说道:"我不能否认她是个好妈妈。对,我不能那么说。这也是让我——"

"怎么,布莱克先生?"

菲利普缓慢而痛苦地说道:"这也是这个案子中真正让我感到惋惜的事。每每想到那个孩子就让我难过。小小年纪便遭此横祸。他们把她送到国外埃米亚斯的表妹和妹夫那里。我希望,真诚地希望,他们能一直想办法对她保密。"

波洛摇摇头,说道:"布莱克先生,真相总是要大白于天下的,即便过去了很多年。"

证券经纪人喃喃地说:"我不知道。"

波洛继续说道:"布莱克先生,出于尊重事实的考虑,我想请你做一件事。"

"什么事?"

"我想请你为我确切地写下来那些天在奥尔德伯里究竟都发生了什么。也就是说,我想让你帮我写一份关于谋杀及相关情况的完整记述。"

"我亲爱的伙计,你是说在过了这么久之后吗?我怕我实在是记不准确了。"

"并不需要那么准确。"

"当然需要。"

"不,首先,随着时间的推移,人的记忆会忘掉一些表面的东西,而保留下来更重要的事情。"

"嗬!你是说只需要一个大致的梗概?"

"并非如此。我的意思是需要你认真详细地写下来发生过的每一件事,以及你所记得的每一段谈话。"

"那假如我记错了呢?"

"你至少可以尽可能地根据你的记忆来写。可能会和实际情况有些出入，但那也是难以避免的。"

布莱克好奇地瞧着他。

"但为什么要让我写呢？你看看警察的案卷就能了解整件事情，而且会比我的记忆准确得多。"

"不，布莱克先生，我们现在是从心理学的角度上来谈这个问题。我并不是想要那些最基本的事实。我想要的，是那些你所记得的事实。这些事实经过了时间和你的记忆的筛选，可能会有一些你们做过的事，说过的话，无论如何我是在警方的卷宗里找不到的。你从未谈起过这些事和这些话，也许是因为你觉得它们无关紧要，或者也许是因为你根本不愿再提。"

布莱克尖厉地说道："我的这份记述不会出版吧？"

"当然不会。这只是给我看的，为了帮助我去演绎和推断。"

"那你不会不经我同意就引用里面的话吧？"

"当然不会。"

"嗯，"菲利普·布莱克说，"波洛先生，我可是个大忙人。"

"我明白这会占用你的时间，并且给你添不少麻烦。因此我很乐意为你支付一笔合理的报酬。"

一阵短暂的沉默。然后菲利普·布莱克突然说道："不，如果我答应写了，我也不会要任何报酬。"

"那么你答应了吗？"

菲利普语带告诫地说道："记着，我可不敢保证我的记忆都准确。"

"完全理解。"

"那么我想，"菲利普·布莱克说，"我愿意写下来。我觉得从某种意义上来说，这是我欠埃米亚斯·克雷尔的。"

这只小猪待在家里

赫尔克里·波洛是个不会忽略细节的人。

他动身前去拜访梅瑞迪斯·布莱克是经过深思熟虑的。他已然确信，梅瑞迪斯·布莱克和菲利普·布莱克两个人截然不同。这一次，想要速战速决是不会成功的，必须采取从容不迫的进攻手段。

赫尔克里·波洛知道只有一种方法能够攻破这座堡垒。他必须带着适当的凭证去见梅瑞迪斯·布莱克，这些凭证得是社交上而非职业性的。所幸的是，因为职业的关系，赫尔克里·波洛在很多地方都有朋友，德文郡也不例外。他坐下来回想着在德文郡有什么人脉关系，结果发现有两个人是梅瑞迪斯·布莱克先生的熟人和朋友。其中一个是玛丽·利顿－戈尔夫人，她是个和蔼的寡妇，只有微薄的收入，过着离群索居的生活；另一个是个退休的海军上将，他们家在本郡定居已经有四代了。于是他就带着这两个人写的信搞了个突然袭击。

梅瑞迪斯·布莱克带着一种迷惘接待了波洛。

他近来常常感到世道变了。真是见鬼，私人侦探曾经就是私人侦探，你可以请他们在乡村婚礼的接待处给你看着贺礼，也同样可以在你不得已摊上龌龊事儿的时候一脸惭愧地去找他们帮忙。

不过玛丽·利顿－戈尔夫人在信中这样写道："赫尔克里·波洛是我多年的挚友，请尽最大可能给予他帮助，好吗？"而玛丽·利顿－戈尔可不是——绝对不是——那种你会把她和私人侦探之流联系起来的女人。海军上将克朗肖则写道："很棒的家伙——绝对可靠。若你能尽量帮他我将不胜感激。他是个极其有趣的人，能给你讲很多好玩儿的事情。"

现在这个人就站在面前，看上去简直令人难以忍受——衣服穿得完全不对路——还穿了双带扣子的靴子！——留着不可思议的胡子！和他——梅瑞迪斯·布莱克——根本就不是一类人。看起来他似乎从来没有打过猎或者开过枪，甚至也没参加过什么正经的娱乐活动。就是个外国佬。

赫尔克里·波洛不禁觉得有些好笑，因为他几乎可以分毫不差地猜透对方的心思。

当火车载着他进入西部乡村的时候，他已经觉得对这件案子兴趣大增。如今，他终于可以亲眼看到多年以前事情发生的地方了。

就是这座汉考斯庄园，年轻的兄弟两人曾经在这里生活。他们常去奥尔德伯里，在那里嬉闹，打网球，还结识了年轻的埃米亚斯·克雷尔和一个叫卡罗琳的姑娘。在那个悲剧发生的早上，梅瑞迪斯就是从这里出发前往奥尔德伯里。那已经是十六年前的事情了。赫尔克里·波洛饶有兴趣地打量着面前这个彬彬有礼却又带着几分局促不安的男人。

基本上，不出他所料，梅瑞迪斯·布莱克表面上看起来就和每一位英国乡村的绅士一样，手头不那么宽裕，喜欢在户外待着。

他身穿一件破旧不堪的哈里斯毛料大衣，一张饱经风霜的中年人脸庞上带着愉快的表情；一双蓝眼睛看上去颜色有些黯淡；嘴巴本就不大，还被乱蓬蓬的胡子挡住了一部分。波洛发现梅瑞迪斯·布莱克和他的弟弟形成了鲜明的对比。他显得犹豫不决，心理活动显然也是慢悠悠的。似乎随着岁月的流逝，他的生活节奏也跟着慢了下来，他弟弟却反而越来越快。

波洛已经猜到，跟这类人打交道着急是没用的。那种英国乡村闲散自得的生活方式早就已经渗透到他骨子里面去了。

尽管按照乔纳森先生的说法，兄弟俩之间好像只差几岁，但侦探心想，他看上去可比他弟弟显得老多了。

赫尔克里·波洛很得意于自己知道如何利用这种"熟人关系"。现在不是试图让自己看起来像个英国人的时候。绝不能，你必须做个外国人——坦诚地做个外国人——这样反倒能够得到对方宽宏大度的谅解。"当然，这些外国人并不太懂规矩，居然还会在早餐的时候和人握手。不过，还确实算得上体面……"

波洛开始有意给对方留下这种印象。两个人小心翼翼地从玛丽·利顿-戈尔夫人和克朗肖海军上将谈起，其间也提到了一些其他人的名字。所幸的是波洛还真认识某某的表亲，也见过某某的嫂子之类的。这样一来他发现乡绅的眼神里逐渐显露出了热情，仿佛觉得这家伙似乎还颇认识些人。

然后波洛在不知不觉中很巧妙地表明了来意。并且对于意料之中对方不可避免的退缩给予了迅速的回应。哎呀，这本书就要开始写啦。克雷尔小姐——也就是现在的勒马钱特小姐——渴望他能够审慎地进行编纂。不幸的是，这件事本身家喻户晓。不过，如何去表述才能避免揭人伤疤，这个问题上倒是大有可为。波洛又小声补充说，以前他也曾经利用自己微不足道的影响力删除过某本回忆录中夸张失实的段落。

梅瑞迪斯·布莱克的脸气得通红，装烟斗的时候连手都在微微颤抖。他有些结结巴巴地说道："他……他们这样把事情又刨出来可真是有点儿残……残忍。毕竟已经十……十六年了。怎么就不能让这件事顺其自然地过去呢？"

波洛耸了耸肩膀，说道："我同意你的看法，但你又能怎么办呢？总是会有这样的需求。况且任何人也都有重构一桩定案并且对它品头论足的自由啊。"

"在我看来这可不怎么光彩。"

波洛低声说道："唉，我们可不是生活在那样一个精致的年代了……布莱克先生，你要是知道我曾经如何成功地把一些遣词用句很不客气的书，怎么说呢，润色得更加柔和，更能让人接受的话，你会大吃一惊。因此我也很希望在这件事上能够尽我所能地保护克雷尔小姐的心理感受。"

梅瑞迪斯·布莱克喃喃自语道："小卡拉！那个孩子！她已经长大成人了，真有点儿难以置信啊。"

"我明白。时光易逝啊，对不对？"

梅瑞迪斯·布莱克叹了口气，说道："过得太快了。"

波洛说："从我给你的那封克雷尔小姐的信里你应该已经看到了，她迫切地想要了解当年那出惨剧的前前后后，越详细越好。"

梅瑞迪斯·布莱克有点儿恼怒地说道："为什么？为什么又要翻这些旧账？要是能忘得干干净净该有多好。"

"布莱克先生，你这么说是因为你对往事了解得一清二楚，但别忘了，克雷尔小姐可是什么都不知道。或者应该说，她所能知道的仅限于官方报告中的那些事情。"

梅瑞迪斯·布莱克皱起了眉头，说道："是啊，我忘记了。这个可怜的孩子。对她来说这种处境太糟糕了。得知真相时的那种震惊，还有那些关于审判的呆板乏味、冷漠无情的报告。"

"你永远都不可能，"波洛说道，"指望仅凭一份法律文档就得到事实真相。真正重要的反倒常常是那些被遗漏的事情。那种情绪，那种氛围，每个当事人在其中扮演的角色，那些可以使判决从轻的情节——"

他停了一下，而对方马上就像个轮到自己说台词的演员一样迫不及待地开口了。

"使判决从轻的情节！就是这个。要说真有什么能从轻判决的情节，也就是这个案子里会有了。埃米亚斯·克雷尔是我们的老朋友，我们两家又是世交，但是坦率地说，我不得不承认，他的一些行为举止实在是离谱。当然，他是个艺术家，想必这个理由就可以解释一切了吧。但事实摆在那儿，他把自己卷到一系列太不同寻常的事情里去了，没有哪个普通的正派人会愿意让自己陷入那种境地的。"

赫尔克里·波洛说："你这么说让我觉得很有意思。那种情形一直让我困惑不解。一个受过良好教育，又见过世面的人不应该让自己摊上这些事儿啊。"

布莱克那张瘦削的脸上开始有了些生气。他说："没错，但关键就在于埃米亚斯从来就不是个寻常之辈！你也知道，他是个画家，对他来说，画画是第一位的——有时候真让人觉得有些不可理喻！当然了，我有一点儿理解克雷尔，因为我从小就认识他。他们家的人和我们家的人也都差不多。克雷尔在很多方面都继承了家族的传统，只是一旦涉及艺术的问题，他就不再循规蹈矩了。你瞧，无论从哪方面来讲，这都不能算是他的业余爱好。他可是一流的，真正的高手。有些人说他是个天才，也许他们说得没错。不过让我来说的话，也正因为如此，他的情绪才显得不那么稳定。当他在作画的时候，其他任何事对他来说都不重要，也绝不允许任何事情来妨碍他。他就像是在做梦一样，完全沉浸其中。只有当作品完成的时候，他才会从这种全神贯注的状态中走出来，重拾普通人的生活。"

他用探询的目光看了看波洛,后者点点头。

"我知道你能明白。所以呢,我觉得这也就解释了为什么后来形成了那种特别的局面。他爱上了那个女孩儿,想要娶她为妻,准备好了要为她抛妻弃女。不过那会儿他已经在这儿开始为她画像了,他想要完成这幅作品。任何其他事情对他来说都不重要,他也什么都不放在眼里。这种状况对于当事的两个女人来说都是完全不可接受的,而他却似乎浑然不觉。"

"那她们中的任何一个能够理解他的想法吗?"

"啊,是的,从某种程度上来说,我猜埃尔莎能理解。她对他的画作极其推崇,不过她的处境也很尴尬,这是很自然的事情。至于卡罗琳嘛——"

他停下来,波洛说道:"是啊,卡罗琳怎么样?"

梅瑞迪斯·布莱克有些面露难色地说:"卡罗琳嘛——其实我一直——嗯,我一直都很喜欢卡罗琳。曾经有那么一阵子,我很想娶她。不过很快我也就断了这个念头了。不过如果可以这么说的话,我还是会全心全意为她效劳的。"

波洛若有所思地点点头。他觉得从最后这句有些老派的话看来,面前的这个男人很有代表性。梅瑞迪斯·布莱克是那种很乐意为浪漫献身并且以此为荣的人。他会效忠于他心爱的女人,并且不求任何回报。没错,他实在是太符合这种特点了。

他字斟句酌地说道:"那么站在她的角度来说的话,你一定会对这种做派觉得很反感吧?"

"哦,当然,我很反感。实际上,我……我还就这个问题告诫了克雷尔呢。"

"那是什么时候的事儿?"

"实际上就在之前的那天,我是指出事之前。你知道,他们那天都过来喝茶。我把克雷尔叫到一边,跟他把话挑明了。我记得我甚至说了,这样对她们两个人都不公平。"

"啊,你这么说了?"

"是的。不过你知道吗,我觉得他根本就没意识到。"

"可能是没有。"

"我跟他说,你这样等于是把卡罗琳摆在了一个完全无法忍受的位置上。如果他就是想跟那个女孩儿结婚,就不应该让她住在这栋房子里,而且还纵容她有意无意地在卡罗琳面前搔首弄姿。要我说,这根本就是一种让人忍无可忍的侮辱。"

波洛好奇地问:"他怎么回应的?"

梅瑞迪斯·布莱克带着厌恶的神情答道:"他说:'卡罗琳必须将就着忍着。'"

赫尔克里·波洛的眉毛抬起来了。

"这个回答,"他说,"可一点儿都没有同情心。"

"我觉得简直是太差劲了,就冲他发了脾气。我说毫无疑问,他根本就不介意给他的妻子造成了多大的伤害,因为他已经不喜欢她了。但那个女孩儿呢,总要为她考虑考虑吧?难道他就没意识到这种情况对她来说也是很难受的吗?结果他对这个问题的回答是:埃尔莎也必须忍着!

"然后他又说:'看来你还是不明白,梅瑞迪斯,我正在画的这幅画是我迄今为止最好的作品。我告诉你,它真的棒极了。不能因为两个争风吃醋的女人在那里吵吵闹闹就被搅乱了——不,绝不,门儿也没有。'

"跟他说话真是毫无用处。我说他看来根本不顾什么体面了。我告诉他,画画不是一切。结果他打断了我,说:'啊,对我来说就是一切。'

"我还是特别生气。我说他一直以来对待卡罗琳的态度都是极其可耻的。她跟他在一起简直是苦不堪言。他说他知道,并且也对此感到很抱歉。很抱歉!他说:'我都知道,梅里①,你可能不相信——但这是事实。我让卡罗琳的生活一塌糊涂,而她一直都那样隐忍。但我想她应该知道自己可能会过什么样的日子。我坦白地告诉过她,我就是个该死的自私自利、放荡不羁的家伙。'

"我很强硬地对他讲明,他不应该破坏自己的婚姻生活,而且也要考虑孩子,以及其他的方方面面。我告诉他我能够理解像埃尔莎这样的女孩儿对男人的吸引力,但就算是为她着想,他也应该和她一刀两断。她太年轻了,别看她现在义无反顾,过后也许就会追悔莫及了。我问他怎么就不能咬咬牙狠狠心和她做个了断,然后回到他妻子身边去呢?"

"那他说什么?"

布莱克说:"他看上去只是一脸的尴尬,拍着我的肩膀说:'梅里,你是个好人,只是太多愁善感了。等我把这幅画画完,你就得承认我是对的了。'

"我说:'让你的画见鬼去吧。'接着他咧着嘴笑了,对我说全英国所有的神经质女人都没法阻止他。然后我说如果等画儿画完了他再把整件事告诉卡罗琳会更合适一些。他说那不是他的错,是埃尔莎非要抖搂出来的。我问为什么?他说她觉得如果不这样的话实在是不够坦诚。她想把所有事情都清清楚楚地摆在桌面上。唉,当然了,从某种意义上来说,我们也能理解这种做法,而且单论这一点,这个女孩儿是值得尊敬的。不管她的行为有多么恶劣,她至少想要做个诚实的人。"

---

① 梅瑞迪斯的昵称。

"很多本不必有的痛苦和悲伤都源于诚实。"赫尔克里·波洛评论道。

梅瑞迪斯·布莱克疑惑地看着他。他不太喜欢这个见解,叹了口气说道:"那是我们大家最——最不快乐的一段日子。"

"而唯一看起来不受影响的人就是埃米亚斯·克雷尔。"波洛说。

"知道为什么吗?就因为他是个极端的自我主义者。我现在想起来了,他离开的时候还笑着对我说:'别担心,梅里,一切都会好起来的!'"

"无可救药的乐观主义者。"波洛咕哝道。

梅瑞迪斯·布莱克说:"他是那种不会把女人当真的人。我本来应该告诉他卡罗琳很绝望的。"

"是她这么跟你说的?"

"倒也没说这么多。但我眼前总是能浮现出她那天下午的样子——面色苍白,神情紧张又强作欢颜。她不停地说笑,但眼睛里透着极度的悲苦,那是我所见过的最令人同情的眼神。况且她还是个那么温柔的人。"

赫尔克里·波洛一言不发地看了他一小会儿。显然面前的这个男人并不觉得这样评说一个第二天就蓄意杀害了自己丈夫的女人有什么不合适。

梅瑞迪斯·布莱克继续说着。到现在他已经基本上克服了开始时的那种满腹猜疑的敌意。赫尔克里·波洛有一种倾听的天赋。对于梅瑞迪斯·布莱克这样的人来说,重温往事是很有吸引力的。此时此刻,他与其说是在对客人讲话,莫不如说是在自言自语了。

"我想,我本应该有所怀疑的。就是卡罗琳把话题引到——

引到我小小的爱好上去的。我必须承认,我对那个很热衷。你不知道,古老的英国草药是一门很有意思的学问。有太多曾经可以入药的植物现在都从官方的药典中销声匿迹了。然而说真的,仅仅是把某种药草煎煮一下就有可能产生奇效,这绝对会让你大吃一惊的。有一半的病人都不需要看大夫。法国人比较懂这些事,他们的一些煎药绝对是一流的。"他已经跑题了,转而谈起了他的爱好。

"比如说蒲公英茶吧,就是种不可思议的东西。再比如说蔷薇果的汤剂,我前几天还在哪儿看到,说眼下医药界又开始流行用这个了呢。噢,我必须承认,我从自己做药的过程中能找到很多乐趣。按时令采集药材,把它们晾干,浸泡,还有其他一系列的事情。我有时候甚至都有些迷信,非要在满月或者任何前人建议的特定时刻采集药草根之类的。我记得那天我专门给我的客人介绍了斑毒芹。这种植物两年一开花。你需要在它们的果实成熟以后,变黄之前去采集。要知道,毒芹碱是一种已经被淘汰的药,我相信在最新的药典上你找不到任何跟它有关的官方制剂,但我已经证明了它对治疗百日咳有效,对于哮喘也是,就这一点而言——"

"所有这些你在实验室里都讲过?"

"是的。我带他们四处参观,给他们讲解各种药物,比如缬草和它能吸引猫的特点——闻一下就够它们受的了!然后他们问到了致命的茄科植物,我给他们讲了颠茄和阿托品。他们都兴趣盎然。"

"他们?这里面都包括谁?"

梅瑞迪斯·布莱克看上去有些意外,似乎已经忘了他的听众并没有亲眼目睹当时的场景。

"噢，我是指所有的人。让我想想啊，菲利普和埃米亚斯当时在，还有卡罗琳，当然，还有安吉拉，以及埃尔莎·格里尔。"

"这就是所有的人了？"

"是，我想是吧。没错，我确定，"布莱克好奇地看着他，"还应该有谁吗？"

"我想也许那个家庭女教师——"

"哦，我明白了。不，她那天下午没来这儿。我相信我现在已经忘记她的名字了。她人很不错，对工作极其认真负责。我觉得安吉拉可没少让她操心。"

"为什么这么说呢？"

"嗯，她是个好孩子，只是被惯得有点儿野，总在想各种各样的坏点子。有一天她趁埃米亚斯在那儿专心画画儿的时候，把一只鼻涕虫放在了他后背上。结果他大发雷霆，到处追着她骂。也就是从那之后，他才坚持要把她送到学校去。"

"把她送到学校去？"

"是的。我并不是说他就不喜欢她了，只是他发现她有时候有点儿招人讨厌。而且我觉得——我总是想——"

"什么？"

"我觉得他也有些嫉妒。你知道吗，卡罗琳几乎整天围着安吉拉转，也许，从某种程度上来说，她把安吉拉放在第一位——而埃米亚斯可不喜欢这样。当然这里面是有原因的，我不想细说，只是——"

波洛打断了他。

"原因就是卡罗琳·克雷尔一直在为让这个孩子破了相感到自责吗？"

布莱克惊叫道："哦，你知道这个？我本来不想提的，都是已经过去的事情了。但是没错,我觉得这就是她那种态度的根源。可以这么说,她似乎总是觉得为安吉拉做任何事情来弥补都不为过。"

波洛沉思着点点头。他问道:"那安吉拉呢?她对这个同母异父的姐姐是否还怀恨在心呢?"

"哦,不,别有这种想法。安吉拉很爱卡罗琳。我确信她从来都没想过那件陈年往事,只是卡罗琳自己无法原谅自己。"

"安吉拉喜欢这个要送她去寄宿学校的主意吗?"

"不,一点儿都不喜欢。她冲埃米亚斯大发脾气,卡罗琳站在她这一边,只是埃米亚斯心意已决。虽然埃米亚斯在很多方面还是个挺随和的人,可他是个火爆脾气,要是真生起气来,其他人都不得不让步。卡罗琳和安吉拉也只能屈从。"

"那她什么时候就该去学校了呢?"

"秋季学期,我记得他们在给她收拾行装。我想要不是发生了这桩悲剧,她应该在几天之后就动身离开了。就在出事的那天早上,他们还谈起给她打点行李的事儿呢。"

波洛说:"那家庭女教师呢?"

"家庭女教师?你问她是什么意思?"

"她愿意这样吗?这样一来她不就失业了吗,对不对?"

"是,没错,我想从某种意义上来说是这样的。小卡拉也经常和她学些功课,不过当然啦,那时她只有——多大来着?六岁左右吧。她还有一个保姆,他们不会为了她再继续雇用威廉姆斯小姐的。啊,就是叫这个名字——威廉姆斯。真有意思,一说起他们,这些事儿一下子就想起来了。"

"确实如此。你现在已经回到过去了,对吗?你回想起那些场景、人们说过的话、动作举止,以及他们脸上的表情了吗?"

梅瑞迪斯·布莱克慢悠悠地说道:"从某方面来说,是的……不过你知道,还是会有很多空白……有很多很多细节都忘记了。比如说我记得,当我第一次听说埃米亚斯要离开卡罗琳的时候有多么震惊,但我想不起来究竟是他还是埃尔莎告诉我的了。我清清楚楚记得为这件事情和埃尔莎争论,我就是想要告诉她这件事儿她做得有多缺德。但她只是像平时一样满不在乎地笑话我,说我太古板了。好吧,我可以说我就是古板,但我仍然认为我是对的。埃米亚斯有妻子有女儿,他理应忠于她们。"

"不过格里尔小姐觉得这个观点已经过时了?"

"是啊。我得提醒你,十六年前人们看待离婚可不像现在这样习以为常。但埃尔莎是那种很前卫的女孩儿。她的观点是,如果两个人在一起不幸福,那就还不如分开。她说埃米亚斯和卡罗琳从未停止过争吵,因此对孩子来说,避免在这种不和睦的家庭氛围中长大更有利。"

"那她的理由没有能够打动你吗?"

梅瑞迪斯·布莱克慢条斯理地说:"我一直都觉得她并不真的明白自己在说什么。她不假思索地背诵着那些从书里看到的或是从朋友那里听来的东西,就像是鹦鹉学舌一样。这么说可能有点儿奇怪,但不知怎么着,我觉得她挺令人同情的。那么年轻,那么自信。"他顿了一下,"波洛先生,青春本身就拥有一些东西,一种非常打动人的力量。"

波洛饶有兴趣地看着他,说道:"我明白你的意思……"

布莱克继续说下去,更像是在对自己而非波洛说话。

"我想,在一定程度上,这也是我为什么要阻止克雷尔。他比那女孩儿差不多大二十岁,看起来太不公平了。"

波洛低声说道:"唉,别人的劝阻很难管用的。当一个人决心已定的时候，让他回心转意可没那么容易。"

梅瑞迪斯·布莱克说："千真万确。"他的声音中带着一点愤愤不平，"我当然明白我的干涉是无济于事的。本来我也不是个很有说服力的人，从来都不是。"

波洛迅速地瞥了他一眼。透过他语气中的酸涩，波洛看到了这个敏感男人对于自己缺少人格魅力的不满。他自己也承认布莱克刚才所说的话是真的。梅瑞迪斯·布莱克不是个能够说服别人去做或者不做什么事情的人。他善意的劝说总是会很随意地被当成耳旁风；他的话不会惹人生气，却又绝对会被放在一旁。因为他说话没有分量，从根本上来说他是个无足轻重的人。

波洛做出要改变这个痛苦话题的表示，说道："你还留着你的实验室，还有里面那些药物和补品吗？"

"没有。"

这个词蹦出来得很突然，梅瑞迪斯·布莱克的脸涨得通红，几乎是带着痛苦的神情急速说道："我把那些都扔掉了，把实验室也关了。我没法再接着做下去了，发生了这样的事以后，还让我怎么继续下去？你瞧，可能有人会说这整件事情都是我的错。"

"不，不，布莱克先生，你太敏感了。"

"但你还不明白吗？要是我没有收藏这些该死的药呢？要是我那天下午没有刻意强调这些，吹嘘这些，让他们把注意力都集中在这些药上面呢？只是我从来没有料到——做梦也想不到——我怎么可能——"

"是啊，怎么可能料到呢？"

"但我装作自己很懂的样子，为我知道的那点儿皮毛扬扬自得。真是个盲目自大的蠢货啊。我还专门指明了那该死的毒芹碱,甚至带着他们回到书房,给他们朗诵《斐多篇》①里描述苏格拉底之死的段落,真是要多蠢有多蠢。我一直都很赞赏那段话,写得美极了。但自那以后,这段话就一直在我脑海里萦绕不去。"

波洛说:"他们在毒芹碱的瓶子上发现谁的指纹了吗?"

"她的。"

"卡罗琳·克雷尔的?"

"是的。"

"没有你的?"

"没有。你瞧,我根本就没动过那个瓶子,只是指给他们看而已。"

"但你以前肯定也动过啊。"

"哦,那是自然,不过我隔几天就会给这些瓶子擦灰。当然我从不让仆人们进来,在出事之前四五天我刚刚擦过一次。"

"你平时都是把门锁好的吗?"

"总是锁着的。"

"那卡罗琳·克雷尔是什么时候从瓶子里拿走毒芹碱的呢?"

梅瑞迪斯·布莱克有些不情愿地回答道:"她是最后离开那个房间的。我记得我在外面叫她,她就急匆匆地跑出来了。她的脸颊微微泛红,眼睛睁得老大,看起来很兴奋。噢,老天爷啊,我现在仿佛都能看见她当时的样子。"

波洛说:"那天下午你和她说过话吗?我的意思是,你们讨论过她和她丈夫之间的事情吗?"

布莱克用低沉的声音慢吞吞地说道:"没有直接谈到过。我

---

① 《斐多篇》,柏拉图的第四篇对话录,内容为苏格拉底饮下毒药前的对话。

告诉你了,她看上去一副很难过的样子。有那么一会儿,差不多只有我们两个人在场的时候,我对她说:'亲爱的,有什么麻烦事儿吗?'她说:'所有事都很麻烦……'我真希望你能听见她话音中的那种绝望。那些话绝对是不折不扣的事实。埃米亚斯·克雷尔就是卡罗琳的整个世界,无论如何都躲不开这一点。她说:'一切都消失了,结束了。梅瑞迪斯,我完了。'然后她笑起来,转向其他人,突然之间变成很快乐的样子,只是看起来极其不自然。"

赫尔克里·波洛缓缓地点点头,看上去毕恭毕敬。他说道:"是啊,我明白,就像是……"

梅瑞迪斯·布莱克突然一拳捶在桌子上,他提高了嗓门,几乎是在叫嚷。

"我要告诉你,波洛先生,卡罗琳·克雷尔在审判的时候说她拿那东西是为她自己拿的,我可以发誓,她说的是实话!那个时候她心里根本就没有谋杀的念头。我发誓没有。那是后来才有的。"

赫尔克里·波洛问道:"你确定后来就有了?"

布莱克瞪着眼睛,说道:"对不起,我不是很明白你说的话——"

波洛说:"我问你是否确定她曾经有过谋杀的念头呢?你能够在内心里彻底说服你自己,卡罗琳·克雷尔是蓄意谋杀吗?"

梅瑞迪斯·布莱克的呼吸变得急促起来。他说:"但如果不是——如果不是的话——你是想说——啊,是某种意外?"

"也不见得。"

"这么说的话可就太离奇了。"

"是吗?你刚说过卡罗琳·克雷尔是个温柔的人。温柔的人会去杀人吗?"

"她是个温柔的人,不过尽管如此,他们依然会吵得很凶,这个你知道的。"

"那时她就不是那么温柔了?"

"但她确实是——噢,想把这些解释清楚太难了。"

"我正在试着去理解。"

"卡罗琳的嘴很快,说话的时候容易激动。她可能会说'我恨你,我巴不得你死了',但这并不意味着——并不等于说她就会付诸行动。"

"所以在你看来,谋杀极不符合克雷尔太太的性格,对吗?"

"波洛先生,你说话的方式真的是与众不同。我只能说,没错,在我看来确实不符合她的性格。我只能根据我自己的了解,认为这次的挑衅让她忍无可忍了。她深爱着丈夫。在那种情况下一个女人也可能会杀人吧。"

波洛点着头。"没错,我同意……"

"我一开始听说的时候都惊呆了。我觉得那不可能是真的。而且也的确不是真的,如果你能理解我的意思,我是说干这件事情的不是真正的卡罗琳。"

"但是你很确信,我是指从法律的意义上来说,卡罗琳·克雷尔确实杀了人,对吗?"

梅瑞迪斯·布莱克又一次瞪着他。

"老兄,如果她没有——"

"对啊,如果她没有呢?"

"我想象不出来还能有什么其他的答案。意外?想必是不可能的吧。"

"要我说,可能性很小。"

"而且我也不相信自杀的说法。当时不得不提出这种理论,不过对任何了解克雷尔的人来说都是不足为信的。"

"确实如此。"

"那还有什么可能?"梅瑞迪斯·布莱克问。

波洛冷静地说道:"还有一种可能,就是有其他人杀了埃米亚斯·克雷尔。"

"但这太荒唐了!"

"你这么认为?"

"我确信无疑。谁会想要杀了他呀?谁又可能会杀了他呢?"

"你应该比我更清楚。"

"你该不会真的相信——"

"也许不会。但调查这种可能性让我觉得很有意思。你认真地考虑一下,然后告诉我你是怎么想的。"

梅瑞迪斯瞪了他片刻,然后垂下了眼睛。过了一小会儿,他摇了摇头,说道:"我还是想不出任何其他的可能,我倒是希望能想出来呢。要是有任何理由能够怀疑其他人的话,我会很乐意相信卡罗琳是清白的。我不愿意认为是她干的。一开始的时候我都不敢相信。但还有谁呢?当时在场的其他人——菲利普?克雷尔最好的朋友。埃尔莎?太可笑了。我自己?我看起来像个杀人凶手吗?正派且令人尊敬的家庭女教师?还是那几个忠实的老仆人?或许你是在暗示是安吉拉那个孩子干的?不,波洛先生,没有别的可能。除了他妻子,没有人会杀害埃米亚斯·克雷尔。但那是他迫使她那么干的。所以我想,从某种意义上来说,也可以算作自杀。"

"你的意思是说,他的死亡虽然不是他亲自动的手,却是由于他自己的行为造成的?"

"是的,也许这是个有点儿怪异的想法。不过毕竟有因有果,你明白吧。"

赫尔克里·波洛说:"布莱克先生,你是否曾经考虑过,谋杀的原因几乎总是要靠研究被害人才能得知呢?"

"我确实没有考虑过,不过我想我明白你的意思。"

波洛说:"只有先确切地搞清楚被害人究竟是个什么样的人,才有可能弄明白罪案发生时的情形。"

他又补充道:"这就是我在探求,同时也是你和你弟弟给予我很多帮助的问题——重建埃米亚斯·克雷尔这个人。"

梅瑞迪斯·布莱克忽视了这句话的主要内容,他的注意力单单被一个词吸引住了。他迅速说道:"菲利普?"

"是的。"

"你也已经和他谈过了?"

"当然。"

梅瑞迪斯·布莱克尖刻地说道:"你应该先来找我的。"

波洛微微一笑,做了个礼貌的手势。

"如果按照长幼有序的规矩来说,确实如此,"他说,"我知道你是哥哥,但你要理解,你弟弟就住在伦敦附近,对我来说先拜访他比较方便。"

梅瑞迪斯·布莱克仍然皱着眉头,心神不宁地扭曲着嘴唇,然后重复道:"你应该先来找我的。"

这一次波洛没有回答,他等待着。没一会儿梅瑞迪斯·布莱克就继续说道:"菲利普,他,怀有偏见。"

"是吗?"

"实话实说,他的偏见很深,而且向来如此。"他惴惴不安地瞟了波洛一眼,"他肯定会极尽所能地说卡罗琳坏话的。"

"这很要紧吗,尤其是在过了这么久之后?"

梅瑞迪斯·布莱克猛地长叹一声。

"我知道。我忘了已经过了那么久,所有事情都过去了。卡罗琳再也不会受到伤害了。尽管如此,我还是不愿意让你留下一个错误的印象。"

"那你觉得你弟弟可能会给我一个错误的印象吗?"

"坦率地讲,是的。要知道,他和卡罗琳之间——怎么说呢?——一直都有点儿水火不容。"

"为什么呢?"

这个问题看起来激怒了布莱克。他说:"为什么?我怎么知道为什么?事实如此。菲利普一有机会就找她的碴儿。我觉得在埃米亚斯娶她的时候他就很生气。有一年多的时间他都躲他们两人远远的。埃米亚斯可几乎是他最好的朋友啊。我猜这就是真正的原因所在。他觉得没有哪个女人好到能配得上他。而且他可能还觉得卡罗琳的出现会破坏他们之间的友情。"

"那么是这样吗?"

"不,当然不是。埃米亚斯依然很喜欢菲利普,从始至终都是。他总是挖苦他,说他掉到钱眼儿里去了,不光办了个公司,还变得很市侩。菲利普倒不在意。他听完顶多也就是一笑了之,还说埃米亚斯有他这么个体面的朋友终究是件好事。"

"你弟弟对埃尔莎·格里尔这件事有什么反应呢?"

"你知道吗,我发现这个很难说清楚。他的态度真的不太明朗。我想他很生埃米亚斯的气,觉得他在为了一个女孩儿犯傻。他不止一次地告诉埃米亚斯这样行不通,说他最终会后悔的。然而同时我还有一种感觉,没错,一种很明确的感觉,觉得他看见卡罗琳的那种失落,心里又会有点儿窃喜。"

波洛眉头一挑,说道:"他真是这样想的?"

"哦,别误会我的意思。我只能说我相信他心里有这种感觉。我不知道他自己是否意识到了这种想法。菲利普和我截然不同,不过你知道,同胞之间还是会有某种联系的。兄弟中的一个人常常会知道另一个人在想些什么。"

"那悲剧发生之后呢?"

梅瑞迪斯·布莱克摇摇头。一阵痛苦的抽搐划过他的脸庞,他说道:"可怜的菲尔①。他伤心欲绝,被这个消息打垮了。你知道的,他一直都很忠于埃米亚斯。我想,也许有一些个人崇拜的因素在里面。埃米亚斯·克雷尔和我同岁,菲利普比我们小两岁。他一直都崇拜埃米亚斯。没错,这对他来说是个沉重的打击。因此他才会——才会那么强烈地指责卡罗琳。"

"那么,至少他没有产生任何怀疑?"

梅瑞迪斯·布莱克说:"我们所有人都毫不怀疑……"

一阵沉默。接着布莱克以一种软弱之人的哀怨口吻不耐烦地说道:"事情都过去了,大家本来都忘记了,可是现在你又来了,把这些事都翻出来……"

"不是我,是卡罗琳·克雷尔。"

梅瑞迪斯瞪大了眼睛看着他:"卡罗琳?你是什么意思?"

波洛看着他,说道:"是卡罗琳·克雷尔二世。"

梅瑞迪斯的表情轻松下来。

"啊,是那个孩子。小卡拉。我刚才误解了你的意思。"

"你以为我指的是原本的那个卡罗琳·克雷尔吗?你以为她会——怎么说呢——死不瞑目?"

---

①菲利普的昵称。

梅瑞迪斯·布莱克打了个激灵。

"别再说了,老兄。"

"你知道她写了一封信给她的女儿吗?那是她最后写下的话,信里说自己是无辜的。"

梅瑞迪斯盯着他,带着难以置信的语气说道:"卡罗琳是这么写的?"

"是的。"

波洛顿了一下,接着说道:"让你很吃惊吗?"

"如果你见过她在法庭上的样子,你也会吃惊的。那是个可怜的、被人围捕却又毫无还手之力的人。她甚至连挣扎都不挣扎一下。"

"一个失败主义者?"

"不,不,她不是那样的人。我想,是因为知道自己杀死了她所爱的男人吧,我觉得是这样。"

"你现在并不那么确定了,是吗?"

"临死之前,她还那么郑重地写下了这样的话。"

波洛提醒他说:"也许只是个善意的谎言。"

"也许吧,"但是梅瑞迪斯有些将信将疑,"不过这可不像——不像是卡罗琳……"

赫尔克里·波洛点点头。卡拉·勒马钱特也这么说过。卡拉有的只是她儿时难以磨灭的印象,但梅瑞迪斯·布莱克是非常了解卡罗琳的。这也是波洛得到的第一份证据,能够支持卡拉所持有的信念。

梅瑞迪斯·布莱克抬眼看着他,慢吞吞地说道:"假如——假如卡罗琳是清白的——那这整件事也太离谱了!我想不出来还有什么其他的可能……"

他猛然间转向波洛。

"那你呢？你是怎么想的？"

又是一阵沉默。

"到现在为止，"波洛最终开口了，"我还什么都没想。我只是在收集各种印象。卡罗琳·克雷尔是什么样子，埃米亚斯·克雷尔是什么样子，其他当时在场的人又分别是什么样子，在那两天之中究竟发生了什么。这就是我所需要的——不辞辛苦地逐一回顾所有事实。你弟弟已经要帮我做这件事情了，他会根据他的回忆，把当时发生的事情写下来寄给我。"

梅瑞迪斯·布莱克尖刻地说："别指望从他那里得到太多的东西。菲利普是个大忙人。很多事情一旦过去他也就忘记了，很可能他所记得的事情都是错的呢。"

"当然，肯定会有出入。这个我想到了。"

"我告诉你吧——"梅瑞迪斯突然停下来，稍微有点儿脸红地继续说道，"如果你愿意，我……我也可以写。我是说，这可以作为一种对照和参考，对吗？"

赫尔克里·波洛亲切地说道："那可太有价值了，这是个绝好的主意！"

"好吧，我写。我还有一些以前的日记。不过我得提醒你，"他有些尴尬地笑笑，"我的文笔可不太好，甚至有时候拼写都会出错。你……你不会抱太高的期望吧？"

"啊，我需要的不是文风和文体。只要把你记得的每件事如实地写下来就可以了。每个人都说了什么，他们看起来是什么样子——只要把发生的事写下来就行。不要去想它是否和这件事有关系。可以说，所有这些都有助于我了解当时的那种氛围。"

"好吧，我懂你的意思。要凭空想象出从未见过的人或者从未到过的地方,一定是很难的。"

波洛点点头。

"还有一件事我想要请求你。奥尔德伯里的庄园是和这里相邻的,对吧?我有没有可能去那里,亲眼看看悲剧发生的地方呢?"

梅瑞迪斯·布莱克慢条斯理地说道:"我马上就可以带你过去。不过当然啦,那里现在变化很大。"

"那里没有被盖满了房子吧?"

"没有,谢天谢地,还不至于那么糟糕。不过那儿现在是一家旅社之类的,被一个什么社团买下来了。到夏天的时候会有成群结队的年轻人来这里。当然了,所有的屋子都被分隔成了小房间,地面也做了很大的改动。"

"你不得不通过解释来帮我重现了。"

"我会尽力而为的。我希望你能看看它以前的样子,那是我所知道的最漂亮的庄园了。"

他带路从落地窗穿出去,开始沿着草坪的斜坡向下走。

"是谁负责把它卖出去的?"

"是代表孩子的遗嘱执行人。克雷尔的所有东西都归那个孩子继承。他死前没有立遗嘱,所以我猜想应该是自动地分给他的妻子和孩子。而卡罗琳的遗嘱也把她所有东西都留给了孩子。"

"什么都没给她同母异父的妹妹吗?"

"安吉拉自己有一笔钱,是她爸爸留给她的。"

波洛点点头。"我明白了。"

然后他忽然叫出声来。

"你这是把我带到哪儿了?前面可是海边了呀!"

"啊,我得给你解释一下我们这里的地形。你马上就能亲眼看见。你瞧,这儿有一条流向内陆的小溪,他们叫它骆驼溪,看起来就像个河口一样,但其实不是,那就是大海。要到奥尔德伯里的话,如果从陆路走,你得一直往内陆去,绕过这条溪。但是我们两家之间最近的路是从这条溪最窄的地方划船过去。奥尔德伯里就在对面——喏,穿过这片树林你就能看见那栋房子。"

他们来到一小块海滩上。正对面是一片郁郁葱葱的海岬,一栋白色的房子在树林的上方若隐若现。

海滩上停放着两只小船。在波洛笨手笨脚的帮助下,梅瑞迪斯·布莱克拽过来一只,推入水中,随即他们向着对岸划去。

"以前那些日子里,我们总是走这条路。"梅瑞迪斯解释道,"当然,除非赶上刮大风或者下大雨,那样的话我们就会开车过去。不过你要是那么走的话,差不多要远上三英里呢。"

他灵巧地把船靠到对岸的石头码头上,不屑地看了一眼岸上那排小木屋和混凝土台阶。

"这些都是新盖的。以前是船屋,破烂不堪,没别的东西。我们从前都是沿着岸边走,然后到那边那块大石头下面去嬉水。"

他扶着他的客人下了船,把船拴紧,领着他沿着一条陡峭的小路走了上去。

"别指望我们能碰见谁,"他扭过头说道,"四月份谁也不来这儿,除了复活节的时候。就算碰见了也没关系。我和邻居们的关系很好。今天太阳真不错,就跟夏天似的。那天天气也很好,不像九月,倒更像是七月天。阳光明媚,只是有点儿小凉风。"

小路穿出树林,绕过一块凸出地面的岩石。梅瑞迪斯用手指着,特别强调了一下。

"那儿就是他们称作巴特利花园的地方,我们现在差不多是在它下面了,绕过去吧。"

他们又一次扎入树林之中,接着小路转了个急弯,一扇开在一堵高墙上的门出现在他们眼前。小路继续蜿蜒向上,梅瑞迪斯打开门,两个人走了进去。

从外面的树荫里刚走进来的时候,有那么一瞬间,波洛觉得很晃眼。巴特利是个人工开辟出来的平台,周围有带垛口的围墙,垛口上架着加农炮。给人的感觉是这里突出于海面之上,上方和后面都有树丛,但临海的这一边除了下方耀眼的湛蓝海面之外,什么都没有。

"迷人的地方。"梅瑞迪斯说。他有些轻蔑地冲着一个背靠后墙的像亭子之类的东西点了点头。"当然了,以前没有那个,只有一个又老又破的棚子,埃米亚斯把他画画的废料、一些瓶装的啤酒和几把折叠躺椅放在那儿。那时候也不是混凝土的。以前还有一条长椅和一张桌子,都是铁制的,上了漆。就这些东西,依然——没有太大的变化。"

他的声音有些发抖。

波洛说:"命案就是在这里发生的吗?"

梅瑞迪斯点点头。

"椅子在那边——挨着棚子。他就手脚摊开地躺在上面。有时候他画画的时候也会躺在那儿——就是突然地躺下,盯着一个地方一动不动——然后又会突然一下跳起来,像个疯子似的在画布上作画。"

他顿了一下。

"你知道,这也是为什么他看上去几乎和平时没什么两样,仿佛刚刚睡着了似的。但他的眼睛是睁着的,而且他——他变得僵硬了,你知道吗,就像是突然瘫痪了。应该没有什么痛苦,这也是我一直——直觉得比较欣慰的地方……"

波洛问了一个他已经知道答案的问题。

"是谁发现的他?"

"是她,卡罗琳。在午饭以后。我猜我和埃尔莎是最后看见他活着的人。那时候肯定已经开始发作了。他——看起来很奇怪。我实在不想谈论这个了,我还是写下来给你看吧,那样比较容易一些。"

他猛然转过身,走出了巴特利花园。波洛跟在他身后,一言不发。

两个人沿着曲折的小路往上走。比巴特利花园高一些的地方另有一块小空地,那里绿树成荫,也有一条长椅和一张桌子。

梅瑞迪斯说:"他们没把这里做太多的改动。不过这些长椅以前可不是用老木料做的,都是上了漆的铁家伙。坐起来有点儿硬,但是很好看。"

波洛表示了赞同。从树杈之间,他可以越过巴特利花园,向下一直看到小溪口。

"我那天上午在这里坐了一会儿。"梅瑞迪斯解释道,"那时候树还不像现在这样茂密,我可以很清楚地看到巴特利花园围墙上的垛口。你知道吗,埃尔莎就在那儿摆着姿势。坐在其中一个垛口上,头转向一边。"

他的肩膀轻轻地抽动了一下。

"想不到树长得这么快,"他自言自语地说,"唉,可能是我老了吧。走,我们到上面房子那儿去。"

他们继续沿着小路走,一直来到房子跟前。这是一栋很精致的老房子,属于乔治时代风格。现在已经被扩建过了,在它旁边的绿色草坪上搭建了约莫五十个供沐浴使用的木质小屋。

"小伙子们睡在那边,姑娘们睡在屋里。"梅瑞迪斯解释道,

"我觉得这儿没有什么你想看的东西。所有的房间都被分割过了。以前这里还加盖过一个小温室。后来这些人把这儿弄成了乘凉的走廊。啊,我猜他们一定很享受他们的假期。很遗憾,不可能把所有东西都保持原状的。"

他突然转过身去。

"我们从另一条路下去。你知道吗,所有往事都浮现在我脑海里了。鬼魂,到处都是鬼魂。"

他们从一条绕得更远、更不好走的路返回了码头。一路上两个人都没说话。波洛很顾及同伴的心情。

当他们再一次回到汉考斯庄园的时候,梅瑞迪斯·布莱克突然开口说道:"你知道吗,我把那幅画买下来了。就是埃米亚斯当时正在画的那幅。一想到它会因为这件事的新闻价值而被高价卖掉,然后被一大群居心叵测的畜生不怀好意地盯着看,我就无法忍受。这幅画真是杰作,埃米亚斯说这是他所有作品里最好的。如果他说的是事实,我也丝毫不会意外。实际上他几乎已经完成了,只是想再花个一两天润饰一下而已。你……你想要看一下吗?"

赫尔克里·波洛马上说道:"当然,非常乐意。"

布莱克带路穿过大厅,从口袋里掏出一把钥匙。他打开一扇门,两人走进了一间相当大、满是灰尘气味的房间。房间的窗户紧闭着。布莱克走到窗边,打开了木质的百叶窗,然后有些费力地推开一扇窗户,顿时,一缕带着春天气息的清新空气飘入房中。

梅瑞迪斯说道:"这样就好些了。"

他站在窗边呼吸着新鲜的空气,波洛也走了过去。不用问也能知道这房间原来是做什么的。架子上空空荡荡,但是依然能分辨出摆过瓶子的痕迹。靠着一面墙有一些废弃的化学仪器和一个水池。房间里积满了厚厚的尘土。

梅瑞迪斯·布莱克看着窗外说道:"要回想起这些往事是多么容易啊。站在这儿,闻着茉莉花香,然后不停地说啊,说啊……我就是个该死的笨蛋,光知道说我那些宝贝药水和提取液!"

波洛心不在焉地从窗户中伸出一只手去,摘下了一簇刚刚从木质茎上长出来的茉莉叶子。

梅瑞迪斯·布莱克毅然走过房间,墙上有一幅被落满了灰尘的单子盖着的画,他一把就把单子扯下来了。

波洛顿时屏住了呼吸。目前为止,他已经看过了四幅埃米亚斯·克雷尔的画作:两幅在泰特美术馆,一幅在伦敦的一个商人那里,还有一幅就是玫瑰的静物画。而现在摆在他面前的是艺术家本人视为自己最好作品的画作,波洛立刻就体会到这个男人是一位多么杰出的艺术家。

这幅画表面上看具有那种旧时的平整光洁。第一眼感觉就像是一张海报,颜色反差似乎也并不讲究。一个女孩儿——穿着淡黄色衬衣和深蓝色宽松长裤的女孩儿,坐在艳阳下灰色的围墙之上,背景是波涛汹涌的蓝色海面。正是那种海报常用的题材。

但第一印象是靠不住的,画中自有一种不易察觉的失真——那光线之中的耀眼和澄澈令人惊艳。而那个女孩儿——

是的,这就是活力。所有的一切都展现出活力、青春和勃勃生机。那张面孔栩栩如生,还有那双眼睛……

太多的活力!如此激情满溢的青春气息!那就是埃米亚斯·克雷尔在埃尔莎·格里尔身上看到的,以至于使他对身边温婉的妻子视而不见、充耳不闻。埃尔莎就代表着活力,埃尔莎就代表着青春。

这是个相貌出众、身材苗条、性情直率的姑娘。她的头转向一边,带着傲慢的神情,眼神中透出胜利者的不可一世,就那样看着你,盯着你——等待着……

赫尔克里·波洛摊开双手说道:"真是幅杰作——真的,实在是棒极了——"

梅瑞迪斯·布莱克话里有话地说道:"她那么年轻——"

波洛点点头,开始思考。

"大多数人在说这句话的时候是什么意思呢?那么年轻。几分天真无邪,几分令人心动,几分柔弱无助。但青春并非如此!青春是原始的,青春是坚定的,青春是强壮有力的——也是残酷无情的。而且还要加上一点——青春是脆弱的。"

他跟随着主人来到门边,此时心里对于下面将要拜访的埃尔莎·格里尔的兴趣锐增。也不知道岁月会给当年这个热情奔放、得意扬扬的率真女孩儿带来什么变化呢?

他又回头看了看那幅画。

那双眼睛,正在注视着他……注视着他……仿佛要对他诉说什么……

假如他无法领会这双眼睛想要告诉他的事情,那么这双眼睛的主人能不能告诉他呢?还是说这双眼睛想要诉说的事情,连它们的主人都不知道?

如此傲慢,又对胜利充满如此的期待。

接着死神插手了,把猎物从那双渴求的、紧握的、年轻的手中硬生生夺走了……

那双激情四射、充满期待的眼睛中的光芒就此消失了。埃尔莎·格里尔现在的眼睛会是什么样子呢?

他走出房间之前又看了最后一眼。

他想:"她实在是太有活力了。"

他觉得——有那么一点——害怕……

这只小猪吃烤牛肉

位于布鲁克街的这栋房子的窗台花箱里摆着达尔文郁金香。插在门厅里大花瓶中的白丁香则向着敞开的前门送出阵阵清香。

一个中年男管家接过了波洛的帽子和手杖,紧接着一个男仆就过来把它们拿走了,男管家毕恭毕敬地低声说道:"先生,请您跟我走这边好吗?"

波洛跟随他穿过门厅并走下三级台阶。一扇门打开了,男管家字正腔圆地通报了他的姓名。

接着门在他身后关上了,一个瘦高的男人从炉火边的椅子上站起身向他走来。

狄提斯汉姆勋爵的年纪将近四十。他不仅是一位世袭贵族,而且是一位诗人。由他创作的两部荒诞诗剧已经斥巨资搬上了舞台,并且获得了评论界的一致赞扬。他的前额很突出,下巴有点儿尖,眼睛和嘴巴出乎意料的优美。

他说:"请坐,波洛先生。"

波洛坐下来,从主人手里接过一支烟。狄提斯汉姆勋爵合上烟盒,划着一根火柴给波洛点烟,然后他自己也坐下来,若有所思地看着他的访客。

接着他说道:"我知道,你是来见我太太的。"

波洛回答道:"狄提斯汉姆夫人能约我前来会面,实在是太好了。"

"是啊。"

一阵停顿之后,波洛又壮着胆子说道:"我希望你不至于反对吧,狄提斯汉姆勋爵?"

那张瘦削又心不在焉的脸上突然浮现出一抹短暂的微笑。

"波洛先生,现如今丈夫的反对从来都不会被当回事儿的。"

"那也就是说,你确实反对?"

"不,我不能那么说。不过我必须承认,我有一点点担心这有可能给我太太带来的影响。我直言不讳吧,很多年之前,那时我太太还是个年轻的姑娘,她经历了一次可怕的折磨。我希望她已经从那次打击中恢复过来了,我也渐渐开始相信她已经忘记了那件事。而现在你出现了,你的问题肯定会勾起她从前的记忆。"

"确实很抱歉。"赫尔克里·波洛彬彬有礼地说。

"我实在是不知道可能会有什么样的结果。"

"狄提斯汉姆勋爵,我只能向你保证,我会尽可能考虑周全,尽最大努力不让狄提斯汉姆夫人感到痛苦。毫无疑问,她肯定是那种比较脆弱,容易紧张的性格吧。"

另一个人突然令人吃惊地大笑起来。他说道:"埃尔莎?埃尔莎可是坚强得像匹马一样!"

"那——"波洛很圆滑地住了口。眼下的情形激起了他的好奇心。

狄提斯汉姆勋爵说道:"我太太可以经受得起任何打击。我不知道你是否清楚她要见你的原因?"

波洛平静地回答道:"出于好奇心?"

那个男人的眼神中流露出一种尊重。

"啊,你知道了?"

波洛说:"这是必然的。女人总是会愿意见见私人侦探的!

而男人则会叫私人侦探滚得远远的。"

"有些女人也会让私人侦探滚得远远的。"

"那也是在见过他们以后，而不是之前。"

"也许吧。"狄提斯汉姆勋爵停顿了一下，"这本书的本意到底是什么？"

赫尔克里·波洛耸了耸肩膀。

"人们既然可以旧曲重弹，老戏新演，连旧的衣服都可以穿出新意，自然也就可以将老案子重现。"

"呸！"狄提斯汉姆勋爵说。

"你可以说'呸'，但这改变不了人类的本性。谋杀就是一出戏剧，人类对于戏剧的渴望是非常强烈的。"

狄提斯汉姆勋爵喃喃自语道："我明白，我都懂……"

"所以你看，"波洛说，"这本书是要写的。而我的任务就是要确保书中没有明显的错误信息，也没有对已知事实的篡改。"

"我本以为事实是众所周知的呢。"

"是的。但那并不包括对于事实的解释。"

狄提斯汉姆尖厉地说道："波洛先生，你这话是什么意思？"

"亲爱的狄提斯汉姆勋爵，看待同一个问题可以有很多种不同的方法，就像谈论历史事件时一样。举个例子来说：许多书籍中都写到了你们苏格兰的玛丽女王，有的把她写成一个殉道者，有的把她写成一个淫乱无德的女人，有的视她为心地纯朴的圣人，有的则把她看作杀人犯和阴谋家，还有的说她是时势和命运的牺牲品！仁者见仁，智者见智吧。"

"那在这桩案子里呢？克雷尔就是被他妻子所杀，这当然是无可辩驳的。在我看来，审判的时候我太太遭受了无端的诽谤和中伤，审判之后她甚至不得不被偷偷地带离法庭。舆论对她充满了敌意。"

"英国民众,"波洛说,"都有很强的道德观念。"

狄提斯汉姆勋爵说:"让他们去死吧!"

他看着波洛,又补充道:"你怎么想?"

"我嘛,"波洛说,"我的生活是很遵守道德准则的,不过这并不等同于脑子里有很多道德的条条框框。"

狄提斯汉姆勋爵说:"我有时候很纳闷,这个克雷尔太太究竟是什么样的人。那些关于受伤害的妻子之类的说法——我有种感觉,这里面另有隐情。"

"你太太也许会知道。"波洛表示赞同。

"我太太,"狄提斯汉姆勋爵说,"从未提起过这案子。"

波洛兴趣陡增地看着他,说道:"啊,我开始明白了——"

对方尖厉地说道:"你明白什么了?"

波洛深鞠一躬,回答道:"诗人那种创造性的想象力……"

狄提斯汉姆勋爵站起身来按响了用人铃,然后简短生硬地说道:"我太太会等着你的。"

房门打开了。

"老爷,您叫我?"

"带波洛先生上楼去见夫人。"

走上两段楼梯之后,波洛的双脚就陷入了柔软的绒毛地毯中。柔和的泛光灯。金钱,到处都是用金钱堆砌出来的,至于格调呢,却没有多高。狄提斯汉姆勋爵的房间显得昏暗而朴实无华,而在同一栋房子里,这里却只有不折不扣的奢华。所有的东西都是最好的,却未必是最引人注目或最令人吃惊的。纯粹是一种"花多少钱都不成问题"的感觉,只不过,显然缺少一些想象力。

波洛自言自语道:"烤牛肉?对,就是烤牛肉!"

他被领进了一个不大的房间。比较大的客厅在二楼,而这一间是女主人的私人起居室。当波洛被通报姓名并领进来时,女主人正倚着壁炉台站在那里。

眼前的景象让他心里一惊,有一句话跃入他的脑海,挥之不去。

她年纪轻轻就死了……

那就是他在看到埃尔莎·狄提斯汉姆,也就是埃尔莎·格里尔的时候,心里的想法。

如果只是凭着梅瑞迪斯·布莱克给他看的那幅画,他永远也不可能认出她来。最重要的在于,那是一幅描绘青春和活力的作品,而眼前这个人的身上则毫无青春可言——也许从来就没有过。不过他还是觉察出埃尔莎很漂亮,这一点从克雷尔的画作中他并没有意识到。没错,走上前来迎接他的是个非常漂亮的女人,而且无疑并不老。归根结底,她有多大了呢?如果悲剧发生之时她二十岁的话,现在应该也不会超过三十六岁。乌黑的头发精心梳理后盘在她匀称的头上,相貌堪称典雅,妆也化得十分精致。

他心里感到一阵奇怪的痛楚。也许,说起朱丽叶是老乔纳森先生所犯的一个错误……这里没有朱丽叶——除非谁能把朱丽叶想象成一个幸存者——失去了罗密欧,独自苟活……难道对朱丽叶这个角色而言,必不可少的就是在花季凋零吗?

而埃尔莎·格里尔却活了下来……

她用平稳而有些单调的声音对他表示了欢迎。

"波洛先生,我对此很感兴趣。请坐,告诉我,你想让我做什么。"

他心里想：但她其实并不感兴趣。没有什么能够引起她的兴趣。

灰色的大眼睛——就像两潭死水一样。

以他自己的方式，波洛又做出一副十足的外国人的样子。

他大声说道："我有点儿糊涂了，太太，我真的是有点儿糊涂了。"

"哦不，为什么这么说呢？"

"因为据我了解，这种对往事的重现肯定会令你非常痛苦！"

她看上去被逗乐了。没错，就是觉得好笑，发自内心地觉得好笑。

她说："我猜是我丈夫给你灌输了这种想法吧？你来的时候他看见你了。当然，他一点儿都不明白，也从来都没明白过。我根本就不是他想象中那种敏感的人。"

她的话音中仍然带着那股愉悦。她说道："你要知道，我爸爸是个磨坊工人，他一点点地往上爬，最终赚了大钱。如果脸皮薄的话可做不到他那样。我和他一样。"

波洛心想：没错，这是实情。一个脸皮薄的人可不会在卡罗琳·克雷尔的家里赖着不走。

狄提斯汉姆夫人说："你想让我做的是什么呢？"

"太太，你确定重温往事不会让你感到痛苦吗？"

她考虑了一小会儿，这让波洛突然觉得狄提斯汉姆夫人是个非常坦率的人。在万不得已的情况下，她也有可能会撒谎，但绝对不会有意这么做。

埃尔莎·狄提斯汉姆缓缓地说道："不，不会痛苦的。从某种程度上来讲，我倒巴不得呢。"

"为什么？"

她不耐烦地说道:"麻木不仁的感觉实在是糟糕透顶……"

赫尔克里·波洛心想:"的确,埃尔莎·格里尔已经死了……"

他大声说道:"无论如何,狄提斯汉姆夫人,这都会使我的任务变得简单许多。"

她愉快地说道:"你想知道些什么?"

"太太,你的记性好吗?"

"我自认为相当好。"

"而且你确信,回想那段日子里的各种细节也不会让你感到痛苦吗?"

"一点儿也不会。事情只有在发生当时才会让人痛苦。"

"我知道,对某些人来说就是这样。"

狄提斯汉姆夫人说:"这是爱德华,也就是我丈夫理解不了的。他总觉得审判及其他所有的事情对我来说都是可怕的折磨。"

"难道不是吗?"

埃尔莎·狄提斯汉姆说:"不,我倒挺享受的。"她话音中带着一种深思熟虑后的满足感,继续说道,"老天啊,你知道德普利奇那个老畜生是怎么攻击我的吗?换句话说,他就是个魔鬼。我喜欢和他斗,他也没能把我怎么着。"

她看着波洛,微微一笑。

"但愿我没有颠覆了你的幻想。我猜作为一个二十岁的女孩儿,我本应该被羞耻感之类的折磨得无地自容。但我没有。我不在乎他们对我说了些什么。我心里只想着一件事。"

"什么?"

"当然是送她上绞刑架。"埃尔莎·狄提斯汉姆说道。

他注意到她的手,那是一双漂亮的手,只是指甲又长又弯。

一双掠夺成性的手。

她说:"你是不是觉得我报复心太重?没错,我就是要报复,对所有伤害我的人。在我心里那个女人就是最下贱的人。她知道埃米亚斯喜欢我,知道他准备离开她,于是她就杀了他,让我也得不到。"

她看了看对面的波洛。

"你不觉得这样很残忍吗?"

"你既不理解也不同情她的嫉妒心吗?"

"不,我觉得我不会。输了就是输了。你要是留不住自己的丈夫,那就不如痛痛快快地让他走。我理解不了的就是这种占有欲。"

"要是你嫁给他,也许你就能理解了。"

"我不这么认为。我们不是——"她突然冲波洛一笑。他觉得她的笑有点儿吓人,这笑容里不带任何真情实感。"我想要让你搞清楚,"她说,"别以为是埃米亚斯·克雷尔勾引了一个天真无邪的年轻姑娘。根本就不是那么回事!我们俩之间的事儿,责任在我。我在一次聚会上遇见了他,对他一见钟情,我知道我非得到他不可——"

真是一种嘲弄啊,荒诞不经的嘲弄。只是——

我就会把我的整个命运交托给你,把你当作我的主人,跟随你到天涯海角……

"尽管他已经结婚了?"

"'闯入者必将遭到惩罚'?光靠这么一张告示可掩饰不了现实情况。如果他和妻子在一起时并不开心,和我在一起时倒很快乐,那又有何不可呢?我们每个人都只活一辈子。"

"不过据说他们夫妻很幸福。"

埃尔莎摇摇头。

"才不是呢。他们整天吵得不可开交。她总是惹他心烦。她就是个——噢，讨厌至极的女人！"

她站起来点了一根烟，然后带着一丝笑容说道："也许我这么说她不公平，但我是真的觉得她挺可恨的。"

波洛慢悠悠地说道："那件事不啻为晴天霹雳啊。"

"是的，那就是晴天霹雳。"她突然对他发起火来，那一脸死气沉沉的倦意之下，竟显现出一丝颤抖的生机。

"这件事杀死了我，你明白吗？它杀死了我。自那以后就什么都没有了——一切都不复存在。"她的声音低落下来，"空空如也！"她不耐烦地挥了挥手，"就像是玻璃橱柜里陈列的标本鱼一样！"

"埃米亚斯·克雷尔对你来说就这么重要吗？"

她点点头。这细微的动作带着一种奇怪的信任感，看上去竟令人心生怜悯。她说："我觉得我一直都是个一根筋的人。"她神情黯淡地思索了片刻，"我想——真的，我应该像朱丽叶那样给自己一刀。只是——只是那么做就等于承认你完蛋了，生活把你打败了。"

"那相反呢？"

"一旦你挺过去了，你照旧应该拥有一切。而我就挺过来了，现在那些对我来说已经是过眼云烟。我想后面还有事情要做。"

是啊，后面的事情。波洛仿佛看到她为了实现自己原本的决心所做的不懈努力；看到她漂亮、富有，拥有足以迷倒男人们的魅力，用她掠夺成性的双手不断攫取，以填补她生命中的空虚。英雄崇拜——嫁给一个著名的飞行员，然后是一个探险家，巨擘阿诺德·史蒂文森——很可能从外表上看和埃米亚斯·克雷尔没有很大的不同——再后来又回到创造性艺术的路子上：狄提斯汉姆！

埃尔莎·狄提斯汉姆说："我从来都不是个伪君子！我一直都很喜欢一句西班牙谚语。'上帝说，想要什么就拿什么，只要你付出相应的代价。'好，我就是这么做的。我拿走了我想要的，而我也情愿为此付出代价。"

赫尔克里·波洛说："你不明白，有些东西是买不来的。"

她瞪着他，说道："我指的并不只是金钱。"

波洛说："是的，是的，我明白你的意思。但并非生活中所有的东西都是明码实价的，这样的情况太多了。有些东西不是用来出售的。"

"胡说八道！"

他微微一笑。她的语气中透着那种磨坊工人发家致富以后的傲慢自负。

突然之间，一股同情在赫尔克里·波洛的心里油然而生。看着面前这张皮肤光滑的不老容颜，还有那疲倦的双眼，他不由得想起了埃米亚斯·克雷尔画上的那个女孩儿……

埃尔莎·狄提斯汉姆说道："告诉我关于这本书的全部事情。写这本书的目的何在？又是谁的主意呢？"

"噢！我亲爱的夫人，无非也就是新瓶装旧酒吧。"

"但你不是个作家吧？"

"对，我是个犯罪学专家。"

"你是说他们请你当罪案方面书籍的顾问？"

"也不总是。这一次，我是接受了一项委托。"

"谁？"

"怎么说呢？这次我是代表对此案感兴趣的人——我的委托

人——审查这本书的内容。"

"谁是你的委托人?"

"卡拉·勒马钱特小姐。"

"她是谁?"

"她是埃米亚斯和卡罗琳·克雷尔的女儿。"

埃尔莎凝视了他一小会儿,然后说道:"哦,当然,他们有个孩子。我记起来了,我想她现在已经长大成人了吧?"

"是的,她已经二十一岁了。"

"她长什么样子?"

"她个子挺高,肤色比较黑,我认为她长得很漂亮。而且她有勇气,也有个性。"

埃尔莎若有所思地说:"我想见见她。"

"她可能不想见你。"

埃尔莎看起来很意外。

"为什么?哦,我明白了。不过这也太荒唐了吧!那件事她连个影子都不可能记住的。她那个时候超不过六岁。"

"她知道她母亲是因为被控谋杀她父亲而受审的。"

"那她觉得这是我的错?"

"这是一种可能的解释。"

埃尔莎耸耸肩膀,说道:"愚蠢透顶!如果卡罗琳能表现得像个有点儿理智的人的话——"

"那也就是说你一点儿责任都没有?"

"我为什么要负责任?我没有什么可难为情的。我爱他。我本可以让他幸福的。"她向波洛这边看过来。忽然之间,仿佛她的面孔令人难以置信地破碎了一般,波洛又看见了画中的那个姑娘。她说:"要是我能让你明白,要是你能从我的角度来看待,要是你能了解的话——"

波洛倾身向前。

"但这正是我想要的。你看,菲利普·布莱克先生当时也在场,他答应把发生的一切详尽地为我写下来。梅瑞迪斯·布莱克先生也是一样。现在如果你——"

埃尔莎·狄提斯汉姆深吸一口气,鄙夷地说道:"那两个人!菲利普一直就是个笨蛋。梅瑞迪斯总是跟在卡罗琳屁股后头转——不过他倒是个挺可爱的人。只是你可不能指望从他们的记述中得到什么真正有用的东西。"

他注视着她,看到她的眼中渐渐有了生气,看到这个原本已经心如死灰的女人又重现了活力。她几乎是急不可待地说道:"你想要知道真相,对吗?噢,这可不是为了出版,只是给你自己看——"

"我可以保证,没有你的允许我不会让它公之于众的。"

"我愿意把真相写出来……"她沉默了一小会儿,思考着。他看到她光滑面颊上的冷酷和麻木也在消退,呈现出一种更为年轻的轮廓,当往事再次叩响心扉时,她的身上又重新注入了生机。

"重温过去,把它们都写下来,让你知道她是个什么样的人——"

她的双眼闪着光,胸口剧烈地起伏着。

"她杀了他。她杀死了埃米亚斯,杀死了热爱生命、想要活下去的埃米亚斯。恨不应该比爱更强烈,但她的恨却那么强。而我对她的恨也——我恨她——我恨她——我恨透她了……"

她向他走过来,弯下腰,双手紧紧抓住他的衣袖,迫不及待地说道:"你必须了解我们之间的感情,必须。我是说埃米亚斯和我。有样东西我要给你看看。"

她像一阵风似的跑到屋子的那一边,打开一张小桌子上的锁,拉出一个藏在文件格中的抽屉。

然后她走回来,手里拿着一封折皱了的信,信上的墨迹已经有些褪色了。她把信塞给他,这让波洛的脑海中突然泛起了一段鲜活的记忆,那是某一次一个他认识的女孩儿把她在海滩上捡到的一个别致的贝壳塞到他手里的情景。那个女孩儿将贝壳视为珍宝,一直精心保存着。交给他以后,那女孩儿就退后一步注视着他,对于他能接受自己的宝贝既感到自豪,又有些忐忑,同时还带着几分敏锐的挑剔。

他打开了那张已经褪色的信纸。

埃尔莎——你这个小可人儿!你的美貌世间难寻。然而我怕我太老了,我就是个人到中年、脾气臭,而且还没有定性的家伙。不要信任我,不要相信我,除去我的工作之外,我一无是处。我把自己最好的部分都给了我的工作。在这一点上,不要说我没有警告过你哦。

真见鬼,我的心肝儿,即便如此我还是想要你。你知道,为你去死我都愿意。我要为你画一幅画,让这个愚蠢的世界为之大笑,为之喘息,为之癫狂!我爱你爱到发疯——我睡不着觉——我吃不下饭。埃尔莎——埃尔莎——埃尔莎——我永远都属于你——至死不渝。埃米亚斯。

这是十六年前的信。已然褪色的墨迹,即将破碎的信纸,但字句依旧生机勃勃,依旧动人心弦。

他瞧着面前的这个女人,这封信里的一字一句都是写给她的。

但他所看着的已经不再是一个女人了。

那是一个热恋中的年轻姑娘。

他又一次想到了朱丽叶……

这只小猪一无所有

"波洛先生，我能问一下为什么吗？"

赫尔克里·波洛在考虑着如何回答这个问题。他意识到那张满是皱纹的小脸上，一双敏锐的灰眼睛正在观察着他。

他已经爬上了这栋外表光秃秃的大楼的顶层，敲响了吉莱斯皮大厦五八四号的房门，这是那种专为职业妇女提供所谓的"小公寓"而建造的大楼。

就在这里，在这个四四方方的狭小空间里，住着塞西莉亚·威廉姆斯小姐。这个房间既是卧室，又是起居室，也是餐厅，如果小心地使用小煤气炉的话，还能够当成厨房——此外还有一个小隔间，放着一个很小的浴盆和一些日常的办公用品。

尽管陈设相当简陋，威廉姆斯小姐还是想方设法为其打上了自己的个人印记。

墙面刷成了代表着清心寡欲的浅灰色，上面挂着不同的名画复制品。一幅是但丁与贝雅特丽齐在桥上相遇，还有那幅曾经被一个孩子描述成"一个盲人小姑娘坐在橘子上——我不知道为什么名字叫'希望'"的画①。还有两幅描绘威尼斯的水彩画以及一幅经过做旧处理的波提切利名作《春》的复制品。在矮五斗

---

① 指英国画家乔治·弗雷德里克·沃茨（George Frederic Watts，1817—1904）的名画《希望》。沃茨擅长用象征主义表达艺术思想。

柜上，摆放着一大堆已经褪了色的照片，从照片上人物的发型来看，大多数都应该是二三十年前拍摄的了。

方形的地毯已经快磨透了，家具也破旧不堪。赫尔克里·波洛可以清楚地知道塞西莉亚·威廉姆斯过着极其困窘的生活。这里没有烤牛肉，这是一只一无所有的小猪。

威廉姆斯小姐用清晰、犀利而坚定不移的声音重复了一遍她的问题。

"你想让我回忆克雷尔那件案子并且写下来？我能问问为什么吗？"

一些常常被赫尔克里·波洛弄得大为光火的朋友和同僚曾经说过，与真话相比，他更喜欢谎言；为了达到目的，他宁可大费周章地编造一个子虚乌有的理由，也不愿意直奔主题。

不过这一次他却迅速拿定了主意。赫尔克里·波洛可不是那种曾经请过英国家庭女教师的比利时或者法国孩子，但他的反应就像很多小男孩一样既简单又自然而然。当被问起"哈罗德（或者理查德，或者安东尼），你今天早上刷牙了吗？"的时候，他们会飞速地开动脑筋想着蒙混过关的可能性，接着马上又会屏弃这个念头，痛苦地回答说"没有，威廉姆斯小姐。"

因为威廉姆斯小姐具有所有成功的儿童教育者都必然拥有的那种神秘特质——威严！当威廉姆斯小姐说"琼，起来去洗手"，或者"我要求你读一下关于伊丽莎白时期诗人的这一章，并且准备好回答我的问题"的时候，孩子们总是会听她的话。威廉姆斯小姐的脑子里从来就没想过有人会不听命于她。

所以这一次赫尔克里·波洛并没有煞有介事地搬出那个要写一本关于陈年旧案的书的借口，而只是简单地讲了一下卡拉·勒马钱特是如何找到他的。

这个穿着一身干净整洁的旧衣服的小老太太凝神倾听着。

她说:"我特别想了解关于那个孩子的消息,想知道她现在怎么样了。"

"她现在已经出落成一个魅力十足、楚楚动人的姑娘了,同时很有勇气,又不乏主见。"

"真好。"威廉姆斯小姐简单地说道。

"而且我得说,她是个锲而不舍的人。你很难拒绝她的请求,或者随随便便地敷衍过去。"

这个前任家庭女教师沉吟着点点头。她问道:"她身上有艺术天分吗?"

"我觉得没有。"

威廉姆斯小姐冷冰冰地说:"那可谢天谢地了!"

这句话的语气把威廉姆斯小姐对于艺术家的看法表达得淋漓尽致。

她补充说:"从你对她的描述来看,我能想象出她应该是随了她母亲而不是她父亲。"

"很有可能。等你见过她以后你就可以告诉我了。你想见见她吗?"

"我的确很想见见她。看看一个你以前认识的孩子如今变成什么样子,总是件令人高兴的事儿。"

"我想,你上次看见她的时候她还很小吧?"

"那时候她五岁半,是个很可爱的孩子,也许有点儿太文静了,总是一副在思考的样子。喜欢自己跟自己玩儿,不喜欢和别人一起。天生就是这样吧。"

波洛说:"所幸的是她那时还很小。"

"千真万确。要是她再大一点儿,那场悲剧带来的打击就有可能对她造成很糟糕的影响了。"

"不过话虽这么说,"波洛说,"孩子还是能够觉察出有些反常吧,无论她自己明白的或者别人告诉她的有多少,大家都对这件事讳莫如深、避而不谈,这种氛围,加之突然让她远走他乡,这些对孩子来说恐怕都没有什么好处。"

威廉姆斯小姐沉思着回答道:"也许并没有你想象得那么严重。"

波洛说:"我们先不谈卡拉·勒马钱特,也就是小卡拉·克雷尔的事了,不过关于她我还有一个问题想问你。如果说有谁能解释清楚的话,我想也就是你了。"

"什么事?"

她的语气充满探询却又不置可否。

"有一件很微妙的事情,我一直没能想明白,就是每当我提起这个孩子,总感觉她没有得到应有的重视。我一提起她,所见到的反应都是显得有些意外,仿佛每个和我说话的人都完全忘记了还有这个孩子存在似的。威廉姆斯小姐,这无疑是不太合乎情理的吧?在这种情况下,孩子总要扮演一个很重要的角色,倒不是说她自身有多么举足轻重,但她会成为一个关键点。埃米亚斯·克雷尔可以有各种理由抛弃或者不抛弃他的妻子,但通常在婚姻的破裂中孩子都会成为一个很重要的问题。可是在这件事中,孩子似乎变得无关紧要了。这在我看来非常奇怪。"

威廉姆斯小姐立即说道:"波洛先生,你算是说到点子上了。你说得很对。这也是我刚才要那么说的部分原因——把卡拉送到一个完全不同的环境中去,从某些方面来说可能对她有好处。否则的话,你知道,当她长大一些以后,也许就会因为家庭生活中缺少某些东西而感到痛苦。"

她身体前倾，慢条斯理又小心谨慎地说道："当然了，在我工作的过程中，见过了太多太多父母和孩子方面的问题。很多孩子，或者应该说绝大多数孩子，都遭受了父母的过度关注。父母给了他们太多的爱，太多的照顾。这种呵护会让孩子觉得不自在，从而试图获得解脱，逃离父母的监管。对于独生子女来说尤其如此，母亲们在这里面的罪过首当其冲。而这种情况给婚姻带来的结果也常常是不幸的。做丈夫的不喜欢退居其次，于是就去别的地方寻求慰藉，更确切地说就是寻找一些恭维和关注，这样一来迟早会走到离婚这一步。我确信，对于孩子来说最好是父母双方都应该做到——我把它叫作合理的忽视。这种情况在子女众多而经济拮据的家庭中是自然而然的事情。这些孩子被忽视，是因为他们的母亲实在没有时间陪着他们。他们很清楚她是爱他们的，只是并不用担心这种爱会有太多的表现。

"不过也存在另一种情况。我们确实偶尔会发现一些夫妻把所有的注意力都放在了对方身上，眼中只有彼此，以至于婚姻的结晶——孩子——对他们来说几乎都显得那么不真实。在那种情况下，我想孩子会产生厌恶的情绪，觉得自己的爱被剥夺了，觉得受到了冷落。你要明白我现在说的并不是单纯的忽视。举个例子来说，克雷尔太太绝对可以称得上是个模范妈妈，总是会关心卡拉的幸福和健康——在适当的时候陪她玩儿，总是那么亲切，那么快活。但尽管如此，克雷尔太太其实还是全身心都扑在她丈夫身上的。你可以说，她活着的意义就在于他，她活着就是为了他。"威廉姆斯小姐停顿片刻，又继续平静地说道，"我想，这也就是她最终那么做的合理解释吧。"

赫尔克里·波洛说："你是说他们之间不像是夫妻，而更像是情人吗？"

威廉姆斯小姐微微一皱眉头，表达了对这个她不太习惯的措辞的厌恶之情，说道："你当然可以这么理解。"

"他爱她也像她对他一样吗？"

"他们是一对恩爱夫妻。但是当然啦，他是个男人。"

威廉姆斯小姐想方设法地给最后这两个字赋予了十足的维多利亚时代的意义。

"男人——"威廉姆斯小姐欲言又止。

威廉姆斯小姐说"男人"的口气，就像一个富有的财主说"布尔什维克"——或者一个诚挚的共产主义者说"资本家"——或者一个称职的家庭主妇说"蟑螂"一样。

从她多年独身，又身为家庭女教师的生活中，已经形成了一种强烈的女权主义思想。凡是听过她讲话的人都不会怀疑，对于威廉姆斯小姐来说，男人就是敌人！

波洛说："你对男人颇有微词啊？"

她冷冷地回答道："男人已经拥有了这个世界上最好的一切。我希望不要总是这样。"

赫尔克里·波洛若有所思地看着她。他可以轻易地设想出威廉姆斯小姐有板有眼地把自己牢牢锁在铁栏杆上，以她坚忍的耐力进行绝食斗争的场景。于是他不再泛泛而谈，而是有针对性地问道："你不喜欢埃米亚斯·克雷尔吗？"

"我当然不喜欢克雷尔先生。我也不赞同他的做法。如果我是他妻子，我早就离开他了。有些事情没有哪个女人能够忍受。"

"但是克雷尔太太却容忍了，对吗？"

"没错。"

"你觉得她这样做是错误的？"

"对，我觉得是。一个女人得有点儿自尊，在屈辱面前不能那么逆来顺受。"

"这种话你对克雷尔太太说过吗?"

"当然没有。这不是处在我这个位置的人该说的话。我的职责是教育安吉拉,而不是给克雷尔太太提这些不请自来的建议。而且那么做的话也太无礼了。"

"你喜欢克雷尔太太?"

"我很喜欢克雷尔太太,"她干练的声音变得柔和起来,饱含着暖意和深情,"非常喜欢她,也为她感到十分难过。"

"那你的学生安吉拉·沃伦呢?"

"她是个特别有意思的女孩,是我教过的最有意思的学生之一。她很机灵,任性,急脾气,在很多方面都不好管,但确实是个很好的孩子。"

她停了一下,然后继续说道:"我总是希望她能够有所成就,结果她还真行!你读过她的书了吗——关于撒哈拉的那本?而且她还在法尤姆发掘了那些特别有趣的墓穴。是的,我为安吉拉感到骄傲。我在奥尔德伯里待的时间并不长,也就是两年半吧,但我总是抱有这种信念——是我的帮助激发了她的决心,而我的鼓励培养了她对考古学的兴趣。"

波洛低声说道:"我了解到后来他们决定把她送到学校去继续接受教育。对这个决定你肯定很生气吧。"

"还真不是,波洛先生。我完全赞同这个决定。"

她顿了一下又继续说道:"我来给你说说清楚吧。安吉拉是个可爱的姑娘,真的非常可爱——热心肠,比较容易冲动,但同时也是我眼中的那种问题少女。换句话说,她正处在一个很麻烦的年龄。每个姑娘都会有那么一段时间对于自身感到很惶惑,觉得自己既不是女孩儿又算不上女人。安吉拉有的时候表现得很成熟，通情达理，就像个大人一样，但一转眼又会变回一个淘气的孩子，搞各种恶作剧，粗鲁无礼，大发脾气。你要知道，女孩子在这个年龄都会有些叛逆，对外界的事物极其敏感。你对她们说什么都会招她们生气。你把她们当小孩子吧，她们不高兴，而你要把她们当大人吧，她们突然之间又会觉得害羞胆怯。安吉拉就是这个样子。她的脾气一阵一阵的，阴晴不定，谁要是逗她，没准儿会惹得她突然大发雷霆——接着她可能就那么坐在那儿，皱着眉头，生上几天的闷气——然后她又会变得野性十足，和园子里那些男孩子一起爬树，追逐嬉戏，谁的话也不听。"

威廉姆斯小姐稍作停歇后接着说道："一个女孩子到了这个阶段以后，上学对她来说就很有帮助了。她需要来自其他思维方式的刺激，需要学会群体生活中那些有益的行为准则，从而帮助她很好地立足于社会。我不能说安吉拉的家庭条件很理想。首要的一点是克雷尔太太很溺爱她，她只要提出来，克雷尔太太就会有求必应。结果就使得安吉拉觉得她是最重要的，可以随意支配她姐姐的时间，应该随时得到姐姐的关注。正是这种心态造成了她时常和克雷尔先生发生冲突。克雷尔先生自然也会认为他才是最重要的，而且怎么想也就怎么做了。他真的非常喜欢这个女孩儿，他们相处得很不错，时不时嘻嘻哈哈地拌拌嘴，但克雷尔先生有时还是会突然很反感克雷尔太太一心只想着安吉拉的态度。跟所有男人一样，他也是个被宠坏了的孩子，希望所有人都能围着他转。所以他和安吉拉有时也会真的大吵大闹，而克雷尔太太十有八九都是站在安吉拉一边的。这时候他就会勃然大怒。要是反过来的话，克雷尔太太支持他，安吉拉又会火冒三丈。在这种情况下安吉拉就会变得特别孩子气，总要搞一些恶作剧来整他。他有个习惯，喝酒或者饮料的时候喜欢一饮而尽。有一次她就在他的饮料里放了一大把盐,结果一杯下肚就令他呕吐不止,闹得他憋了一肚子火,还发不出来。不过真正让事情变得不可收拾的,是那次她把好多鼻涕虫放在了他床上,而他对鼻涕虫可是极其讨厌啊。最终他怒不可遏,不容分说地要把这姑娘送到学校去。他说他再也忍受不了这些无聊的恶作剧了。这一来安吉拉觉得极其沮丧,尽管实际上有那么一两次,她也曾表示过想去寄宿学校的愿望,但事到临头了,她还是做出一副满腹委屈和牢骚的样子。克雷尔太太不想让她去,不过最后还是被说服了,我想这主要得益于我对她的劝导。我给她指出,这样做是为了安吉拉的利益着想,而且我真的认为这会给这个姑娘带来很大的好处。于是他们最后就决定在秋季学期开学的时候把她送到赫尔斯顿——南海岸一家很好的学校——去学习。只是克雷尔太太在那个暑假中还是一直为这件事闷闷不乐,而安吉拉也是一想起来就对克雷尔先生心怀不满。你也明白,波洛先生,这真不是什么大不了的事儿,不过它还是给那个夏天发生的所有其他事情带来了一种潜在的影响。"

波洛说:"你是指——埃尔莎·格里尔?"

威廉姆斯小姐尖刻地说道:"完全正确。"说完这句话她就缄口不言了。

"你对埃尔莎·格里尔有什么看法?"

"我对她什么看法都没有。就是个完全不讲道德的年轻女人而已。"

"她太年轻了。"

"已经足够大到该懂点儿事了。我看她找不出任何借口,一点儿都找不着。"

"我想,她是爱上他了——"

威廉姆斯小姐对这句话嗤之以鼻,她插嘴道:"确实是爱上他了。波洛先生,我真希望无论有什么样的感情,我们都能把它控制在一个比较得体的范围内。这样我们肯定也就能控制我们的行为了。而那个姑娘实在是一点儿道德观念都没有。她丝毫不顾忌克雷尔先生是个有妇之夫,完全不知羞耻,还摆出一副泰然自若、不为所动的样子。也许她从小就没什么家教吧,这也是我能替她找到的唯一的理由。"

"克雷尔先生的死对她肯定是个巨大的打击吧?"

"哦,那是一定的。不过那也是她自作自受。我还不至于说到了能够容忍谋杀的地步,但尽管如此,波洛先生,要说有哪个女人快被逼疯了的话,那就非卡罗琳·克雷尔莫属了。坦白地讲,有时候我都想亲手把那两个人杀掉。波洛先生,他居然把那姑娘带到他妻子面前来炫耀,让她对那姑娘的傲慢无礼忍气吞声——她真是傲慢无礼啊,而他则听之任之。真该死,埃米亚斯·克雷尔这是罪有应得。没有哪个男人这样对待自己妻子还能落得个逍遥自在的。他的死是应得的报应。"

赫尔克里·波洛说:"你很看重……"

这个小老太太用那双不屈不挠的灰眼睛看着他,说道:"我极其看重婚姻关系。如果婚姻关系得不到尊重和维护,那么这个国家都会堕落。克雷尔太太是个全心奉献、忠贞不渝的妻子。而她的丈夫却故意无视她,把情妇带到家里来。要我说,他就是罪有应得。是他迫使她到最后忍无可忍,而我呢,绝不会因为她的所作所为而对她有所责备。"

波洛缓缓地说道:"他是做得很过分,这一点我承认。但是别忘了,他还是个杰出的艺术家啊。"

威廉姆斯小姐很不屑地哼了一声。

"哦，可不是吗，我知道。现如今这都可以当作借口。艺术家！简直都快成了各种生活放荡、酗酒无度、打架斗殴、偷情通奸的理由了。归根结底，克雷尔先生算是哪门子的艺术家？他的画也许能被人欣赏，流行上几年，但是绝对长久不了。为什么？因为他甚至都不会画画！他那个透视画法糟糕透顶！连人体的结构都画得不对。波洛先生，这些其实我也略知一二。我小时候在佛罗伦萨学过一段时间绘画，对于任何一个了解并欣赏那些绘画大师们的人来说，克雷尔先生的这些涂鸦作品真是显得可笑至极。就是在画布上随意泼上几种颜料——没有什么结构可言——也没有仔细去画过。不，"她摇着头，"别想让我赞赏克雷尔先生的作品。"

"他有两幅作品可是在泰特美术馆展出啊。"波洛提醒她说。

威廉姆斯小姐抽了抽鼻子。

"也许吧。我相信，爱泼斯坦先生[①]的一尊雕像也在那儿展览。"

听到威廉姆斯小姐的口气，波洛明白这件事也就到此为止了。于是他放弃了关于艺术的话题。

他说："克雷尔太太发现尸体的时候，你和她在一起吧？"

"是的。午饭以后我和她一起从屋子里出来往下走。安吉拉游完泳之后把她的套头毛衣落在了海滩上，要不然就是落在船上了。她对自己的东西总是这么丢三落四。我和克雷尔太太在巴特利花园的门口分开，但她几乎是立刻就把我叫回去了。我相信克雷尔先生那时已经死了一个多小时了。他就那样四肢伸开地躺在画架旁的长椅上。"

[①] 雅各布·爱泼斯坦（Jacob Epstein, 1880—1959），生于美国的英国雕塑家，先锋现代雕塑的推广者，有大量引起争议、挑战禁忌的作品。

"这个发现是不是让她特别难过?"

"你这么问究竟是什么意思,波洛先生?"

"我是在问你当时的印象。"

"啊,我明白了。没错,我看她当时神情恍惚、失魂落魄的。她打发我去给医生打电话。毕竟,我们还不能特别肯定他是不是死了,也许只是僵直症发作了呢。"

"她说有这种可能了吗?"

"我不记得了。"

"那么你去打电话了?"

威廉姆斯小姐的声音冷冰冰的,毫不客气。

"我走到半路上碰见了梅瑞迪斯·布莱克先生,我把这个差事托付给他以后,马上又回到克雷尔太太身边去了。要知道,我觉得在这种场合下她也许会突然晕过去的,而男人处理这个可不在行。"

"那她晕过去了吗?"

威廉姆斯小姐干巴巴地说:"克雷尔太太的自制力很强。这一点跟格里尔小姐截然不同,她的情绪异常激动,弄得场面很不愉快。"

"怎么个不愉快法儿?"

"她想要打克雷尔太太。"

"你的意思是说,她意识到了克雷尔太太应该对克雷尔先生的死负责吗?"

威廉姆斯小姐想了一下。

"不,她很难确定这个。当时还没有人起这种可怕的疑心呢。格里尔小姐只是大声尖叫着:'都是你干的好事,卡罗琳。你杀了他,都是你的错。'实际上她并没有说'是你毒死了他',不过我认为毫无疑问她心里就是这么想的。"

"那克雷尔太太呢?"

威廉姆斯小姐不安地挪动了一下。

"我们一定要那么言不由衷吗,波洛先生?我没法告诉你克雷尔太太当时真实的感觉和想法,她会不会对自己所做的事感到恐惧——"

"看起来像是这样吗?"

"不,不,我不能说像这样。目瞪口呆,是的,我想她是吓坏了。没错,我确定,她吓坏了。但那是再自然不过的反应了。"

赫尔克里·波洛并不满意地说道:"是,也许那很自然……对于丈夫的死因,她对别人是怎么说的呢?"

"自杀。从一开始她就无比确信地说,肯定是自杀。"

"她私下里跟你也是这么说的吗,还是又提出了其他的看法?"

"没有。她——她一直努力要给我留下一定是自杀的印象。"

威廉姆斯小姐的声音听上去有些尴尬。

"那你又是怎么说的呢?"

"说真的,波洛先生,我怎么说很重要吗?"

"是的,我觉得很重要。"

"我看不出有什么理由——"

不过仿佛被他充满期待的沉默催眠了一般,她有些不情愿地说道:"我想我说的是:'当然,克雷尔太太。肯定是自杀。'"

"你相信自己说的话吗?"

威廉姆斯小姐抬起头,坚定地说:"不,我不相信。但请你理解,波洛先生,你可以这么认为,我是完完全全站在克雷尔太太这一边的。我同情的是她,而不是警方。"

"那你是愿意看到她被宣判无罪喽?"

威廉姆斯小姐倔强地说:"是的,我愿意。"

波洛说道:"那么你现在也会同情她女儿的感受吧?"

"我十分同情卡拉。"

"如果我想让你为我写一份悲剧发生时的详细情况,你会反对吗?"

"你是说给她看的?"

"是的。"

威廉姆斯小姐缓慢地说道:"不,我不会反对的。她已经下定决心要调查这件事了,对吗?"

"没错。我敢说她要是不知道真相也许更好——"

威廉姆斯小姐打断了他的话:"不。直面现实才是更好的。通过篡改事实来逃避痛苦是没有用的。卡拉刚知道这个事实的时候已经经受过一次打击了,现在她想要知道这起悲剧发生的来龙去脉。在我看来,这是一个勇敢的年轻姑娘应该采取的正确态度。一旦她知道了全部的真相,她就能够重新把它们忘掉,继续过她自己的生活。"

"也许你说得对。"波洛说。

"我确信我是对的。"

"但你知道吗,事情还不止是这样。她不但想要知道,还想要证明她母亲是清白的。"

威廉姆斯小姐说:"可怜的孩子。"

"这就是你的想法,对吗?"

威廉姆斯小姐说:"我现在明白为什么你说她要是从来都不知道就更好了。不过尽管如此,我还是觉得现在这样是最好的。想要证明母亲的清白是人之常情,从你对她的描述来看,尽管实际揭示出来的真相可能很残酷,卡拉也有足够的勇气去接受,而不会畏缩不前。"

"你那么确定这就是事实真相吗?"

"我没明白你的意思。"

"你连一丁点儿能让你相信克雷尔太太是无辜的漏洞都看不出来吗?"

"我觉得从来都没有人认真地考虑过这种可能性。"

"而她自己仍然坚持自杀的说法?"

威廉姆斯小姐不动声色地说道:"这个可怜的女人总得说点儿什么吧。"

"你知道克雷尔太太在临死前给女儿留了一封信,并且在信里面郑重地发誓说她是无辜的吗?"

威廉姆斯小姐瞪大了眼睛。

"她这么做可就大错特错了。"她尖厉地说。

"你这么认为?"

"是的,我就是这么想的。哦,我敢说你跟大多数男人一样都是感情用事的人——"

波洛愤愤不平地打断她:"我不是个感情用事的人。"

"但这分明就是感情泛滥。为什么要在这么庄重的时刻写下这个,写下一个谎言?想让孩子免受痛苦?是的,很多女人可能会这么做。但我绝对想不到克雷尔太太会这样。她是个既勇敢又诚实的女人。我觉得告诉女儿不要去瞎想,倒更像是她会做的事情。"

波洛略带愠怒地说道:"卡罗琳·克雷尔写下的也许是实情,这种可能性你连想都不愿意想吗?"

"当然不会!"

"而你仍然声称你很爱她?"

"我就是爱她。我对她有着深厚的感情,也有深深的同情。"

"好,那么——"

威廉姆斯小姐用一种很奇怪的眼神看着他。

"波洛先生,你不明白。都过了这么久了,我现在再说这些已经无所谓了。我碰巧知道卡罗琳·克雷尔是有罪的,你明白吗?"

"什么?"

"这是真的。当时我把自己知道的事情隐瞒下来,到底对不对,我也没有把握,不过我还是隐瞒下来了。但你必须相信我,这是千真万确的。我知道卡罗琳·克雷尔是有罪的……"

这只小猪呜呜哭泣

从安吉拉·沃伦的公寓可以俯瞰摄政公园。在这个春日里,一阵柔和的微风自敞开的窗户吹进来,若不是窗下川流不息的汽车不住发出咄咄逼人的轰鸣声,还真能让人产生一种置身于乡间的错觉。

房门打开的时候,波洛正从窗前转过身,看见安吉拉·沃伦走了进来。

这不是他第一次看见她。他曾借机去皇家地理学会听过一次她的演讲。也许对于普通大众而言,演讲显得有些枯燥无味,他却认为精彩绝伦。沃伦小姐口才极佳,既不停顿,也不会因为斟酌措辞而犹豫不决。她不会重复啰唆,嗓音清晰悦耳;她也不会迁就听众们喜欢浪漫色彩,爱听冒险故事的需求,演讲中几乎不带有什么趣味性。她对于事实的罗列简明扼要,辅以制作精美的幻灯片给予充分阐释，再根据列举的事实做出睿智的推断，令人钦佩。总之，演讲干净利落，细致精确，条理分明，深入浅出，极其专业。

赫尔克里·波洛由衷地表示赞许。他觉得这是个头脑清晰的人。

如今当他面对面见到她时，他意识到安吉拉·沃伦本来是可以出落成一个相当漂亮的女人的。她五官端正，尽管显得有些严厉。两道黑眉眉形精致，一双明澈的褐色眼睛充满灵性，皮肤细腻白皙。她的肩膀方方正正，走起路来颇有些男子气。

当然，从她身上你看不出那只呜呜哭泣的小猪的半点影子。不过在她的右脸颊上，确实有一道已经愈合了的疤痕，让皮肤轻轻皱起。她的眼角被这道疤痕拉向下方，使右眼显得稍微有点儿扭曲，但没有人会意识到那只眼睛实际上是看不见东西的。在赫尔克里·波洛看来，他几乎可以确定，和这个残疾相伴了这么多年，她现在已经浑然不觉了。而且他忽然想到，因为这次调查而引起他兴趣的五个人中，那些被认为一开始就占尽优势的人，反倒不是那些最终能够获得最大成功以及幸福生活的人。就拿埃尔莎来说，起初她处于最有利的位置——年轻、漂亮、富有——后来的结局却最糟糕。她就像是一朵被不期而至的风霜突袭过的花蕾一样——表面看依然含苞待放，实际上却已毫无生机。塞西莉亚·威廉姆斯，单就外表来看毫无值得夸耀之处。不过在波洛眼里，她没有意志消沉，也没有丝毫的挫败感。生活对于威廉姆斯小姐来说充满吸引力——她对于周遭的人和事依然抱有兴趣。严格的维多利亚式教育给予了她精神和道德层面上的巨大优势，尽管如今这种教育方式也已经为我们所抛弃了。处于自身的身份地位，她尽职尽责，从而使上帝满意，并使自己得到召唤——这种笃信不疑为她披上了一层坚不可摧的铠甲，足以抵御由嫉妒、不满和悔恨所带来的侵扰。她有她自己的记忆，有她自己小小的快乐；纵使经济拮据，也仍然因为拥有良好的健康和充足的活力，使她能够对生活满怀兴趣。

现在，在安吉拉·沃伦，这个由于容貌受损而致残蒙羞的年轻人身上，波洛相信他看到了一个强大的灵魂，它正是在为赢得自信心而不断抗争的过程中成长起来的。当年那个任性散漫的女学生如今已经成长为一个热情洋溢、令人折服的女人，一个拥有强大内心和充沛精力去实现她勃勃雄心的女人。波洛能够明确地感受到这个女人既幸福又成功；她的生活充实、生动、满载欢乐。

只是她并非波洛真正喜欢的那类女人。尽管对她清晰严谨的头脑赞赏不已，但她周身就是被一种无处不在的女强人的影子所笼罩，似乎在提醒他，把她当成个男人看待就可以了。而他一向喜欢看的都是那种衣着奢华、引人注目的女子。

面对安吉拉·沃伦的时候，他很容易直截了当地谈起他此行的目的，而不需要拐弯抹角。他只是对她讲述了卡拉·勒马钱特与他会面的事情。

安吉拉·沃伦严肃的脸庞上露出了喜悦的神情。

"小卡拉？她到这儿来啦？我太想见见她了。"

"你没跟她保持联系吗？"

"我本应该和她保持联络的，但是很难做到。她去加拿大的时候我在上学，当然，后来我想过，一两年后她可能就会把我们忘记了。最近这几年，偶尔在圣诞节的时候我们会互相送点儿礼物，但也仅此而已了。事到如今，我觉得她应该已经彻底融入加拿大的生活氛围中了，她的未来也应该就在那里。在这种情况下，这个结果就挺不错的了。"

波洛说："人们当然可以这么想。换个名字，换个环境，开始一段新生活。但实际上并不是那么简单。"

然后他谈起了卡拉的订婚,她成年以后得知的事情,以及她此次来英国的初衷。

安吉拉·沃伦一手托着受伤的右脸颊,默默地听着。在波洛讲述的过程中,她不露声色,但是波洛刚一讲完,她就平静地说道:"这对卡拉来说很好。"

波洛吃了一惊。这是他第一次碰到这种反应。他说:"你赞同她,沃伦小姐?"

"当然。我希望她一帆风顺。如果有任何事情我能够帮上忙,我都愿意。你知道吗,我感到很内疚,因为我自己从来没有尝试过做点儿什么。"

"那么你认为她的观点有可能是正确的?"

安吉拉·沃伦严厉地说道:"她当然是正确的。卡罗琳没杀人,我一直都知道。"

赫尔克里·波洛低声说道:"小姐,你真是让我出乎意料。每一个被我问起的人——"

她突然打断他的话。"你不能听那些。我毫不怀疑所有的间接证据都是一边倒的,而我的信念是基于了解——对于我姐姐的了解。我就是既简单又明确地知道,卡罗琳不可能杀任何人。"

"一个人可以对其他人这样有把握地下结论吗?"

"可能大多数情况下都不行。我同意人这种动物总是会让你意想不到,难以理解。但是在卡罗琳这件案子里却有特殊的原因——这个原因我比任何其他人都更有发言权。"

她摸了摸自己受伤的脸颊。

"你看见了这个吗?你可能已经听别人说过了吧?"波洛点点头,"这是卡罗琳干的。这也是我确信——我知道——她没有杀人的原因。"

"对大多数人来说,这个论据并没有什么说服力。"

"不,恰恰相反。我相信,当时审判的时候他们就是把这个作为证据的,用来证明卡罗琳脾气暴躁,难以控制!因为当我还在襁褓中时,她曾经伤害过我,那些博学多才的人就据此认为她同样也可以毒死她不忠的丈夫。"

波洛说:"至少,我能够明白两者之间的区别。突然之间爆发的那种难以抑制的愤怒并不会驱使人在头一天偷走毒药,而第二天再从容不迫地下毒。"

安吉拉·沃伦不耐烦地摆了摆手。

"我根本不是这个意思。看来我必须努力给你解释清楚了。假定你通常情况下是一个性情温和、满怀慈爱的人,但同时你也很容易产生强烈的嫉妒心。假定你在你的炉火最难以控制的年纪里,一怒之下做了一件事情,而这件事情事实上跟谋杀也差不多。想想被震惊、恐惧以及悔恨抓住的感觉吧。对于一个像卡罗琳这样敏感的人来说,那种恐惧和悔恨就再也挥之不去了,她永远都摆脱不掉。我并不觉得我当时就意识到这一点了,但事后回想起来,我能够看得清清楚楚。卡罗琳为她伤害过我的事实感到焦虑不安,总是那么忧心忡忡。那件事让她片刻不得安宁,她所有的行为都因此受到了影响。这也就解释了她对待我的态度。她觉得对我怎么好都不为过,在她眼中,我永远是最重要的。她和埃米亚斯之间的争吵有一半都是因我而起。那时我常常嫉妒他,用各种恶作剧来捉弄他。我曾经偷拿了猫食要放在他的饮料里,还有一次把一只刺猬放在他的床上。不过卡罗琳总是向着我的。"

沃伦小姐停了一下,然后继续说道:"当然了,那样对我其实很不好，我被彻底惯坏了。不过这些都不重要，我们要讨论的是对于卡罗琳的影响。那次暴力冲动带来的后果就是，她终生对于这类行为的深恶痛绝。卡罗琳时时处处留意着自己，生怕类似的事情再度发生。而且她自有办法进行防范，其中之一就是在语言上的放纵。她认为（我觉得从心理学角度上说也是很准确的），如果她的语言足够激烈的话，她就不会再去采取暴力行动了。根据她自己的经验，这个方法是有效的。这也是为什么我会听到卡罗琳说'我要把某某人剁碎了放在油锅里慢慢地煎'之类的话。她也曾对我或者埃米亚斯说过'如果你再惹我我就杀了你'。同样地，她很容易动怒，和别人大吵大闹。我想她明白自己的天性中原本就存在这种暴力冲动的倾向，所以才有意用这种方式把它们发泄出来。她和埃米亚斯总是能吵个天翻地覆。"

赫尔克里·波洛点点头。

"是啊，有这方面的相关证词。据说他们能吵到你死我活的地步。"

安吉拉·沃伦说："千真万确。那也正是这些证词的愚蠢和误导之处。没错，卡罗琳和埃米亚斯是吵个不停！没错，他们是恶语相向！但没人了解的是，他们以吵架为乐——确实如此！埃米亚斯也一样。他们就是这么一对夫妻。他们俩都喜欢戏剧，喜欢那种情绪化、激动人心的场景。多数男人不喜欢这个，他们喜欢清静。但埃米亚斯是个艺术家。他喜欢喊叫，喜欢恫吓，喜欢表现得粗暴无礼。这对他来说就像是一种情感的宣泄。他是那种丢了枚扣子都要把房子掀个底朝天的人。我知道这听上去挺不可思议的，但是这种不停争吵再不停和好的日子，是埃米亚斯和卡罗琳的乐趣所在！"

她做了个不耐烦的手势。

"如果他们当时不是催着我离开,而是让我去作证的话,我会告诉他们这些的。"然后她耸了耸肩膀,"但我认为他们不会相信我的话。而且不管怎么说,那时候我心里想的也不像现在这么清楚。我只是心里明白而已,还没有仔细思考过,当然更是从没想过要如何把它们用语言表述出来。"

她望向波洛。

"你能明白我的意思吗?"

他用力地点点头。

"我完全能理解,而且我明白你所说的话绝对是正确的。对有些人来说,什么事情都意见一致实在是太单调乏味了,他们在生活中需要分歧和争论的刺激,来制造那种戏剧化的感觉。"

"正是如此。"

"沃伦小姐,我能问问当时你自己有什么感受吗?"

安吉拉·沃伦轻叹一声。

"我想,主要还是困惑不解和无能为力吧。看上去就像是一场奇异的梦魇一样。卡罗琳很快就被捕了——我想大概是三天以后吧。我还记得我当时的愤怒。我被气得哑口无言,当然啦,我天真地认为这不过是一个愚蠢的错误而已,一切都会过去的。而卡罗琳最放心不下的就是我,她想让我躲得远远的,越远越好。她几乎立即就吩咐威廉姆斯小姐把我送到其他地方的亲戚那儿去。警方也不反对。然后,当他们确定不再需要我的证词以后,就安排送我去国外上学了。

"我当然不愿意去,但是他们跟我解释说,卡罗琳担心我担心得要命,而我唯一能够帮助她的就是远走高飞。"

她停了下来,然后说道:"于是我就去了慕尼黑。作出裁决的时候我也在那儿。他们从来不允许我去看卡罗琳。卡罗琳也不同意我去。我想那是唯一的一次她没能理解我的心情。"

"沃伦小姐,你也不能那么说。让一个敏感的年轻姑娘去监狱里探望她至亲至爱的人,可能会给她留下很糟糕的心理阴影。"

"也许吧。"

安吉拉·沃伦站起身来。她说:"在陪审团作出裁定,她已经被宣判有罪之后,姐姐给我写了一封信。我从未拿给任何人看过,现在我想我应该给你看看。这也许能帮助你更好地了解卡罗琳是个什么样的人。你要是愿意的话也可以拿给卡拉看。"

她走到门边,又转回身来说道:"跟我来。我房间里有一幅卡罗琳的画像。"

于是,波洛第二次站在那里凝视一幅肖像画。

就画本身而言,卡罗琳·克雷尔的肖像只能算是平庸之作。但波洛还是饶有兴趣地看着它,吸引他的并非这幅画的艺术价值。

他看到的是一张长鹅蛋脸,下巴的曲线柔和而亲切,脸上带着一种甜甜的、略显羞怯的表情。这是一张能够让人心动又有些迷茫的脸,具有一种含而不露的潜在的美。只是缺少她女儿脸上的那种坚毅和热情——毫无疑问,那种活力和生趣是卡拉·勒马钱特从她父亲那里继承来的。画中的显然是一个不那么积极乐观的人。然而,看着画中人的脸,赫尔克里·波洛还是明白了为什么像昆廷·福格那样富有想象力的人会对她念念不忘。

安吉拉·沃伦又来到了他身旁,这次手里拿着一封信。

她轻声细语地说:"你已经见到了她的样子,现在看看她写的信吧。"

他小心翼翼地打开了信纸,读着卡罗琳·克雷尔十六年前写下的话。

我亲爱的小安吉拉：

你将会听到坏消息。你一定会伤心，但我想要让你知道的是，这些都不要紧，没有什么。我从来没对你说过谎，现在也不会，所以我说我真的很快乐，那就是真的——我现在内心深处体会到了一种前所未有的正确和安心的感觉。不要紧，亲爱的，真的不要紧。不要追悔，不要为我伤心——继续走你的人生路，去获得成功。我知道你能做到。亲爱的，这真的没什么，我要去追随埃米亚斯了，我们很快又要在一起了，这一点我从未怀疑过。没有他，我活不下去……就答应我一件事——要快乐。我已经告诉你了——我很快乐。谁欠的债谁就要还。内心平静的感觉可真好啊。

爱你的姐姐
卡罗琳

赫尔克里·波洛把信读了两遍，然后交还给她。他说："小姐，这封信写得很美，而且非比寻常。真是一封不同寻常的信。"

"卡罗琳，"安吉拉·沃伦说，"她本身就是个很不同寻常的人。"

"是啊，非凡的头脑……你认为，这封信可以表明她是无辜的？"

"当然可以！"

"不过她并没有明确写出来啊。"

"因为卡罗琳知道我永远都不会认为她是凶手！"

"也许吧，也许……不过，这封信也可以从另一个角度来理解。如果她确实是有罪的，那么为之赎罪也可以使她的内心获得平静。"

他想，这正好与旁人对她在法庭上表现的描述相吻合。此时此刻，对于自己所接受的任务，他正感受到一种强烈的质疑。目前为止，所有的证据都无一例外地表明卡罗琳·克雷尔是有罪的；现在甚至连她自己写的信似乎都在指证她。

而站在另一边的只有安吉拉·沃伦坚定不移的信念。毫无疑问，安吉拉非常了解她，但她的这种确信，这种竭力的捍卫，难道不会是出于一个青春期少女对她挚爱的姐姐的盲目忠诚吗？

安吉拉·沃伦仿佛读懂了他的心思，她说道："不，波洛先生——我知道卡罗琳是无辜的。"

波洛轻快地说道："上帝都知道我不会想要让你改变想法。不过让我们实事求是一点，你说你姐姐是无辜的，很好，那么究竟发生了什么事呢？"

安吉拉若有所思地点点头，说道："我同意，这很难搞清。我猜，就像卡罗琳所说的，埃米亚斯是自杀的。"

"就你对他性格的了解，你觉得这可能吗？"

"可能性很小。"

"你并没有像刚才那样，说你知道那是不可能的。"

"对，因为如我刚才所说，大多数人都会做一些看似不可能的事——换句话说，就是和他们性格不符的事情。但我认为，如果你对他们非常熟悉的话，也就不会觉得有多么出乎意料了。"

"你很了解你姐夫吗？"

"是的，但不像了解卡罗琳那么深。埃米亚斯自杀在我看来是相当难以置信的，不过我猜他还是有可能这么做的。事实上，他一定是自杀的。"

"你觉得没有其他的解释了？"

安吉拉平心静气地接受了这个提议，但并非显得丝毫没有兴趣。

"噢,我明白你的意思……我从来没有真正考虑过那种可能性。你的意思是说杀害他的另有其人?那这就是一起冷血的蓄意谋杀……"

"有这种可能,对吗?"

"没错,是有这种可能……不过可能性的确非常小。"

"比自杀的可能性还小?"

"这个很难说……从表面上来看,没有理由去怀疑任何其他人。就算我现在去回想,也还是没有……"

"即便如此,我们还是应该考虑一下这种可能性。怎么说呢,那些密切相关的人里面,你觉得谁会是最有可能的?"

"让我想想看。好吧,我没杀他。而那个埃尔莎肯定也没有。他死的时候她都快气疯了。还有谁?梅瑞迪斯·布莱克?他一直都很倾心于卡罗琳,对她言听计从。我想这也许能成为他的一个动机。要是按照书里写的,他可能会想要除掉埃米亚斯,这样他就可以和卡罗琳结婚。不过他就算让埃米亚斯跟埃尔莎跑了,然后适时地去安慰一下卡罗琳,也一样可以达到目的啊。况且我真的没法把梅瑞迪斯看作凶手,他太温柔,太谨慎了。还有谁?"

波洛提醒她:"威廉姆斯小姐?菲利普·布莱克?"

那一刻安吉拉严肃的神情放松下来,露出了一丝笑容。

"威廉姆斯小姐?谁也不会真的相信自己的家庭教师会去杀人的!威廉姆斯小姐一直都很刚直不阿。"

她停顿了一下,又接着说道:"当然,她很忠于卡罗琳,会为她两肋插刀,而且她恨埃米亚斯。她是个名副其实的女权主义者,讨厌男人。这些足够成为谋杀的理由吗?当然不够。"

"看上去不太可能。"波洛表示同意。

安吉拉继续说下去:"菲利普·布莱克?"她沉默了片刻,然后平静地说道,"你知道吗,我想如果我们只是在探讨可能性的话,他是最有可能的人选。"

波洛说:"沃伦小姐,你一下子勾起了我的兴趣,我能问问你为什么这么说吗?"

"其实也没有很确定的理由。但是我得说,在我的印象中他是个没什么想象力的人。"

"缺乏想象力会使你去杀人吗?"

"它可能会让你用一种原始而粗野的方式去解决所面临的难题。这种人会从这样或者那样的行动中获得某种满足感。而杀人就是一种极其粗野的勾当,你不这么认为吗?"

"是啊,我认为你说得有道理……这也是一种观点。不过沃伦小姐,话虽如此,肯定还应该有更多的理由。菲利普·布莱克可能会有什么动机呢?"

安吉拉·沃伦并没有立即回答。她站在那儿皱着眉头看着地板。

赫尔克里·波洛说:"他是埃米亚斯·克雷尔最好的朋友,不是吗?"

她点点头。

"但是你心里有想法,沃伦小姐。有些事情你还没有告诉我。也许这两个人实际上是情敌,都喜欢那个姑娘——那个埃尔莎?"

安吉拉·沃伦摇摇头。

"哦,不,菲利普不是那样的。"

"那又是什么事情呢?"

安吉拉·沃伦慢悠悠地说道:"你有过那种某件事情突然跃

入脑海的经历吗——也许在事隔多年之后。让我来解释清楚吧。我十一岁那年,有一次有人给我讲了个故事。我一点儿都没明白那个故事的含义,当时也没觉得怎么样,听完就算了。我相信我并没有像他们所说得那样事后又回想起它来。但是大约在两年前,当我坐在戏院里看一部讽刺剧的时候,那个故事忽然又出现在我脑海中,而让人意想不到的是,我居然大声地叫了出来:'哦,我现在才明白那个关于大米布丁的傻故事是什么意思!'然而两者之间其实并没有什么直接的关联,只是某些笑料有点儿雷同罢了。"

波洛说:"小姐,我能理解你的意思。"

"那你应该就能明白我准备告诉你的事情。有一次我住在一家酒店,走在走廊里的时候,一个房间的门开了,一个我认识的女人从里面出来。那显然不是她的房间——当她看见我的一瞬间,这些已经清清楚楚写在她的脸上了。

"于是我一下子就明白了——明白了有一天晚上在奥尔德伯里,当我看到卡罗琳从菲利普·布莱克的房间里出来时,她脸上那种表情的含义。"

她倾身向前,示意波洛先让她说完。

"要知道,那个时候我并不太懂。我知道那种事儿,像我那个年纪的女孩儿通常都懂,但我没把它们和现实生活联系在一起。对我来说,卡罗琳从菲利普·布莱克的房间里走出来只是意味着卡罗琳从菲利普·布莱克的房间里走出来而已,就像她也可能从威廉姆斯小姐或者我的房间里走出来一样。但我确实注意到了她脸上的表情——那是一种我没见过也理解不了的奇怪表情。正如我刚才告诉你的,我一直都不理解,直到在巴黎的那个晚上,我从另一个女人的脸上看到了相同的表情,我才恍然大悟。"

波洛缓缓地说道:"不过沃伦小姐,你给我讲的这件事着实让我大吃一惊啊。从菲利普·布莱克本人那里,我得到的印象是他很讨厌你姐姐,而且一向如此。"

安吉拉说:"我知道。我也没办法解释,不过事实如此。"

波洛慢慢地点点头。在和菲利普·布莱克会面的过程中,他就已经隐约感觉到有些话听起来并不那么可信。那种针对卡罗琳的过于夸张的憎恶,总让人感觉不太自然。

然后,他又想起梅瑞迪斯·布莱克跟他说过的话。"埃米亚斯结婚的时候他很生气——有一年多的时间他都躲他们远远的……"

那么,菲利普是否一直爱着卡罗琳呢?当她选择了埃米亚斯的时候,他的爱是否就转变成了痛苦和仇恨呢?

是的,菲利普的态度有些过于激烈,似乎偏见太深了。波洛脑海中默默想象着他的样子——那是个快活而富有的男人,爱打高尔夫球,住着舒适的房子。而十六年前的菲利普·布莱克到底又感受到了什么呢?

安吉拉·沃伦开口说话了。

"我不太明白。你要知道,我没有恋爱方面的经验——也没有过这样的经历。我告诉你这些是觉得它也许会有意义——万一跟当时发生的事情有关系呢。"

第二卷

菲利普·布莱克的叙述

(随手稿附上的信)

亲爱的波洛先生:

我兑现了我的承诺,随信附上与埃米亚斯·克雷尔之死相关事件的记述,请查收。时隔如此之久,我必须指出我的记忆也许并不那么准确,但我已经竭尽所能地写下了当时发生的事。

菲利普·布莱克
敬上

引自一九某某年九月埃米亚斯·克雷尔被谋杀的诸多事件之来龙去脉的记录……

我与死者之间的友谊可以追溯到我们很小的时候。我们两人的家在村子里彼此相邻,两家人也是朋友。埃米亚斯·克雷尔比我大两岁多一点。虽然我们小时候不在同一所学校上学,但一放假我们就在一起玩儿。

鉴于我对他有长期的了解,我认为自己绝对有资格对他的性格和总体的人生观提供证明。我想直言不讳,对于任何一个熟悉埃米亚斯·克雷尔的人来说,认为他会自杀的想法都是极其荒唐可笑的。克雷尔永远都不会自杀,因为他太热爱生活了!在法庭上被告的律师认为克雷尔是受到了良心的折磨，在悔恨交加中服毒自杀，这对于任何了解他的人来说都荒谬至极。我可以说，克雷尔是个没什么良知的人，所以自然也不会因此受到内心的谴责。况且，他和妻子相处得不好，因此我想，他对于结束一段于他而言极不满意的婚姻生活，也不会感到良心不安的。他准备好要供养她，以及他们的孩子，而我确信在这个问题上他会毫不吝啬。他是个慷慨大方的人，同时也很热心，讨人喜欢。他不仅是个杰出的画家，而且朋友们也都对他忠心耿耿。至少就我所知，他没有仇人。

我认识卡罗琳·克雷尔也有好多年了。她结婚之前我就认识她，那时候她经常到奥尔德伯里来做客。她是个有点儿神经质的姑娘，脾气容易失控，不能说不吸引人，但毫无疑问是个不太容易相处的人。

她几乎是立刻就对埃米亚斯表现出了爱慕之情。我并不觉得他真的很喜欢她，但他们还是会经常往一起凑，就像我所说的，她挺吸引人的，最终他们订婚了。埃米亚斯·克雷尔最好的朋友都对这桩婚事表示了担忧，因为他们认为卡罗琳很不适合他。

这造成了最初的几年里克雷尔的妻子和他的朋友之间关系有些紧张，不过埃米亚斯很够义气，不会听了他妻子的要求就冷落疏远了老朋友。几年之后，他和我就重修旧好，而我也成了奥尔德伯里的常客。我还要补充一点，我是那个小姑娘卡拉的教父。我想这可以证明埃米亚斯把我当作他最好的朋友，也给了我一点权力，为这个无法再替自己说话的人说上几句。

言归正传吧，我是在事发之前五天到达奥尔德伯里的（我查阅了一本旧日记）。那天是九月十三日。我立刻就觉察出那儿的气氛有些紧张。当时那儿还住着一位埃米亚斯要为她画像的埃尔莎·格里尔小姐。

这是我第一次亲眼见到格里尔小姐，但我对她其实早有耳闻。早在一个月之前，埃米亚斯就在我耳边大谈特谈过她。他说他遇到了一个不可思议的姑娘。他说到她的时候热情高涨，我于是开玩笑地跟他说："小心点儿，老伙计，不然你又该昏头了。"他让我别他妈犯傻了。他说他正在画那个姑娘，对她一点儿个人的兴趣都没有。我说："鬼才相信呢！这种话我以前听你说过不知道多少遍了。"他说："这次不一样。"而我则冷嘲热讽地说："哪次你都说不一样！"然后埃米亚斯就显出一副焦虑不安、忧心忡忡的样子，说道："你不明白，她只是个姑娘，跟小孩子也差不了多少。"他又补充说她对事物的观点很新潮，完全没有那种旧时的偏见。他说："她很坦诚，不做作，而且天不怕地不怕！"

虽然嘴上没说，但我心里想埃米亚斯这次可是糟糕了。几周以后我听到了其他人的议论。有人说这个叫格里尔的女孩儿绝对是迷恋上他了，另一些人说埃米亚斯也不想想这姑娘才多大，于是又有一些人在暗中窃笑，说那个埃尔莎·格里尔其实心里明白着呢。更有一些说法，说那姑娘家里富得流油，总是想要什么就能得到什么，还说"她才是两个人中更主动的那一方"。而至于克雷尔的妻子会怎么想的问题，有人意味深长地说她肯定早就习惯这种事情了，还有些人则表示异议，说他们听说她醋意太浓，本来任何男人都会觉得偶尔出去放纵一下是合情合理的，但她愣是连一点儿机会都不给他。

我说起这些，是因为我觉得充分了解我到达那里之前的事态，是非常重要的。

我挺想见见这个姑娘的——她长得非常好看，很有吸引力——而且我必须承认，看到卡罗琳发火我还真是有点儿幸灾乐祸。

埃米亚斯·克雷尔本人可不像平时那样无忧无虑。尽管在跟他不太熟的人看来，他表现得和平时没什么两样，但我跟他的关系实在是太亲密了，所以我马上就注意到了各种表明他很紧张的迹象，比如脾气时好时坏，动不动就闷闷不乐地出神，特别爱上火发怒之类的。

尽管他在作画的时候往往都会变得喜怒无常，但他当时正在画的那幅画还是不足以解释他表现出来的那种紧张。他看见我来很高兴，一有机会他就私下里对我说："你可来了，菲尔，真是谢天谢地。和四个女人住在一栋房子里，足以让任何男人疯掉。再跟她们待在一起，她们就得把我送进精神病院了。"

这种气氛肯定让人很不舒服。如我所言，卡罗琳显然对于整件事情感到愤愤不平。尽管她表现得既礼貌又有教养，但她尽一切可能粗鲁地对待埃尔莎，简直没法让人相信！而她甚至连一句难听的话都不曾说过。埃尔莎则是公然地，明目张胆地和卡罗琳对着干。她知道自己现在占了上风，对那些良好教养之类的条条框框也无所顾忌，自然就有些为所欲为。结果就是，克雷尔在他不画画的大部分时间里都在和那个姑娘安吉拉打嘴仗。尽管他们俩在一起就总是打打闹闹，但通常关系还是挺融洽的。不过这一次，似乎无论埃米亚斯说什么或者做什么都不对劲，两个人动起真格的来了。家里的第四个女人是那个家庭教师。"苦瓜脸的老巫婆，"埃米亚斯这么叫她，"她对我厌恶至极，坐在那儿瘪着嘴，不停地挑我的刺儿。"

也就是那时候，他说了一句："去他妈的女人吧！男人要想有片刻的安宁，就得躲女人远远的！"

"你就不该结婚,"我说,"你压根儿就不是那种应该成家的男人。"

他回答现在说这些已经太晚了。然后又加上一句,说毫无疑问卡罗琳恨不得把他杀了才高兴。那是我第一次感觉到事情有些不对劲儿了。

我说:"你们这到底是要干什么啊?你和那个可爱的埃尔莎是认真的吗?"

他发牢骚似的说道:"她很可爱,对吗?有时候我真希望自己从来没有见过她。"

我说:"听我说,老伙计,你得控制住自己。你也不想再跟那些女人们纠缠不清了。"他看着我笑了,说道:"你说说倒是容易。可是我没法不去招惹女人,就是做不到。就算我做到了,她们也不可能不招惹我!"接着他耸了耸宽阔的肩膀,笑着对我说,"好啦,我希望所有这些到最后都能摆平。不过你不得不承认,这幅画还是不错的吧?"

他指的是他正在给埃尔莎画的那幅肖像。尽管我对绘画的专业技巧知之甚少,但我还是看出,这注定又将成为一幅能够展现他特殊才华的作品。

在作画的时候,埃米亚斯是个完全不同的人。虽然他也会嘟囔、抱怨、皱眉头、肆无忌惮地咒骂,有时候甚至会猛摔画笔,但他真的是极其快乐的。

只有当他回屋吃饭的时候,那两个女人之间的敌对气氛才会让他感到沮丧。这种敌意在九月十七日那天达到了最高点。我们那天吃了一顿让人难堪的午饭。埃尔莎那天尤其——说真的,我觉得只有用张狂来形容才合适了。她刻意无视卡罗琳的存在,和埃米亚斯说个不停,好像屋子里只有他们两个人似的。卡罗琳则是轻松愉快地和我们其他人交谈，时不时就巧妙地说几句听起来平淡无奇，实际上却语带机锋的话。她没有埃尔莎·格里尔那种轻慢的坦诚，对卡罗琳来说，每一件事都是心照不宣，点到为止就可以了。

午饭后我们刚刚在客厅里喝完咖啡，事情达到了高潮。我才对一个打磨得锃亮的山毛榉木雕头像发表了评论——那真是一件奇妙的艺术品——卡罗琳就说道："那个头像出自一个年轻的挪威雕刻家之手，埃米亚斯和我都非常欣赏他的作品，我们希望明年夏天能够去拜访他一下。"她在平静的语气中显露出的那种拥有感让埃尔莎觉得无法忍受。面对挑战她可是从来不会放过的。她等了一小会儿，然后用她清晰而又有些过分强调的嗓音开口说话了。她说："这个房间要是能够好好地布置一下就会更好看了。家具有点太多，等我住在这儿的时候我要把这些乱七八糟的东西都扔出去，只留一两件好的就行了。我想，我还要装上红棕色的窗帘，这样的话夕阳就可以通过西边的大窗户照到上面了。"她转向我说，"你不觉得那样会很好看吗？"

我还没来得及回答卡罗琳就开口了。她说话的时候柔声细语，但我觉得那种语气只能用危险来形容。她说："你是想把这个地方买下来吗，埃尔莎？"

埃尔莎说："我没有必要买。"

卡罗琳说："那你是什么意思？"这时候她的声音一点儿都不温柔了，而是变得冷硬尖厉。埃尔莎哈哈大笑，说道："我们非要在这儿演戏吗？算了吧，卡罗琳，其实你心里清楚得很！"

卡罗琳说："我一点儿都不明白。"

埃尔莎回答道："别那么逃避现实了。你假装什么都没看见，什么都不知道，也没什么好处。埃米亚斯和我彼此相爱，这儿不是你的家,是他的。而我们结婚以后我要和他住在这里!"

卡罗琳说:"我看你是疯了。"

埃尔莎说:"哦,不,我才没疯呢,亲爱的,这个你知道。我想我们还是打开天窗说亮话比较简单一些。埃米亚斯和我都深爱着对方,这一点你已经看得很清楚了。只有一件事情是你应该做的,那就是你必须给他自由。"

卡罗琳说:"你的话我一个字都不信。"

不过她的声音里并没有什么底气。埃尔莎确实已经欺负到她眼皮底下来了。

正在此时,埃米亚斯·克雷尔走进屋来,埃尔莎笑着说道:"如果你不相信我,问他好了。"

卡罗琳说:"我会的。"

她丝毫没有停顿,紧接着说道:"埃米亚斯,埃尔莎说你要娶她,是真的吗?"

可怜的埃米亚斯,我很同情他。任何一个男人碰上这种被强加到头上的场面,肯定会觉得自己像个傻瓜。他的脸一下子涨得通红,开始咆哮起来。他对着埃尔莎喊,问她为什么就不能他妈的管住自己的嘴?

卡罗琳说:"这么说是真的了?"

他站在那儿什么也没说,只是用手指头在衬衫领子里头绕来绕去。他小的时候每次陷入困境的时候都会这么干。这可怜的家伙,他想试着让自己说的话显得威严一些,不过当然了,怎么也办不到。他说:"我现在不想讨论这个。"

卡罗琳说:"但我们要讨论这个!"

埃尔莎插嘴说道:"我觉得只有告诉卡罗琳,对她来说才算公平。"

卡罗琳极其平静地说道:"是真的吗,埃米亚斯?"

他看上去有些羞愧难当。男人被女人逼到走投无路的时候总是这样。

她说:"请你回答我,我必须知道。"

他猛地抬起头,就像一头斗牛场上的公牛一样,脱口而出:"当然是真的,但我现在不想讨论这个。"

说完他转过身,大步走出了房间。我跟在他身后走出去,我可不想跟这两个女人一起留在屋里。在阳台上我追上了他,他正在那儿大声地咒骂。我从没有见过哪个男人骂人骂得那么狗血喷头的。然后他又对着我愤怒地咆哮道:"为什么她就不能管住她的嘴?他妈的,她为什么就不能管住嘴?现在麻烦来了吧!而我还必须完成这幅画!你听见了吗,菲尔?这是我画过的最好的画,是我这辈子最好的作品。可这两个愚蠢至极的女人还非要瞎搅和!"

然后他稍稍平静了一些,说女人就是从来都搞不清楚轻重缓急。

我忍不住露出了微笑,说道:"唉,真见鬼,老伙计,这些可都是你自找的啊。"

"我还不知道吗!"他咕哝着,然后又补充道,"但你必须承认,菲尔,哪个男人见了她都有可能会不知所措。这也没什么可责备的,卡罗琳应该理解这个。"

我问他如果卡罗琳被逼急了,死活不答应离婚怎么办。

可是这时候他又开始走神了,我又重复了一遍,他才漫不经心地说道:"卡罗琳永远都不会怀恨在心的,这个你不明白,老伙计。"

"你们还有孩子呢。"我给他指出来。

他一把拉住我的胳膊。

"菲尔，老伙计，我知道你是好意，不过你也别再像只乌鸦似的喋喋不休啦。我能处理好自己的事情。最后所有这些都能圆满解决的，不信你就等着瞧吧。"

这才是埃米亚斯，一个彻头彻尾毫无道理可言的乐观主义者。现在他又兴高采烈地跟我说："让她们这帮人都见鬼去吧！"

我也不记得我们后来是否还谈了些别的事情，不过几分钟之后，卡罗琳昂首阔步地来到了阳台上。她戴着一顶帽子，那是一顶有点儿奇怪、松松地垂下来的深棕色帽子，戴在她头上还挺漂亮。

她用听起来绝对跟平时别无二致的声音说道："埃米亚斯，把那件沾了颜料的外套脱了，我们该去梅瑞迪斯家喝茶了，你不记得了吗？"

他瞪大了眼睛，有些结巴地说道："噢，我忘了，对，我们当……当……当然要去。"

她说："那就赶快去收拾收拾自己，别把自己弄得跟个捡破烂的似的。"

尽管她说话的声音很自然，却不看他。她向一丛大丽花走过去，开始去摘一些已经开败了的花。

埃米亚斯慢慢地转过身，走进了屋子。

卡罗琳跟我聊了起来，她说了很多。说到这样的天气究竟能不能再持续一段时间，还说到这儿附近会不会有鲭鱼，如果有的话，埃米亚斯、安吉拉和我也许会喜欢去钓钓鱼。她可真让人吃惊，我开始要对她刮目相看了。

不过我暗想，这也正表明了她是个什么样的女人。她有着强大的意志力，能够完全地控制自己。我不知道那个时候她是不是已经下定决心要杀了他,就算是我也不会感到意外的。而且她完全可以动用她绝对清晰而果敢的头脑,仔细周密、不露声色地制订出一个杀人计划来。

卡罗琳·克雷尔是个极其危险的女人。那个时候我就应该意识到,她绝不会这样善罢甘休的。但我像个傻子似的,以为她已经下定了决心去接受不可避免的事实,或者也可能是她认为,假如她表现得还像通常那样,埃米亚斯就有可能回心转意呢。

很快其他人也都出来了。埃尔莎一副目中无人的样子,同时还有点儿得意扬扬。卡罗琳看都没看她。安吉拉这回真算是打破了这种尴尬,她出来的时候跟威廉姆斯小姐争执着,说她就想穿身上这条裙子,别的哪条都不想换。这条就相当好,至少对亲爱的老梅瑞迪斯来说已经足够了,反正他也从来不会去注意这些。

最终我们出发了。卡罗琳和安吉拉走在一起,而我和埃米亚斯并排。埃尔莎自己一个人走,边走边微微笑着。

我本身并不欣赏她,这种人太厉害了,但我不得不承认,那天下午她看起来漂亮得令人难以置信。女人在如愿以偿的时候都是这样的。

那天下午发生的事儿我完全记不清楚了,印象都是模模糊糊的。我记得老梅里出来迎接我们。我想我们先是围着花园走。我记得我和安吉拉花了很长时间在讨论如何训练小猎犬去抓老鼠。她吃了特别多的苹果,让人不敢相信,居然还使劲劝我也要多吃。

我们回到屋子那儿的时候,就坐在那棵大雪松树下喝茶。我记得梅里看上去心烦意乱。我猜可能是卡罗琳或者埃米亚斯跟他说了什么。他一会儿怀疑地看看卡罗琳,一会儿又瞪着埃尔莎。这老家伙似乎是担心极了。卡罗琳当然或多或少地喜欢有梅瑞迪斯这么个忠心耿耿的柏拉图式的朋友围着她转,而且永远都不会做什么过火的事儿。她就是这种女人。

喝过茶以后梅瑞迪斯匆匆忙忙地找到我。他说:"听我一句,菲尔,埃米亚斯可不能这么干!"

我说:"你别搞错啊,他就是打算这么干。"

"他可不能就这样抛妻弃女地跟那个姑娘跑了。他比她大得太多了,我看她最多也就十八。"

我跟他说格里尔小姐已经满二十了,而且相当老练。

他说:"不管怎么说,那也是个还没完全长大的孩子。她都不知道自己在干什么。"

可怜的老梅瑞迪斯。无论什么时候都要做个侠肝义胆的正人君子。

"别担心了,老兄。她知道自己在干什么,还乐在其中呢!"

我们也只有机会说上这么几句。我心想没准儿梅里是因为想到卡罗琳可能要成为一个弃妇才感到心烦意乱的吧。一旦离婚成为定局,她可能就会期盼着这个对她痴心不改的老朋友来娶她。不过我的脑海里忽然蹦出一个念头,也许那种不抱任何希望的默默奉献才是他更喜欢也更擅长的呢。必须承认,想到有这种可能,让我忍俊不禁。

很奇怪,对于我们去参观梅瑞迪斯那间散发着怪味儿的屋子的事情,我几乎什么都不记得了。他喜欢向别人展示他的爱好,而私下里我总是觉得这简直无聊透顶。我想,在他就毒芹碱的功效发表长篇大论的时候,我应该是和其他人一起在那儿,不过我也记不太清了。而且我也没看到卡罗琳偷拿那东西。如我所言,她是个很机敏的人。我的确记得梅瑞迪斯大声地朗读柏拉图的书里描述苏格拉底死亡的片段。我觉得那实在枯燥,这些古典的东西总是让我不胜其烦。

关于那天的事情我也想不起更多的了。我知道,埃米亚斯和安吉拉大吵了一架,我们剩下的人倒觉得这样挺好,因为它省去了其他麻烦。后来安吉拉一溜烟儿地去上床,临了还不忘骂上一阵。她说第一,她要报复他;第二,她巴不得他去死;第三,她希望他得麻风病死,那样的话是他罪有应得;第四,她盼着能有一根香肠粘在他鼻子上,永远都弄不下来,就跟童话故事里一样。她一走我们就都笑了,实在是忍不住,这都是些什么乱七八糟的啊!

卡罗琳在那之后马上就上床睡觉去了。威廉姆斯小姐跟在她的学生后面也消失了。埃米亚斯和埃尔莎一起去了花园里。很显然没人需要我陪着,于是我就自己去散步。那天的夜色很美。

第二天早上我下楼晚了。餐厅里一个人都没有。说来好笑,有些事情你就是会记得。那天我吃的腰子和熏肉的味道到现在还记得清清楚楚,腰子很棒,是蘸了芥末的。

后来我就溜达出去找其他人。我走到外面的时候一个人都没看见,抽了根烟的工夫,就碰见威廉姆斯小姐跑来跑去找安吉拉。那天她本来应该学着修补旧衣服的,结果又偷懒躲起来了。我走回大厅,听见埃米亚斯和卡罗琳正在书房里吵架。他们说话的声音很大,我听见她说:"你和你那些女人!我想杀了你,哪天我一定要杀了你。"埃米亚斯说:"别犯傻了,卡罗琳。"接着她说:"我可不是说着玩儿的,埃米亚斯。"

唉,我不想再听下去了,于是又一次走出来。我沿着阳台往另一个方向闲逛,偶然间看见了埃尔莎。

她正坐在一张长椅上,而长椅正好在书房窗户的下面,窗户开着。我能想象到里面的人所说的话应该没有什么躲过了她的耳朵。她一看见我就站起身,镇定自若地向我走过来。她脸上挂着微笑,拉着我的胳膊说:"这真是个美好的早晨,对不对?"

对她来说当然是个美好的早晨!这姑娘可真够残忍的。不,我想这仅仅是出于坦诚和缺乏想象力吧。她唯一关心的只是她自己想要得到的东西。

我们站在阳台上聊了差不多五分钟,然后我听到书房门砰的一声被关上,埃米亚斯走了出来,满脸通红。

他不由分说地一把抓住了埃尔莎的肩膀。

他说:"来吧,你该去坐在那儿了。我要接着画画。"

她答道:"好吧。我这就上去拿件毛衣,风有点儿凉。"

接着,她走进了屋子。

我不知道埃米亚斯是否想要跟我聊上几句,不过他没说太多,只说了一句:"这些女人!"

我说:"打起精神来,老伙计。"

然后我们都没再说话,直到埃尔莎再次从屋子里走出来。

他们俩一起往下走去巴特利花园,而我则返回屋子里。卡罗琳正站在大厅中,我觉得她根本没注意到我。卡罗琳有时候就是会这样。她看上去好像刚刚恢复神志。她嘴里在小声嘟囔着什么,不是对我说,而是自言自语。我只听出了几个字——"太残忍了……"

那就是她说的话。然后她从我身边经过上楼去了,似乎依然没瞧见我一样——就像沉浸在自己内心深处。我想(你也知道,我其实没权利这么说)她应该是上楼去拿药的,也就是在那个时候,她下定决心要动真格的了。

正在此时,电话铃响了起来。在有些人家里他们会等着仆人去接,不过因为我经常出入奥尔德伯里,已经多多少少把自己当成这个家里的一员了,所以我就拿起了电话。

电话那头是我哥哥梅瑞迪斯的声音,听上去非常不安。他说他去过了实验室,发现装毒芹碱的瓶子空了一半。

我现在已经知道当时应该怎么做就好了,因此也没必要再去重复。只是这件事情太过意外,让我脑子直发蒙,被吓了一大跳。而那边的梅瑞迪斯也是不知所措。这时候我听到楼梯上有脚步声,只能立刻告诉他赶快过来。

我亲自下去迎他。也许你还不了解那儿的地形,我们两家之间最近的路是需要划船划过一条小溪的。我沿着那条小路走下去,前往小船停靠的码头,路上要从巴特利花园的围墙底下经过。我能够听到埃米亚斯一边画画一边和埃尔莎聊天,听上去兴高采烈、无忧无虑。埃米亚斯说天气热得让人吃惊(确实,就九月份来说,那天太热了),而埃尔莎说从她坐着摆姿势的地方,也就是围墙的垛口那儿能够感觉到从海面上吹来的凉风。接着她又说:"亲爱的,我能休息一会儿吗?我摆姿势摆得身体都僵死了。"然后我听见埃米亚斯喊道:"想都别想,忍着吧,你是个坚强的姑娘,我告诉你,很快就好了。"我听见埃尔莎说:"你个死鬼!"然后哈哈大笑。接着我走远了就听不见了。

梅瑞迪斯正从对岸划过来,我在岸边等着他。他拴好小船,走上台阶,脸色苍白,愁云密布。他对我说:"菲利普,你脑子比我好使,你说我应该怎么办?那个东西太危险了。"

我说:"这件事你能绝对肯定吗?"要知道,梅瑞迪斯总是有点儿稀里糊涂的。也许正因为如此我才没有特别把这件事当真。他说他很确定,昨天下午那个瓶子还是满的。

我说:"那你一点儿都想不出来是谁偷的吗?"

他说他无论如何都想不出来,问我有什么看法。有没有可能是某个仆人拿的？我说我猜也可能是吧，不过在我看来，这种可能性很小。我问他不是一直都把那扇门锁着吗？他说一直都锁，然后又开始长篇大论地说什么发现窗户下面开了个几英寸的小缝，也许有人从那儿钻进去了之类的话。

"意外失窃？"我表示怀疑地问道，"梅瑞迪斯，在我看来，还有更严重的可能性呢。"

他问我到底是怎么想的。我说如果他确定不是他搞错了，那么就有可能是卡罗琳拿去想要毒死埃尔莎——或者反过来，是埃尔莎拿去想要除掉卡罗琳，好为她的爱情铺平道路呢。

梅瑞迪斯打了个激灵。他说这太荒谬，太耸人听闻了，不可能是真的。我说："毕竟药不见了。你怎么解释？"他当然解释不了。实际上他也像我这么想过，只是不愿面对事实罢了。

他又说道："我们该怎么办？"

我真是愚蠢到家了，居然说："咱们得从长计议。要么你就趁着大家都在场的时候当众宣布，说丢了一些毒药；要么你就单独跟卡罗琳谈，给她施加压力。如果你能确信她跟此事无关，那么再对埃尔莎如法炮制。"他说："像她那样的女孩！她不可能拿的。"我说我可不会把她排除在外。

我们一边说着一边往上面房子那里走。我说完最后那句话之后，有那么一小会儿谁都没再开口。我们又再次路过了巴特利花园，我听到了卡罗琳的声音。

我想也许是那三个人又在吵架了，不过实际上我听见他们在讨论安吉拉的问题。卡罗琳在提出异议。她说："这样对待这姑娘也太严厉了。"而埃米亚斯则很不耐烦地进行了反驳。正当我们走到花园门口的时候，门开了。看见我们，埃米亚斯有点儿吃惊。卡罗琳正要从里面出来。她说："你好，梅瑞迪斯。我们刚刚在讨论送安吉拉去上学的问题。我完全不敢肯定这么做对她是否有好处。"埃米亚斯说："别替那丫头太操心了，她不会有问题的。谢天谢地，她可算要走了。"

正在此时，埃尔莎从房子那里沿着小路跑下来，手里拿着一件深红色的套头毛衣。埃米亚斯对她咆哮道："动作快点儿，快去摆好姿势。我可不想耽误时间。"

他回到他的画架前。我注意到他走起路来有些踉跄，于是想他是不是喝过酒了。男人在眼前这种一团乱麻的局面下喝点儿酒，也都是情有可原的吧。

他抱怨道："这儿的啤酒也太热了。为什么我们就不能在这下面存一些冰块呢？"

接着卡罗琳·克雷尔说道："我去给你拿一些刚冰好的啤酒下来。"

埃米亚斯咕哝了一句："谢谢啊。"

然后卡罗琳就关上了巴特利花园的大门，追上我们，一起回了屋子。我们在阳台上坐下，她则进了屋门。约莫五分钟以后，安吉拉拿着两瓶啤酒和几个玻璃杯走出来。那天很热，我们见到啤酒都高兴坏了。我们正喝着呢，卡罗琳从我们身边走过去，手里拿着另一瓶啤酒，说她要拿下去给埃米亚斯。梅瑞迪斯自告奋勇说他可以替她去，不过她很坚决地说她要亲自送去。我心想我可真傻，这分明就是她在吃醋嘛。她忍受不了那两个人单独待在下面。也正因为如此，她刚才就已经找过一个勉强的借口，打着要讨论安吉拉离家就学的幌子下去过一次了。

她沿着那条蜿蜒的小径往下走去，梅瑞迪斯和我目送着她。我们还是没有作出决定到底该怎么办。这时候安吉拉又吵着要我跟她一起去游泳。看起来不可能让梅瑞迪斯一个人去应对，于是我对他说："午饭以后。"他点点头。

接着我就和安吉拉一起去游泳了。我们在小溪里畅游了一个来回，然后躺在石头上晒太阳。安吉拉有点儿不爱说话，这正合我意。我暗下决心，一吃完午饭就要把卡罗琳叫到一边，直截了当地指责她偷拿了毒药。让梅瑞迪斯干这件事是没用的，他太懦弱了。不行，我要毫无保留地给她施加压力。这样一来她就不得不把东西还回来了，或者即使她不肯还，也绝不敢再用。翻来覆去地想过这件事以后，我已经相当确信是她拿的了。埃尔莎这姑娘太理智，太冷酷无情了，不会冒这个险去摆弄毒药。她很讲求实际，肯定会先图自保。而卡罗琳从骨子里就喜欢做这种危险的事情——她情绪不稳定，容易被一时冲动冲昏头脑，而且还特别神经质。当然啦，要知道，我心底总有一种感觉，依然觉得有可能是梅瑞迪斯搞错了。或者也许是某个仆人在那里乱翻东西，不小心弄撒了一些而又不敢承认。你也知道，毒药这东西想起来实在是有点儿耸人听闻，让人很难信以为真。

直到事情发生的时候。

我看表的时候发现时间已经很晚了，安吉拉和我三步并作两步地跑回去吃午饭。大家刚刚坐好，所有人都在——除了埃米亚斯，他留在下面的巴特利花园继续作画。对他来说这是习以为常的事情，而且私下里我也认为他今天选择这种安排是无比明智的。不然这可能又会是一顿让人尴尬的午餐。

我们在阳台上喝咖啡，我真希望我能把卡罗琳当时的样子和行为举止记得更清楚一些。无论如何，她看起来一点儿都不兴奋，留给我的印象是安静，还带着些许悲伤。这女人可真是个魔鬼！

因为我觉得冷静地毒死一个人是一件极其残忍的事情。如果旁边放着一把左轮手枪,她拿起来一枪打死他,我觉得这尚且可以理解。但这是冷酷的、蓄意的、报复性的毒杀啊……而且还如此冷静,如此泰然自若。

她站起身,用一种再自然不过的口吻说,她要把咖啡拿下去给他。然而她知道——她一定非常清楚——到这时候她一过去就会发现他已经死了。威廉姆斯小姐和她一起去的。我不记得是否是卡罗琳提出的要求,我宁可认为是。

两个女人一起走了。之后不久,梅瑞迪斯也离开了。我正想着要找个借口去追上他,就看见他又从小路跑回来了。他面如死灰,上气不接下气地说:"我们得找个医生,快,埃米亚斯他——"

我一跃而起。

"他病了——不行了?"

梅瑞迪斯说:"恐怕他是死了……"

那一刻我们都忘了还有埃尔莎。但她突然发出一声尖叫,就像是女鬼的哀号。

她叫道:"死了?你说他死了?"随即就跑了出去。我从没见过有谁能像她那样跑的,像是一只小鹿,像猛然受了一击,也像一个暴怒的复仇女神。

梅瑞迪斯气喘吁吁地说:"追上她。我去打电话。快去追上她。你不知道她要干什么。"

我紧跟着她。也幸亏我跟上去了,否则的话她可能轻而易举就把卡罗琳杀了。我从未见过如此的悲痛和如此疯狂的仇恨。所有优雅和教养的伪装都被撕得粉碎。你能够看出她的父亲以及她父亲的双亲都是工人出身,失去爱人的那一刻她便返璞归真了。如果有可能,她会去抓卡罗琳的脸,去扯她的头发,甚至把她扔出墙外。不知出于什么原因,她认定卡罗琳是用刀刺死他的。自然地,她完全搞错了。

我把她拉开,接着威廉姆斯小姐就接手了。我必须承认,她很懂行,没用多久就让埃尔莎控制住了自己的情绪。她告诉她必须要平静下来,不能那样大吵大闹、拳脚相加。那个女人还真是厉害,她的方法确实奏效了。埃尔莎安静了下来,只是站在那儿,一边喘息一边发抖。

至于卡罗琳,就我看来,她的面具已经被摘掉了。她站在那里,出奇地平静,你可能会以为她有些失魂落魄,但其实没有,她的眼神泄露了天机。那双眼睛很警觉,她完全明白发生了什么,只是那样默默地提防着。我猜,她已经开始感到害怕了。

我走过去跟她说话,并且压低了声音。我想另外两个女人都听不到。

我说:"你这个该死的凶手,你杀了我最好的朋友。"

她往后退缩了一下,说道:"不,哦,不是的,他……他是自杀的……"

我紧紧盯着她的眼睛,说道:"你可以把这套故事——说给警察听。"

她确实说了,而他们不相信她。

菲利普·布莱克的陈述到此结束。

梅瑞迪斯·布莱克的叙述

亲爱的波洛先生:

就像我答应过你的，我把所有我能想起来的与十六年前发生的惨剧相关的事情写成了一份记录交给你。首先我要说的是，我把我们最近会面时你对我说过的所有话又做了仔细的斟酌，结果越想越觉得卡罗琳·克雷尔毒害她丈夫的可能性微乎其微。那个结论总是显得很突兀，只不过因为没有其他的解释，再加上她自己的态度，使得我对此也人云亦云，信以为真——毕竟，如果不是她干的，还能是谁呢？

而自从和你见面之后，我又慎重地考虑了当时就被提出、在审判过程中辩护律师也提到的另一种可能性——即埃米亚斯·克雷尔是自杀身亡的。尽管那个时候依我对他的了解，这个答案看似荒诞不经，但我现在觉得该是改变看法的时候了。首先，也是非常重要的一点，就是卡罗琳对此深信不疑。如果我们相信这位温柔迷人的女士受到了不公判决的话，那么她自己反复重申的观点也一定是举足轻重的。她比其他任何人都更了解埃米亚斯。如果她认为有可能是自杀，那就有可能是自杀，而不必去管他的朋友们如何怀疑。

因此，我想提出的观点是，埃米亚斯·克雷尔的内心深处有起码的良知，也有潜在的悔恨和自责，还有对于自己秉性导致的恣意妄为的绝望之情，而这些只有他妻子明白。我觉得这种假定并非不可能。他也许只在她的面前才会表现出自己的这一面吧。虽然这和我平时听到的他所说的话并不一致，但事实上大多数男人的性格中都会有不为人知、与平素迥然相异的一面，当这一面显现出来，即使是那些熟知他们的人也会大吃一惊的。你也许会发现一个严肃而备受尊敬的人在私下里其实粗鄙不堪，而一个庸俗的、只懂赚钱的生意人暗地里却可能对一件精美的艺术品青睐有加。冷酷无情的人也许会怀着一颗鲜为人知的仁慈之心，而慷慨大方、乐善好施的人本性中却可能隐含着深藏不露的残忍无情。

所以埃米亚斯·克雷尔内心里可能会有一点点病态的自责，他越是这么由着性子为所欲为，处处表现他的自我主义，就越会受到心底那份隐秘良知的强烈谴责。表面上听起来这似乎不大可能，但我现在相信一定是这样的。而我要重申，卡罗琳本人对自己的观点坚信不疑。我想说，这一点无比重要！

那么根据这种新的观点，让我们来重新审视一下事实，或者应该说是我记忆中的事实。

我想应该从惨案发生之前几周我和卡罗琳之间的一场谈话说起，因为那也许和此事有所关联。那是在埃尔莎·格里尔初次造访奥尔德伯里的时候。

我告诉过你，卡罗琳对于我对她的深情厚谊心知肚明。因此，我也是她最容易吐露心声的对象。那段时间她看起来很不开心。尽管如此，当有一天她突然问我，是否觉得埃米亚斯真的特别喜欢那个他带来的姑娘的时候，我还是吃了一惊。

我说："他是对给她画像感兴趣吧。你也知道埃米亚斯是什么样的人。"

她摇着头说道："不，他爱上她了。"

"嗯——也许有一点点。"

"我觉得远远不止。"

我说："我承认，她魅力非凡。而我们也都知道埃米亚斯是个多情种。但你此时必须明白，亲爱的，埃米亚斯真正在意的人只有一个，那就是你。别看他总是移情别恋，但都长久不了。你才是他心里的那个人，尽管他表现得很恶劣，但那并不会真正影响他对你的感情。"

卡罗琳说："我过去也总这么想。"

"相信我，卡罗琳，"我说，"就是这么回事。"

她说："但是这一次，梅里，我害怕了。那个姑娘她太……太真挚了。她那么年轻——那么热切。我有一种感觉，这次——麻烦了。"

我说："但也正因为她太年轻，而且如你所言，太热切，可能反倒会对她起保护作用吧。总体来说，埃米亚斯是喜欢追逐女人，不过就这次这个姑娘而言，应该是有所不同的。"

她说："没错啊，这就是我所担心的——这次会有所不同。"

接着她又继续说道："你也知道，梅里，我已经三十四岁了，我们也结婚十年了。而且我也知道，论相貌的话，我是无法和这个埃尔莎相提并论的。"

我说："但你心里清楚，卡罗琳。你知道——埃米亚斯是真心爱你的，对吗？"

她回应道："谁能真的了解男人啊？"然后她苦笑了一下，说道，"梅里，我可不是什么大家闺秀，我真恨不得拿把斧子找那姑娘去。"

我告诉她，也许这孩子丝毫都不清楚自己在做什么。她十分仰慕埃米亚斯，把他当成偶像来崇拜，她也许完全没有意识到埃米亚斯已经爱上她了。

卡罗琳只是对我说了句："亲爱的梅里啊！"然后就开始谈论花园的事情了。我希望她不再为这件事情担心了。

在那之后不久，埃尔莎就返回了伦敦，埃米亚斯也有几周时间没在家。我真的已经把这件事抛到脑后去了。然后我就听说埃尔莎为了让埃米亚斯完成那幅画，又回到奥尔德伯里了。

这个消息让我感到一丝不安。但是当我见到卡罗琳的时候，发现她并不想就此说点儿什么。她看上去和平时没什么两样——既不担心也不沮丧。我以为一切如常。

也正因如此，后来当我得知了事情的发展时才会感到非常震惊。

我已经把我和克雷尔以及埃尔莎之间的谈话告诉过你了。我没有机会和卡罗琳谈。我们只能简单地交流几句而已，这个我也已经跟你说过了。

现在她的脸庞又浮现在我眼前，乌黑的大眼睛和被压抑的感情。我耳边还能回响起她说话的声音："一切都结束了……"

我无法向你形容她说这句话时透出的无尽凄凉。这句话就是事实的写照。随着埃米亚斯的背叛，对她来说一切也就都结束了。我确信这也是她拿走毒芹碱的原因，这是一种解脱的方式。她从我对于这种药物愚蠢至极的高谈阔论中得到了暗示，而我从《斐多篇》中挑出来朗读的段落还为她描绘出一幅死亡的安逸画面。

这就是我此时的看法。她拿走了毒芹碱，下定决心一旦埃米亚斯离开她，她就结束自己的生命。他可能当场看见她拿了，或者也可能是后来才发现她有这个东西。

这个发现对他造成了很大的影响。得知他的行为让她有了这种想法，可把他吓坏了。然而尽管他既害怕又悔恨，却还是觉得他没法放弃埃尔莎。我能理解那种感觉。任何人要是爱上了她，都会发现几乎不可能抽身而退。

他无法想象没有埃尔莎的生活，可他又意识到没有他卡罗琳也活不下去。于是他认定只有唯一的出路——把毒芹碱用在自己身上。

而我想，他做这件事的方式可能也彰显了他的性格特征。对他来说，此生最爱便是绘画。于是他真的选择了手握画笔而死。最后留在他眼中的则是他不顾一切爱着的姑娘的脸。或许他也想过，他死了对她来说才是最好的……

我承认这种观点会使得某些奇怪的事实难以解释。比如，为什么空的毒芹碱瓶子上只找到了卡罗琳的指纹。我认为在埃米亚斯动过那个瓶子之后，上面所有的指纹都被盖在瓶子上的细软之物蹭掉，或者弄得模糊不清了。而在他死后，卡罗琳又把它拿出来，想看看有没有别人动过。这种解释总还是可能并且合理的吧？至于留在啤酒瓶子上的指纹证据，辩方的辩护理由认为服毒者的手有可能发生扭曲变形，因此也就有可能以一种极不自然的方式去勉力握住啤酒瓶。

还有另一件事有待解释，那就是审判过程中卡罗琳自己的态度。但我觉得我现在已经明白个中原委了。实际上从我实验室中拿走毒药的人就是她。也正是因为她决心要结束自己的生命，才反而迫使她丈夫最终自行了断。于是她怀着一种过度甚至有些病态的责任感，认为自己应该为丈夫的死承担罪责。尽管和她被控的谋杀罪状意义并不相同，但她还是说服自己揽下了谋杀的罪名，这么想应该也不无道理吧。

我认为所有这些或许就是事实。果真如此的话，向小卡拉说明真相对你来说理应是很简单的事情吧？而在得知她母亲唯一有过错的地方就是曾经有过想要结束自己生命的冲动（仅此而已）以后，她也就应该能够安心地嫁给她的心上人了吧。

唉，前面这些其实都不是你要求我写的，你想要我写下来我所记得的发生过的事情。那我现在就来弥补疏漏。埃米亚斯死前一天的事情我已经全都告诉你了，我们再来看看当天发生的情况。

那一晚我睡得很差劲，为我朋友的事情发生这样急转直下的变化而担心不已。有很长一段时间我都没睡着，躺在那里徒劳地思索着自己能做些什么来帮助他们避免事情发展到那种灾难性的结局。直到大约早晨六点钟的时候，我才沉沉睡去。早茶送进来的时候我一点儿都不知道，最后差不多在九点半的时候我醒过来，感觉头昏昏沉沉的，打不起精神。过了片刻我觉得听到了下面的房间里有动静，那正是我用作实验室的房间。

其实我觉得那个声音没准儿是一只猫钻进去弄出来的。我发现窗户抬起来一条缝，就好像前一天忘记关好了一样，而那条缝的宽度足够让一只猫钻进去。我提起那个声音仅仅是为了解释我为什么又要去实验室。

我一穿好衣服就进去了，顺着架子看过去的时候，我注意到装着毒芹碱制剂的瓶子看起来跟其他瓶子不太一样。我的视线被吸引过去，仔细一瞧，不禁大吃一惊，原来瓶子里的药少了好多。前一天瓶子还几乎是满的，现在却差不多空了。

我关上并闩好窗户，走出实验室，回身锁好屋门。我感到非常不安，同时也很困惑。在受到惊吓的时候，我恐怕我的脑子是有点儿慢。

一开始我觉得心神不宁，进而就感到有些担忧，到最后完完全全就是害怕了。我问了家里的其他人，他们都矢口否认进过实验室。我花了点儿时间把整件事想了一遍，然后决定给我弟弟打电话，听听他的意见。

菲利普脑子比我快。他看出了我这个发现的严重性，于是催促我立即过去和他商量对策。

我走出去，碰上了威廉姆斯小姐，她刚好从另一边过来找她那个逃课的学生。我向她保证我没有看见安吉拉，她也没到我家这边来。

我想威廉姆斯小姐也注意到有什么事情不对劲。她有些好奇地看着我,我却无意告诉她出了什么事。我跟她建议说应该去菜园子里找找,那儿有一棵安吉拉很喜欢的苹果树,然后我自己赶忙跑去岸边,划上船去奥尔德伯里。

我弟弟已经在那边等着我了。

我和他一起沿着那天我带你走的路向上往屋子那里走去。看过了那里的地形你就能明白,在经过巴特利花园围墙下面的时候,我们肯定会听到里面的人所说的话。

不过除了听出来卡罗琳和埃米亚斯正在为某件事争论不休之外,我并没有特别留意他们都说了些什么。

当然我没有听到卡罗琳说哪怕一句威胁的话。他们讨论的话题是安吉拉,我推测卡罗琳是在恳求能不能暂缓送她去学校。然而埃米亚斯不为所动,还生气地冲她喊,说事情都已经定下来了,他会帮她收拾行李的。

我们刚走到花园门口,门打开了,卡罗琳走了出来。她看上去烦躁不安,但举止还算恰如其分。她有些心不在焉地冲我笑笑,说他们刚才在讨论安吉拉的事情。正在此时,埃尔莎沿着小路从上面走下来,而埃米亚斯显然也想要继续画画,不愿让我们打扰,于是我们就沿着小路走上去了。

事后菲利普感到极度自责,因为我们没有当机立断采取行动,但我自己不敢苟同。我们根本没有权利把这件事假设成有人想要策划谋杀。(而且我现在也相信这并不是有预谋的。)很显然我们应该采取一些行动,但我依然坚持认为我们先把这件事仔细地商量一下是正确的。找到合适的解决办法很有必要。其实有那么几次,我自己也在怀疑究竟是不是我搞错了。那个瓶子在前一天真的如我所想是装满的吗？我可不是那种能够对所有事都无比确信的人（像我弟弟菲利普那样）。记忆有时候就是会跟人开玩笑。比如说，你可能明明记得把一件东西放在了某个地方，结果却在完全不同的地方找到了。我越是努力想要回想起头天下午瓶子到底是不是满的，就越是拿不准。这让菲利普感到十分恼火，开始对我彻底失去耐心。

当时我们已经没法继续讨论下去了，所以很默契地决定把这件事放到午饭以后再说。（可以说，只要我愿意，我总是能够随时来奥尔德伯里和他们共进午餐。）

后来，安吉拉和卡罗琳给我们拿来了啤酒。我问安吉拉她为什么要逃课，告诉她威廉姆斯小姐正生气呢。她说她刚才去游泳了，接着又补充说她实在搞不明白，既然已经准备把新衣服都带到学校去，为什么还得去补她那条可怕的旧裙子。

因为看起来也没有机会和菲利普进一步单谈，而且我也真的急于自己把这件事再彻底想一想，所以我就沿着小路往巴特利花园那里走下去。像我上次给你指出的，在巴特利花园的上方，树林中间有一块空地，以前那儿有一张旧长椅。我坐在长椅上边抽烟边思索，同时看着埃尔莎坐在那儿给埃米亚斯摆姿势。

我想起她的时候永远都是那天的模样。她穿着黄色的衬衫，深蓝色的裤子，为了保暖，肩膀上还围了一件红色的毛衣，坐在那里一动不动地摆着姿势。

她的脸庞洋溢着健康和活力，显得容光焕发。而她愉快的声音则在畅谈着未来的计划。

听上去好像我在偷听他们的谈话，其实不然。埃尔莎可以很清楚地看到我，她和埃米亚斯都知道我在那儿。她还冲我挥挥手，对我说埃米亚斯那天早上简直就是蛮不讲理，不让她有片刻的休息。她觉得浑身僵硬，又酸又疼。

埃米亚斯马上吼着说她才没有像他那样僵呢。他全身都僵硬了，就像肌肉风湿病犯了似的。埃尔莎挖苦他说道："可怜的老头子！"他则说她以后就要伺候一个浑身上下嘎吱作响的残疾人了。

要知道，他们在给别人造成了那么巨大痛苦的同时，还能够若无其事地一起畅想着将来，这着实让我惊愕不已。但我还是无法因为这个指摘她。她如此年轻，如此自信，又爱得如此之深，却真的不明白自己正在做什么。她不懂得什么是苦痛。她只是用孩子气的天真想法想当然地以为卡罗琳"会好起来的"，"她很快就会挺过去的"。你知道，她的眼中只有她和埃米亚斯在一起的幸福，除此之外别无他物。她已经告诉过我，说我的观点太陈腐了。她坚信不疑、义无反顾——也毫不怜悯。不过你又怎么能够指望一个光彩照人的年轻人有一颗怜悯之心呢？只有更年长、更睿智的人才会有吧。

当然啦，他们并没有聊很多。没有哪个画家在作画的时候会想要闲聊的。也许差不多每十分钟埃尔莎就会发表点儿评论，而埃米亚斯则嘟囔着回应几句。有一次她说："我觉得你对西班牙的看法是对的，我们第一个要去的地方就是那儿。而且你必须带我去看斗牛。肯定精彩极了。只是我就喜欢看牛把人杀死，而不是反过来。我能体会古罗马的女人们看见一个男人死去时候的那种感觉。男人不算什么，动物才真的了不起呢。"

我认为她自己就很像一只动物——年轻气盛，做事情靠本能；什么悲伤的体验啊，存疑的观念啊，一概没有。我不相信埃尔莎曾经思考过，她只会去感受而已。但她充满了活力，这一点我认识的所有人都比不上……

那是我最后一次看见她那么光芒四射、自信满满——一副得意扬扬的样子。有个词叫物极必反，对吧？

午餐的铃声响了，我起身沿着小路下去，来到巴特利花园门口，埃尔莎出来和我一起往回走。从树荫里刚走出来的时候，感觉阳光非常刺眼，让我几乎看不清东西。埃米亚斯随意地靠在椅子上，两只胳膊伸开着。他的眼睛盯着那幅画。这副样子我已经见怪不怪了。我又怎么会想到，他坐下的时候毒药已经起效，让他浑身僵硬了呢？

他极其痛恨生病，从来都不愿意承认自己有任何疾病。我敢说他肯定是觉得自己有一点儿中暑——症状都差不多嘛——但不到万不得已，他是绝对不会开口抱怨的。

埃尔莎说："他不上来吃午饭。"

我心想他这样做很聪明，于是说："那一会儿见了。"

他的目光从画上移开，最终落在我身上，那眼神非常奇怪——我该怎么形容呢——看起来目露凶光。他就那样恶狠狠地对我怒目而视。

当然我那时候并不明白。假如他对自己的画不满意，也经常是一副凶巴巴的样子。我以为这次也是这个原因。他嘴里还嘟嘟囔囔地说着什么。

无论埃尔莎还是我，都没看出来他身上有什么不对劲儿，以为就是艺术家的脾气又犯了呢。

于是我们把他自己留在那儿，一起有说有笑地回屋去了。这可怜的孩子，如果她当时知道自己再也看不到生龙活虎的埃米亚斯……唉，谢天谢地，她不知道，这样还可以再多开心一会儿。

吃午饭的时候卡罗琳一切如常，除了稍微有些出神之外，没别的事情。难道这不能表明她和这件事情毫无瓜葛吗？她不可能那么会演戏的。

后来她和家庭女教师一起走下去发现了他。我正好碰见威廉姆斯小姐上来，她叫我去打电话叫医生，自己又回到了卡罗琳身边。

那个可怜的孩子啊——我是指埃尔莎！她就像个无法相信生活会对他们如此残酷的小孩儿似的，哭得肝肠寸断。卡罗琳则相当镇静，没错，相当镇静。当然了，她的自制力比埃尔莎要好，而且也看不出她有什么悔恨之情。她只是说他一定是自杀的，而我们都无法相信。埃尔莎更是指着她的鼻子破口大骂。

她自己当然应该已经意识到了别人会怀疑她的。没错，这也许就能够解释她的所有举止了。

菲利普坚信一定是她干的。

家庭教师帮了很大的忙，绝对是个可以信赖的人。她先让埃尔莎躺下，给她用了一些镇静的药物，警察来的时候她又让安吉拉回避了。真的，那个女人，那天全靠她了。

整件事情就像一场噩梦一般。警察搜查了屋子，问了一些问题，紧接着记者们就像苍蝇一样聚集在这个地方，噼里啪啦地拍照片，还想要采访家里的成员。

整件事情是一场噩梦……

经过了这么多年，依然是一场噩梦。但愿你告诉小卡拉事情的真相以后，我们就能彻底忘记所有这些，永远不再回想起来。

埃米亚斯一定是自杀的——无论这看起来有多么不可能。

梅瑞迪斯·布莱克的叙述到此结束。

狄提斯汉姆夫人的叙述

我在这里写下的是自我偶遇埃米亚斯·克雷尔直至他惨死的整个经过。

我第一次见到他是在一次画室的聚会上。我记得他当时站在窗边,我一进门就看见他了。我问旁人他是谁。有人告诉我说:"他就是克雷尔,那个画家。"我马上说我想要结识他。

我们在那儿谈了差不多十分钟。要是有谁给你留下的印象像埃米亚斯·克雷尔给我留下的一样,你就会知道那简直难以形容。如果让我来说,我一看见埃米亚斯·克雷尔,就觉得其他所有人顿时显得相形见绌、黯淡无光了——这也许是最贴切的说法。

那次见面之后,我立刻尽自己所能地找更多他的画去看。他那时在邦德街有一个画展,有一幅作品在曼彻斯特,一幅在利兹,还有两幅在伦敦的公共美术馆。我把它们看了个遍。然后我又遇见了他,我说:"我已经看过你所有的画了,我觉得实在是太棒了。"

他只不过看上去很愉快,说道:"谁说你可以评判我的画了?我相信你对绘画一窍不通。"

我说:"也许我是不懂。不过不管怎么说,它们确实让人觉得妙不可言。"

他冲我笑了笑,说道:"别那么装模作样,像个小傻瓜。"

我说:"我才没有呢,我要让你画我。"

克雷尔说:"你稍微有点儿脑子,就应该知道我是不给漂亮女人画肖像的。"

我说:"不需要画成肖像,而且我也不是漂亮女人。"

然后他就那样盯着我,仿佛刚刚才看见我。他说道:"对,也许你不是。"

我说:"那么你同意画我了?"

他歪着头研究了我好一会儿,说道:"你这孩子挺奇怪的,嗯?"

我说:"你要知道,我很有钱。我可以给你很优厚的报酬。"

他说:"你为什么那么迫切地想让我画你?"

我说:"就因为我想要!"

他说:"这能算理由吗?"

我说:"当然,我一向要什么有什么。"

接着他说:"噢,可怜的孩子,你太年轻了!"

我说:"你打算画我吗?"

他抓着我的肩膀把我转过去对着光线,仔细地审视着我。然后他又站得离我稍远一些。我就那么静静地站着,等待着。

他说:"我有时候想用别人不敢想象的色彩,画一群降落在圣保罗大教堂屋顶的澳大利亚鹦鹉。如果我以一点点传统的漂亮户外风景作为背景来画你的话,我相信这也能取得完全相同的效果。"

我说:"那也就是说你同意画我了?"

他说:"你有我所见过的最可爱、最天然、最艳丽的外表,充满异国色彩,我要画你!"

我说:"那么一言为定了。"

他继续说道:"但是我要警告你,埃尔莎·格里尔。如果我真的画你了,我可能会向你求爱的。"

我说:"我求之不得……"

我说这句话的时候面不改色心不跳。我听到他屏住了呼吸,而且还注意到了他眼中闪过的神色。

你看，所有事情就是这么不期而至。

一两天以后我们再次见面了。他告诉我他想让我去德文郡——他在那儿找到了一处他想要作为背景的地方。他说："你要知道，我已经结婚了。而且我非常爱我的妻子。"

我说如果他那么爱她，她一定是个很好的人。

他说她是个非常亲切的人。"事实上，"他说，"她很讨人喜欢，而我也很爱慕她。所以，小埃尔莎，你要好好想想啊。"

我告诉他我很明白。

一周以后，他开始作画。卡罗琳·克雷尔非常客气地对我表示了欢迎。她并不太喜欢我，不过说起来，她又凭什么要喜欢我呢？埃米亚斯是个谨言慎行的人。他从来没跟我说过一句不能让他妻子听到的话，而我对他也是彬彬有礼，不越雷池。尽管在私下里，我们都已经心照不宣了。

十天以后他跟我说，让我回伦敦去。

我说："画还没画完呢。"

他说："其实也就刚开始。事实上，埃尔莎，我画不了你。"

我说："为什么？"

他说："你心里很清楚，埃尔莎。这也是你不得不离开的原因。我没法把心思用在画画上，除了你，我什么都想不了。"

当时我们在巴特利花园。那天艳阳高照，天气很热，园子里鸟啭蜂鸣，本应让人觉得幸福而宁静，实际上却不是。不知怎么的，让人感觉有些悲惨。仿佛——仿佛即将发生的事情那时就已经有了预兆。

我知道就算我回了伦敦也没用，但我还是说："很好，既然你这么说了，我就走。"

埃米亚斯说："好姑娘。"

于是我离开了，也没有给他写信。

他坚持了十天，然后来找我了。他身形瘦削、面容憔悴，一副痛苦的样子，让我大吃一惊。

他说："我警告你了，埃尔莎。别说我没警告过你。"

我说："我一直在等你，我知道你会来的。"

他发出一声呻吟，说道："有些东西是对任何男人来说都无法抗拒的。我想要你，想得寝食难安。"

我说我知道，实际上从我看见他的第一眼起，我就已经有同样的感觉了。这就是命运，努力想要挣脱也是无济于事的。

他说："你没怎么想要去挣脱，对吗，埃尔莎？"我说我压根儿就没想要挣脱。

他说他希望我不是那么年轻就好了，而我说这并不重要。我想，我也可以说在接下来的几周时间里我们无比快乐，但这么形容并不准确，实际上，那是一种比快乐更深刻、更令人害怕的感觉。

我们是天造地设的一对儿，而我们也找到了彼此——我们都知道我们必须永远在一起。

不过，又发生了其他的事。那幅未完成的画开始在埃米亚斯脑海里徘徊不去。他对我说："真他妈的有意思，以前我没法画你，因为你本身就会妨碍我。但现在我想要画你，埃尔莎。我想要画你，想让这幅画成为我有生以来最好的作品。我现在已经迫不及待地想要拿起画笔，看着你坐在那个老掉牙的围墙垛口上，背景是最传统的蓝色大海，再配上庄重得体的英式树木——而你——你坐在那里，就像是一声与周围格格不入的胜利的尖叫。"

他说："我非得这么画你不可！我画画的过程中不想受到任何的打扰。等我完成以后，我会告诉卡罗琳事实真相，这样我们就可以把这件麻烦事儿彻底摆平了。"

我说:"在和你离婚这件事情上,卡罗琳会大惊小怪吗?"

他说他觉得不会,但女人的心你永远都猜不透。

我说如果她感到难过的话我会觉得很抱歉,但毕竟这也在所难免。

他说:"埃尔莎,你真是太好心、太理智了。但是卡罗琳可不理智,从来就没理智过,这次当然也不会变得理智起来。你要知道,她爱我。"

我说我能理解,只是如果她爱他,就应该把他的幸福放在第一位,如果他想要自由的话,她无论如何也不应该把他强留在自己身边。

他说:"现代文学作品中那些令人赞赏的格言警句并不能真正解决生活中的问题。要记住,大自然的爪子和牙齿向来都是血腥的。"

我说:"可是毫无疑问,我们现在不都是文明人了吗?"埃米亚斯笑了,他说:"算了吧,文明人!卡罗琳说不定想要拿斧子劈了你呢,她也真有可能做得出来。埃尔莎,你想过她要忍受的痛苦吗——忍受痛苦?你不知道受苦意味着什么吗?"

我说:"那我们就别告诉她。"

他说:"不。离婚是必然的事。埃尔莎,我必须让你堂堂正正地属于我。我要让全世界都知道,你是我的。"

我说:"万一她不肯跟你离婚呢?"

他说:"这个我倒不害怕。"

我说:"那你还怕什么?"

然后他缓缓地吐出几个字:"我也不知道……"

你看,他了解卡罗琳。而我不了解。

要是我早知道的话……

我们又一次去了奥尔德伯里。这次可不像上次那么容易了，卡罗琳起了疑心。我不喜欢这样——我不喜欢——一点儿都不喜欢这个样子。我一向痛恨欺骗和隐瞒。我想我们应该告诉她，但埃米亚斯不同意。

令人困惑的是，他真的丝毫都不以为意。尽管他喜欢卡罗琳，并且不想伤害她，可他就是完全不在乎自己是否诚实。他带着一种狂热去作画，其他的一切对他来说都不重要。我以前还从未见过他如此沉迷于工作之中，并终于意识到他是怎样一个杰出的天才。对他来说，心无旁骛地作画，把所有日常礼仪都抛在脑后，是很自然的事情，但对我来说就截然不同了。我处于一个很可怕的境地。卡罗琳怨恨我，这一点确凿无疑。而唯一可以化解我这种处境的办法。就是对她坦诚相告。

而埃米亚斯只是说，在完成那幅作品之前他不想被这些吵吵闹闹和大惊小怪所搅扰。我说很可能不会吵起来的，卡罗琳是个爱面子要自尊的人，应该不至于这样。

我说："我想把所有事情都原原本本地说出来，我们必须要诚实！"

埃米亚斯说："让诚实见鬼去吧。妈的，我正在画画呢。"

我能够明白他的想法，他却不明白我的。

最后我实在忍不住了。卡罗琳谈起了她和埃米亚斯明年秋天准备去完成的计划，说的时候信心十足。我突然觉得这种局面很让人厌恶，我们正在做的这算什么——放任她在这里说个不停——而且，我也很生气，她是在用一种非常聪明的方式来恶劣地对待我，还让我有苦说不出。

于是我就把事实和盘托出了。从某种程度上来讲，我依然认为我这么做是对的。当然，话虽如此，如果我对于即将发生的事情能够有丝毫察觉的话，我也不会这么做了。

冲突马上就爆发了。埃米亚斯对我大动肝火，不过他也不得不承认我所说的都是事实。

我完全搞不懂卡罗琳。后来我们大家一起去梅瑞迪斯·布莱克家喝茶，卡罗琳有说有笑的，表现得很不可思议。我就像个傻子似的，以为她很好地消化了这件事情。让我感到尴尬的是，我不能离开这栋房子，如果我走了埃米亚斯就前功尽弃了。我想也许卡罗琳会走，果真如此的话，事情对于我们来说就简单多了。

我没有看到她拿毒芹碱。说实话，我认为她之所以拿走它，完全有可能就像她自己所说的那样——她心里已经动了自杀的念头。

但我并不真的这么认为。我觉得她是那种嫉妒心和占有欲都极强的女人，一旦认定任何东西属于她们，就绝对不会放手。埃米亚斯就是她的财产。我想她已经准备好，宁可杀了他也不会让他彻底地投入另一个女人的怀抱。我认为她是马上就拿定主意要杀了他的。而我相信梅瑞迪斯碰巧谈起的毒芹碱则让她找到了得以实施计划的方法。她是个满腹怨恨、报复心强的女人——怀恨在心、充满恶意。埃米亚斯自始至终都知道她很危险，我却不知道。

第二天早上她和埃米亚斯最后摊牌了。我在外面阳台上听到了他们大部分的对话。他表现得很好——非常耐心，非常冷静。他恳请她理智一些，他说他很喜欢她和孩子，这一点永远都不会变。他会尽他所能使她们的未来得到保障。然后他的口气变得坚定起来，说道："不过你要知道，我他妈的一定要娶埃尔莎，什么也拦不住我。你我一直以来都同意要给彼此自由。这种事情总是难免的。"

卡罗琳对他说:"你爱怎么办就怎么办吧,我已经警告过你了。"

她的声音很平静,但是带着一种奇怪的语气。

埃米亚斯说:"你这话什么意思,卡罗琳?"

她说:"你是我的,我不会放你走的。在放你去找那个女孩儿之前我会先杀了你……"

就在这时,菲利普·布莱克沿着阳台走过来。我站起身走上去迎他,我不想让他也听到。

没一会儿埃米亚斯也走出来,说该去继续画画了。我们一起走下去到巴特利花园。他没说太多,只说卡罗琳发脾气了——不过看在老天的分上,别再谈这些了。他想要集中精力在手头的工作上。再有一天,他告诉我,他就能完成这幅作品了。

他说:"然后这将成为我有生以来最好的作品,埃尔莎,哪怕它需要我付出血和泪的代价。"

又过了一会儿,我上去到屋子里拿一件套头毛衣,风吹得我有点儿凉。当我再次回来的时候卡罗琳在那儿。我猜她下来是为了做最后一次努力吧。菲利普和梅瑞迪斯·布莱克也都在场。

就是在那个时候,埃米亚斯说他有些口渴,想要喝点儿什么。他说那儿倒是有啤酒,但不是冰镇的。

卡罗琳说她会给他送一些冰镇啤酒下来。她说那句话的时候很自然,语气几乎算得上友好了。那个女人可真是个好演员。她当时一定已经盘算好下一步要做什么了。

约莫十分钟以后,她把啤酒带下来了。埃米亚斯正在画画。她为他倒好酒,把杯子放在他的旁边。我们俩都没看她。埃米亚斯正专注于手头的事情,我则不得不保持着姿势。

埃米亚斯像他平时喝啤酒一样，把那杯酒一饮而尽。然后他露出一副苦相，说这酒难喝死了——但至少还是凉的。

即使在那个时候他都这么说了，我也没有起半点疑心。我只是哈哈大笑着说道："真难伺候。"

看着他喝完酒以后，卡罗琳就离开了。

埃米亚斯开始抱怨身体僵硬和疼痛肯定是在差不多四十分钟以后的事情了。他说他觉得自己一定是得了肌肉风湿病之类的。埃米亚斯一向受不了自己的任何疾病，也不喜欢别人对他采取过分的关心和体贴。说完之后他又自我解嘲地说："我猜是上岁数了。埃尔莎，你摊上一个一身毛病、不堪重负的老头子啦。"我顺着他说了几句。但我注意到他的腿活动起来很僵硬，样子很奇怪，有几次还伴随着痛苦的表情。我做梦也没想到那不是风湿病。没多久他就把长椅拉过来，手脚伸开坐在上面，偶尔起身在画布的什么地方加上一笔两笔。他以前画画的时候也常会这样，就坐在那里一会儿盯着我看，一会儿又盯着画布，有时候一连半小时都是如此。因此我也没觉得有什么特别奇怪的。

我们听见午餐的铃声响起，他说他不上去了。他想要待在原地，什么都不想吃。这同样没什么不同寻常的，而且对他来说，这总比在饭桌上面对卡罗琳要容易一些。

倒是他讲话的方式有些奇怪，每个字都像是咕哝出来的。但有时他对作品进展不满意的时候也会这样说话。

梅瑞迪斯·布莱克来接我去吃饭。他跟埃米亚斯说话，而埃米亚斯只是冲他咕哝。

我们一起上去回屋吃饭，把他留在了那里。我们把他一个人留在那儿——孤独地死去。我没有见过很多疾病——对疾病我知之甚少——我以为埃米亚斯只是画家的脾气又犯了。如果我知道，如果我能意识到，也许找个医生来就能救他的命。哦，老天哪，我怎么就没有——现在想这些也没用了。我就是个瞎了眼的傻子，一个瞎了眼的、愚蠢至极的傻子。

没有更多可说的了。

午饭后，卡罗琳和那个家庭教师一起下去到那儿。梅瑞迪斯跟在她们后面。没一会儿他就跑了回来，告诉我们埃米亚斯已经死了。

我一下子就明白了！没错，我的意思的确是说我明白了，那一定是卡罗琳干的。我仍然没有想到是下毒。我想的是她刚才下去要么是开枪把他杀了，要么就是用刀把他刺死了。

我想要抓住她——杀了她……

她怎么能做出这种事？她怎么下得去手？他那么生气勃勃、那么精力充沛、充满活力。如今他的生命之火已经熄灭了，变得松软无力、浑身冰冷。只有这样才能让我无法得到他。

可怕的女人……

可怕的、令人鄙夷的、残忍的、心肠歹毒的女人……

我恨她。现在依然恨她。

他们甚至都没有绞死她。

他们应该让她走上绞刑架的……

即便绞死她对她来说也太便宜了……

我恨她……我恨她……我恨她……

狄提斯汉姆夫人的叙述到此结束。

塞西莉亚·威廉姆斯的叙述

亲爱的波洛先生：

我给你寄去了一九某某年九月间所发生事件的记录……事实上也都是我的亲眼所见。

我会做到绝对坦诚，毫无保留。你可以拿给卡拉·克雷尔看。这可能会给她带来痛苦，但我始终坚持要说出事实真相。姑息隐瞒只会带来害处。人必须有面对现实的勇气。没有这种勇气，生命也就失去了意义。对我们造成最大伤害的，恰恰是那些让我们与事实真相隔绝的人。

相信我，您真诚的，
塞西莉亚·威廉姆斯

我的名字叫塞西莉亚·威廉姆斯。我于一九某某年受克雷尔太太聘请，成为她同母异父妹妹安吉拉·沃伦的家庭教师。当时我四十八岁。

我在奥尔德伯里开始了我的工作，那是位于南德文郡的一处非常美丽的庄园，由克雷尔先生的家族世代承袭。我听说过克雷尔先生是位知名画家，但直到入住奥尔德伯里之后，我才见到他。

家中的成员包括克雷尔夫妇，安吉拉·沃伦（那时还是个十三岁的小女孩儿），以及三名在家里服务了多年的仆人。

我发现我的学生很有意思，应该能够大有前途。她能力出众，教她本身也是一种乐趣。她稍微有点儿调皮，不爱守规矩，但这些缺点也主要缘于她的朝气蓬勃，而我向来都愿意让我教的女孩子们展现她们的活力。只要加以训练和引导，过剩的精力也

能够真正发挥有益的作用，帮助她取得成就。

　　总体来说，我发现安吉拉还是服从管教的。她有点儿被宠坏了——这主要应该归因于克雷尔太太，凡是在涉及安吉拉的问题上，她都过于纵容溺爱这个孩子了。我认为克雷尔先生在这其中所起的作用也不够理想。他可以一时对她骄纵得离谱，转眼又会毫无必要地表现他的专横霸道。他是个特别喜怒无常的人——这可能也是艺术家的气质造成的吧。

　　我自己从来都搞不懂凭什么拥有艺术才能就可以让一个男人顺理成章地不去学着控制自己。我本人并不欣赏克雷尔先生的画作。那些作品在我看来都有缺陷，色彩也过于夸张，不过当然了，关于这些也轮不到我来发表意见。

　　我很快就深深地喜欢上了克雷尔太太。我欣赏她的性格，以及她在面对生活困境时的那种坚忍。克雷尔先生不是个忠实的丈夫，而我认为这个事实正是她诸多痛苦的根源所在。一个意志坚定、有主见的女人本该离开他的，但克雷尔太太似乎从未动过这方面的念头。她容忍着他的不忠，一而再再而三地原谅他——但我可以说她并非逆来顺受。她也抗议过——而且很有气魄！

　　在审讯的时候，有人说他们整天吵得鸡犬不宁。要我说，没有那么邪乎——克雷尔太太非常讲究尊严，不至于像他们说得那样，尽管他们确实也吵架。而我觉得在这种情况下，那也是意料之中的事情。

　　埃尔莎·格里尔小姐粉墨登场的时候，我和克雷尔太太已经共处超过两年了。她到达奥尔德伯里的时间是一九某某年的夏天……克雷尔太太以前从未见过她。她是克雷尔先生的朋友，据说她此行的目的就是来请他画像的。

　　克雷尔先生迷恋上这个姑娘几乎立刻就是尽人皆知的事情

了,而这个姑娘一点儿也没有要给他泼冷水的意思。在我看来,她的举止相当肆无忌惮,对待克雷尔太太态度恶劣、粗鲁无礼,而对克雷尔先生却是公然地卖弄风骚。

克雷尔太太自然对我是什么都没说的,但我能看出,她很心烦意乱,一点儿都不高兴,于是我就尽我所能地转移她的注意力,为她减轻负担。格里尔小姐每天都坐在克雷尔先生对面,不过我注意到画的进展并不那么快。不用说,他们可聊的话题多着呢!

让我欣慰的是,我的学生并没有太注意家里正在发生的事情。从某些方面来讲,安吉拉跟她的同龄人相比还显得不太成熟。尽管她的头脑很聪明,但她完全不是我概念中的那种早熟的孩子。她看起来对于那些所谓的不良书籍全然不感兴趣,也丝毫没有表现出她这个年纪的女孩子那种近乎病态的好奇心。

因此,她一点儿也没看出来克雷尔先生和格里尔小姐关系暧昧。不过她并不喜欢格里尔小姐。她觉得她很愚蠢。在这一点上她很正确。我猜格里尔小姐应该是受过正经教育的,但她从来不看书,对于现代文学中的一些典故一窍不通,而且你也很难跟她讨论任何稍微需要费点儿脑子的话题。

她满心想的全是她自己的外表、衣着,以及男人。

我想,安吉拉甚至可能都没有意识到她姐姐并不快乐。她那时候还不是个有洞察力的人。她把大把的时间都用在调皮玩耍上了,比如爬树,到野外骑车。同时她还酷爱读书,在这方面,她的好恶也表现出了极高的品位。

克雷尔太太总是小心翼翼地不在安吉拉面前表现出任何不快,只要这个女孩儿在场,她就会强颜欢笑。

后来格里尔小姐回伦敦去了。告诉你吧,我们都高兴坏了!

和我一样，仆人们也不喜欢她。她是那种会给你找各种不必要的麻烦，然后还不懂得感恩的人。

之后不久，克雷尔先生也离开了，我当然知道他是追随那个姑娘去了。我很替克雷尔太太难过。她对这种事情总是非常敏感的。我对克雷尔先生感到极度失望。一个男人如果有这么一位迷人、优雅又聪明的妻子，是没有理由对她如此恶劣的。

无论如何，她和我都希望这件事情能够迅速平息。倒不是因为我们谈论过这个话题——我们并没有——只是她心里很清楚我是怎么想的。

不幸的是，几周之后，这对男女又出现了。看起来又要开始坐在那儿摆姿势画画了。

这次克雷尔先生是带着一种狂热在作画的。他的注意力像是更多地放在了画像上，而非那姑娘本人身上。不过我还是觉得这次与我们以前所经历过的情况不尽相同。那姑娘算是牢牢抓住他了，而且还是当真的。他就像是完全受人摆布了一样。

事情终于在他死前一天发展到了白热化的地步——那是在九月十七日。在最后这几天里，格里尔小姐的态度变得愈发轻狂无礼，让人难以忍受。她已经成竹在胸，似乎想要坚决表明她的重要性。克雷尔太太则表现得很有教养。她保持着礼仪，但同时又冷若冰霜，要让对方清楚地知道她是如何看待她的。

在九月十七日那天，我们吃完午饭正坐在客厅里，格里尔小姐忽然语出惊人，竟然说起等她住在奥尔德伯里的时候，准备要如何装饰这个房间。

克雷尔太太当然不可能就这么善罢甘休。她质问她，而格里尔小姐当着我们所有人的面，厚颜无耻地说她要跟克雷尔先生结婚。她居然说要嫁给一个有妇之夫——而且还是对着他妻子说！

我对克雷尔先生感到非常非常愤怒。他怎么能允许这个姑娘在他妻子自己的客厅里侮辱她呢？他要是想和这姑娘私奔，就带着她远走高飞好了，无论如何也不该把她带到他妻子的房子里来，还纵容她如此目中无人。

不管克雷尔太太当时心里有多难受，她还是不失体面。而恰在此时，她丈夫走进屋来，她立即向他求证。

不出意料地，他对格里尔小姐很恼火，怪她不经考虑就闹到这般田地。就算别的都不提，至少也让他处于一种很不利的境地，而男人是不喜欢处在不利境地的。这会让他们感到颜面尽失。

他一个大男人站在那里，看上去就像个淘气的小男生一样，愚蠢而局促不安。他的妻子此时完全占了上风。他只能傻乎乎地小声嘀咕着说是真的，但他本意并不想让她用这种方式得知。

我从来没见过她像那次那样鄙夷地看着他。接着她高昂着头走出了房间。她是个美丽的女人，比那个妖冶的姑娘不知道要美多少倍，她走起路来就像个女王一样。

我衷心地希望埃米亚斯·克雷尔会遭到惩罚，为他所展现出的这种残忍无情，以及他对一个坚忍高尚的女人所施加的侮辱。

平生第一次，我试图要对克雷尔太太说一说我心里的感受，但她制止了我。

她说："我们必须尽力表现得一如既往。这是最好的办法。我们都要去梅瑞迪斯·布莱克家喝茶。"

然后我对她说："克雷尔太太，我觉得你太了不起了。"

她说："你不知道……"

接着，就在即将走出房间的时候，她又转回身来吻了吻我，说道："你对我来说真是莫大的安慰。"

然后她回了自己的房间,我想她哭了。我再次看见她是他们大家准备出发的时候。她戴着一顶宽檐儿帽,遮住了脸——这顶帽子她几乎从没戴过。

克雷尔先生显得心神不宁,但还是努力硬着头皮撑着。菲利普·布莱克先生尽量装作若无其事。那个格里尔小姐看起来就像一只得到奶油罐子的猫似的,一副自鸣得意的样子!

他们一起动身,在大约六点钟的时候他们回来了。那天晚上我再也没找到机会单独见克雷尔太太。吃晚饭的时候她非常安静沉着,饭后早早就上床休息了。我想没有人知道她究竟在忍受着怎样的痛苦吧。

那个晚上被克雷尔先生和安吉拉一直没有间断过的争吵占据了。他们又搬出了那个老掉牙的上学问题。他的脾气很急,烦躁不安,而她则难缠得出奇。本来整件事情已经安排妥当了,她的装备也都置办齐了,看起来再就这件事争论没有任何意义,她却突然又开始为此抱怨不已。我毫不怀疑,她也感觉到了空气中那种紧张的氛围,这种气氛跟对其他所有人一样也对她造成了影响。恐怕我也是太沉浸于自己的思绪之中了,要不然我本该去试着制止她的。这场争吵最终是以她将一个镇纸扔向克雷尔先生,然后冲出房间而告终。

我追着她出去,严厉地告诉她,我为她小孩子般的行为感到羞耻,但她的情绪依然处于失控中,我想最好还是让她单独待一会儿。

我有些纠结是否应该去一趟克雷尔太太的房间,但最终我想也许会打扰她,使她更加烦恼。自那之后,我就一直希望当时要是克服了自己的羞怯,坚持让她和我谈谈该有多好。如果她和我谈过,结局可能就会完全不同了。你也知道,她没有一个可以倾吐的对象。尽管我很欣赏有自制力的人,但我也必须很遗憾地承认,有时候这会走到另一个极端。让感情得到自然的宣泄应该更好吧。

我回房间的时候碰上了克雷尔先生。他跟我道晚安,但我没有理他。

我记得第二天早上天气非常好。想必在周围如此安宁的环境下,一觉醒来会产生一种感觉,那就是每个人都一定不会再做傻事了。

我在下楼吃早饭之前先去了安吉拉的房间,但她已经起床出去了。我捡起一条她扔在地板上的破裙子带下楼,准备叫她早饭以后去补一补。

然而,她已经从厨房拿了面包和果酱出门去了。于是我自己吃完早饭以后就出去找她。我说这些是为了说明那天早上我为什么没有更多地和克雷尔太太在一起。可是当时我觉得去找安吉拉才是我的职责所在。她很淘气,非常固执,死活不愿意补她的衣服,在这个问题上我可没打算迁就她。

我发现她的游泳衣不见了,于是就去海滩上找她。不过无论是水里还是岸边的石头上都没有她的踪影,所以我想她也许去了梅瑞迪斯·布莱克先生家,他们俩可是忘年交。因此我又自己划着船到了对岸继续找她。最终我也没找到,只得空手而归。回来的时候我看见克雷尔太太、布莱克先生和菲利普·布莱克先生都在阳台上。

那天早上天气很热,尤其是在背风的地方,好在屋子和阳台还比较阴凉。克雷尔太太提议说也许他们会想要喝些冰镇啤酒。

屋子旁边有一个维多利亚时期搭建起来的小温室。克雷尔太太并不喜欢那儿,没有用它来种植物,而是把它改造成了一个类似酒吧的地方，在架子上存放各种杜松子酒、苦艾酒、柠檬汽水、姜汁啤酒等等，此外还有一个小冰箱，每天早上里面都装满冰块，总是会冰镇着一些啤酒和姜汁啤酒。

我跟着克雷尔太太一起去那里拿啤酒。安吉拉就在冰箱旁边，正从里面拿出一瓶啤酒。

克雷尔太太走在我前头，她说："我要一瓶，拿下去给埃米亚斯。"

现在已经很难弄清当时我是否应该有所怀疑。我几乎可以肯定她说话的声音完全是正常的。但我也必须承认那时我的心思都放在了安吉拉身上，而不是她。安吉拉站在冰箱旁边，我很高兴地看到她红着脸，显出愧疚的样子。

我严厉地批评了她，让我意外的是她竟然出奇的温顺。我问她到哪儿去了，她说她去游泳了。我说："我在海滩上没看见你。"她笑而不答。我又问她她的毛衣上哪儿去了，她说肯定是落在海滩上了。

我说起这些细节，也是为了解释清楚我为什么会让克雷尔太太自己把啤酒送去了巴特利花园。

那天上午后来的事情在我脑中基本是一片空白。安吉拉拿来了她的插针垫，乖乖地补起了她的裙子。我记得我应该也缝补了一些家里的床单桌布之类的东西。克雷尔先生没有上来吃午饭，我很庆幸他至少还算是识大体的。

午饭以后，克雷尔太太说她要去巴特利花园。我想去海边把安吉拉的毛衣捡回来，我们便一起走下去。她进了巴特利花园，我正继续往前走，就被她的喊声叫了回来。正如上次你来看我的时候我告诉你的那样，她吩咐我上去打电话。我往上走的半路上碰见了梅瑞迪斯·布莱克，接着我就返回了克雷尔太太身边。

这些就是我在案件调查以及后来在法庭上讲述的情况。

而我即将写下的是一些我从未告诉过任何人的事情。对于我被问到的所有问题，我都是据实以告的。然而我确实隐瞒了一些事实，这让我背上了负罪感——我并不为此感到后悔。即使旧事重演，我依然会这么做。我心里很清楚披露这些事实可能会让我受到怎样的谴责，但我并不觉得在经过这么久之后，还会有谁真的把这些看得如此重要——尤其卡罗琳·克雷尔又是在没有我的证词的前提下就被判有罪的。

以下即是当时发生的情况。

如我所言，我遇到了梅瑞迪斯·布莱克，接着我就用我最快的速度又沿着小路跑了回去。我穿了一双沙滩鞋，而且我一向脚步很轻。当我来到巴特利花园敞开的大门时，看到了下面的一幕。

克雷尔太太正忙着用她的手绢擦拭桌上的啤酒瓶。擦完之后，她拿起她死去丈夫的手，将手指按在酒瓶之上。她做这些的时候很警觉，不时地侧耳倾听。我从她脸上露出的那种恐惧看出了事情的真相。

我顿时恍然大悟。毋庸置疑，卡罗琳·克雷尔毒死了她的丈夫。而我对她却没有半点责备之意。是他把她逼到了忍无可忍的地步，因此他完全是咎由自取。

我从来没有把这件事告诉过克雷尔太太，她也从来都不知道我目睹了这一切。

卡罗琳·克雷尔的女儿不能够靠着一个谎言去撑过一辈子。无论得知真相会让她有多痛苦，她都应该明白，真相才是唯一重要的。

替我转告她，她的母亲不必接受他人的评判。一个深爱着对方的女人被逼无奈，超越了她所能容忍的限度，才做下这种事。作为她的女儿，应该理解并且原谅她。

塞西莉亚·威廉姆斯的叙述到此结束。

安吉拉·沃伦的叙述

亲爱的波洛先生，

　　我信守对你的承诺，把我能记得的关于十六年前那段可怕日子的所有经过写下来给你。不过直到提起笔来，我才意识到自己能想起来的竟然如此之少。要知道，不到真出事的那一天，你都没法把它们一一联系起来。

　　我对夏天发生的事只有很模糊的记忆——还有些孤立的事件，我甚至都没法确定到底发生在哪年的夏天。埃米亚斯的死就像是晴天霹雳。对此我没有任何心理准备，而且似乎对于这件事情的导火索我也是一无所知。

　　我一直试图去回想这出悲剧究竟是不是势所必然。是不是大多数十五岁的女孩子都像我当年看起来的那样懵懂无知、少不更事呢？也许是吧。我觉得我能够迅速地判断出他人的心情，却从来不愿意费心去琢磨那背后的原因。

　　而且，就在那段时间里，我突然开始醉心于文字的美妙。我所读过的作品，那一首首莎士比亚的诗篇，总会在我的脑海中回响。我到现在还能记得自己走在菜园里的小路上，怀着难以抑制的兴奋之情背出"在那晶莹剔透、碧绿如洗的波浪之下"这样的诗句……实在是美妙绝伦，让我禁不住一遍又一遍地吟诵。

和这些新发现、新兴趣伴随的,当然也少不了所有那些从我记事起就喜欢做的事情。游泳、爬树、摘果子吃、捉弄马夫,还有喂马。

对于卡罗琳和埃米亚斯的事儿我有些想当然了。他们在我的生活中都无比重要,但对于他们自身、他们的事情以及他们的想法和感受,我却从来也不曾多加考虑过。

我没有特别注意到埃尔莎·格里尔的到来。我觉得她很愚蠢,甚至也不认为她有多好看。我只是把她当成一个埃米亚斯正在画的有钱而令人生厌的人而已。

事实上,我第一次知道整件事情是有一天中午吃完饭以后,我溜到阳台上无意中听到的——埃尔莎说她要和埃米亚斯结婚!我觉得这简直太荒唐可笑了。我记得我和埃米亚斯公开地谈过这个,那是在汉考斯庄园的花园里。我对他说:"为什么埃尔莎说她要和你结婚?她办不到啊。男人不能娶两个妻子——那可是重婚罪,要坐牢的。"

埃米亚斯很生气,他说:"你他妈听谁说的?"

我说我是从书房的窗户那儿听见的。

他比以往任何时候都更生气,说早就该让我上学去,改改这个偷听别人说话的毛病。

我依然能记得他说这话的时候我心里那种愤愤不平。因为这太不公平了,彻头彻尾的不公平。

我气得都有点儿结巴了。我对他说我根本就不是有意在那儿听的,而且不管怎么说,埃尔莎为什么会说出这么蠢的话?

埃米亚斯说这只是个玩笑。

这个说法本应让我满意的,而且也的确几乎让我满意了,但我还是有点儿不放心。

在回去的路上我对埃尔莎说:"我问了埃米亚斯你说你打算和他结婚是什么意思,他说那只是个玩笑。"

我觉得我的话对她应该算是一种冷落了,但她只是笑了笑。

我不喜欢她的那副笑容。到家之后我上楼去了卡罗琳的房间。当时她正在换衣服准备去吃晚饭。我于是开门见山地问她埃米亚斯有没有可能娶埃尔莎。

她的回答至今言犹在耳,她当时说话的时候一定是着重强调了的。

"埃米亚斯要娶埃尔莎,除非我死了。"她说。

这句话让我吃下了定心丸。死亡离我们似乎都太过遥远了。尽管如此,我还是对埃米亚斯下午说的话感到很恼火,所以在吃晚饭的过程中我一直对他恶语相向。我记得我们真的是大吵了一架,接着我就冲出房间,上楼一头扑在床上号啕大哭,一直哭到睡着。

那天下午在梅瑞迪斯·布莱克家发生了什么,我能想起来的不多了,不过我确实记得他大声朗读《斐多篇》里描写苏格拉底之死的段落。我以前从来没听过。我想那是我所听到的最迷人、最优美的文字了。我记得这些,只是不记得究竟是什么时候发生的了。就我现在所能回想起来的,这件事可能发生在那个夏天的任何时间里。

尽管我想了又想,还是想不起来第二天早上发生过什么。我隐约觉得我肯定是去游泳了,我想我还能记起来被叫去缝补什么东西。

但所有这些印象都太模糊了,直到梅瑞迪斯气喘吁吁地从阳台那边的小路跑上来的时候。他面如死灰,神情古怪。我记得一个咖啡杯从桌子上掉下来打碎了——是埃尔莎弄的。我还记得她跑掉了——突然一下不顾一切地沿着小路飞奔下去，以及她脸上那种可怕的表情。

我不停地对自己说："埃米亚斯死了。"但这一切看起来都不像真的。

我记得福塞特医生来了，面色凝重。威廉姆斯小姐忙着照顾卡罗琳。我有些落寞地游来荡去，总是碍别人的事儿，甚至有一种恶心想吐的感觉。他们不让我下去看埃米亚斯。但是没过多久警察就到了，开始在他们的笔记本上记下什么东西，接着他们把他的尸体用担架抬上来，上面还盖着一块布。

后来威廉姆斯小姐把我带到了卡罗琳的房间。卡罗琳坐在沙发上，看上去脸色极其苍白，面带病容。

她亲吻了我，说她想让我尽快离开，这一切都太可怕了，不需要我太过担心，也不让我再去想这件事。我将前往特雷西利安夫人家和卡拉会合，而这所房子里的人则是越少越好。

我紧紧抓着卡罗琳，说我不想离开，我想要和她待在一起。她说她知道我的心思，但我最好还是尽快走，这样也可以让她少操很多心。

这时威廉姆斯小姐也插话说："安吉拉，你能帮你姐姐的最好办法，就是按照她说的去做，不要再在这件事上纠缠不休了。"

于是我说，无论卡罗琳让我做什么，我都同意。卡罗琳说："这才是我亲爱的安吉拉。"她抱了抱我，告诉我没有什么好怕的，尽量不要去说，也不要去想这件事情就可以了。

我只得下楼去和一个警司谈话。他人很和蔼，问我何时最后一次看见埃米亚斯，还问了很多其他问题。我当时完全不明就里，但是当然，现在我已经明白他的用意了。他没能从我嘴里问出什么别人没有告诉他的事情，这也就令他满意了。于是他告诉威廉姆斯小姐,他对于把我送到费瑞比农庄的特雷西利安夫人家里毫无异议。

我去了那里,特雷西利安夫人对我非常好。不过我当然很快也就必须面对事实了。他们几乎是立刻就逮捕了卡罗琳。我被吓得瞠目结舌,一下子就病倒了。

后来,我听说卡罗琳担心我担心得要命。在她的一再坚持之下,开庭审判之前我就被送出了英国。不过这个我已经告诉过你了。

你也看到了,我能写下来的这些实在是微不足道。自从和你谈过之后,我绞尽脑汁,搜索枯肠,想要记起一些诸如这个人或那个人的表情以及反应之类的事情。我想不出任何能和罪行联系起来的蛛丝马迹。埃尔莎的狂乱,梅瑞迪斯那张因担忧而灰白的脸,菲利普的悲痛和愤怒——他们的表现看起来都很自然。然而,我还是觉得也许某个人是在装腔作势吧?

我所知道的只是,卡罗琳没有杀人。

对于这一点我十分确信,而且不会动摇,只是我除了对于她性格的深切了解之外,拿不出任何证据。

安吉拉·沃伦的叙述到此结束。

第三卷

结论

卡拉·勒马钱特抬起头来，眼神里充满了疲惫和痛苦。她用手把从前额垂下的头发往后捋了捋，疲态尽显。

她说："所有这些让人看了感觉一头雾水。"她碰了碰那一摞手稿，"因为每一份的角度都不同！我妈妈在每个人的眼中也不一样。不过事实却是相同的，而每个人对事实的意见又都一致。"

"看完这些，让你灰心了？"

"是啊，难道你不觉得灰心吗？"

"不，我发现这些记录非常有价值——可以提供很多有用的信息。"

波洛一边思考一边慢悠悠地说道。

卡拉说："我希望自己从来没有看过这些！"

波洛朝她看了一眼。

"啊，所以你是这么想的？"

卡拉语带苦涩地说："他们都认为是她干的——所有人，除了安吉拉姨妈，而她的想法又没什么分量，因为她什么理由也拿不出来。她就是个特别忠诚的人，对认定的事情坚定不移。她只会不停地说：'卡罗琳不会杀人的。'"

"这就是给你留下的印象？"

"那我还能怎么觉得呢？你知道吗，我已经想过了，如果我母亲确实没杀人，那么就必定是这五个人之中的一个干的，我甚至都已经想好了理由。"

"啊！有意思，给我说说。"

"哦，只是有一些想法而已。比如说菲利普·布莱克吧，他是个证券经纪人，是我父亲最好的朋友——很可能我父亲非常信任他。而艺术家对于钱的问题总是有些漫不经心。没准儿菲利普·布莱克陷入了什么麻烦，动用了我父亲的钱。他可能已经让我父亲签过什么了。接着整件事情也许行将败露——只有我父亲的死才能挽救他。这就是我设想的其中一种可能。"

"想象得很不错啊，其他的呢？"

"嗯，然后是埃尔莎。菲利普·布莱克在这上面说她的头脑太精明了，不会去乱动那些毒药的，但我觉得这根本就不可信。假如我母亲去找她并且告诉她，她不会和我父亲离婚——无论如何都不会呢？你想说什么都可以，但我觉得埃尔莎有点儿资产阶级的心理——她想要非常体面地嫁过来。我认为这样的话埃尔莎就完全有可能会去偷拿一些毒药——毕竟那天下午她也同样有很好的机会——然后去毒害我的母亲，以便为自己扫清障碍。我想这种做法很像是埃尔莎所为。接着，很可能是出了什么要命的差错，结果不是卡罗琳而是埃米亚斯喝下了那些毒药。"

"这种想法同样也不错，还有其他的吗？"

卡拉缓缓地说："好吧，我想——也许是——梅瑞迪斯！"

"啊——梅瑞迪斯·布莱克？"

"没错。你知道，在我看来他就是那种可能会去杀人的人。我的意思是说，他是那种别人取笑的对象，干什么事情都慢慢吞吞、举棋不定，而在内心深处，他也许对此早就愤愤不平了。接着我父亲和他本来想要娶的姑娘结婚了，而我父亲既成功又富有。所有那些毒药确实都是他做出来的！也许他做这些真的就是想要在某一天用它们来杀人呢。他必须让别人都以为毒药被人偷拿了，这样就可以转移自身的嫌疑。但实际上他自己才是最有可能拿走毒药的人。他甚至可能蓄意陷害了卡罗琳，让她被绞死，因为多年之前她拒绝了他。要知道，我觉得他在他的记述中所写的一切相当可疑——特别是说人会做出一些与性格不符的举动来。假设他在写这些的时候暗指的就是他自己呢？"

赫尔克里·波洛说："你至少在这一点上说对了——千万不要认为这些写出来的东西就一定是真实的。写在纸上的东西也许只是有意用来误导你的呢。"

"哦，我明白。这个我一直铭记在心。"

"还有别的想法吗？"

卡拉慢悠悠地说道："在读这些之前，我也考虑过威廉姆斯小姐的可能性。你也知道，安吉拉去学校以后她就失业了。而如果埃米亚斯突然之间死了，安吉拉也许就不用再去上学了。我的意思是说，假如事情发生得像自然死亡一样——就算梅瑞迪斯没丢毒芹碱的话，我想这也很容易办到。我研究过毒芹碱，死者死后并不会有什么特异的表现，甚至有可能被当作是中暑。我知道丢工作听起来并不是一个很充分的谋杀动机，不过谋杀案许多都是出于看上去既不充分又很可笑的理由。有时候也就是为了几个小钱。所以一个中年的、或许已经不太称职的家庭女教师完全可能会因此感到惊慌失措，进而觉得前途渺茫。

"我刚才说了，这是在我读完这些之前的想法。但威廉姆斯小姐看起来完全不是这样的人。她丝毫不能说不称职——"

"确实不能，她至今仍是个精明强干的女人。"

"我知道，这个能看出来。而且她似乎也是个很值得信赖的人。那也正是让我觉得难过之处。噢，你都明白，你也能理解。当然，你并不在意。从一开始你就明确地说过，你想要的只是事实真相。我想我们现在已经知道真相了！威廉姆斯小姐说得很对。人必须接受真相。把生活搭建在一个谎言之上，仅仅因为你想要相信它，这样是没有好处的。那好吧，我能接受！我妈妈不是无辜的！她给我写那封信是因为虽然她自己已经身心俱疲，却还想让我免受伤害。我不会去评判她，或许我本该去评判一下才对。我不知道在监狱里会如何对待一个犯人。我也不想责怪她，如果她对我父亲感到如此绝望的话，我想她是不可能控制住自己的。但同时我也不会责怪我父亲。我能够理解他的感受，虽然只有一点点。他是那么活力充沛，那么想要拥有一切……他无法自持——因为他天生如此。况且他还是个杰出的画家，我想这个理由足以让他在很多事情上得到原谅了。"

她转向赫尔克里·波洛，脸色潮红，兴奋难抑，同时挑衅似的扬起了下巴。

赫尔克里·波洛说："这么说——你满意了？"

"满意？"卡拉·勒马钱特吐出这两个字的时候声音都变了。

波洛俯身向前，像父亲般慈爱地拍拍她的肩膀。

"听着，"他说，"在最值得为之努力争取的时候，你却打算放弃了。此刻也正是我，赫尔克里·波洛，对于究竟发生了什么已经了然于胸的时候。"

卡拉瞪大了眼睛盯着他，说道："威廉姆斯小姐非常爱我的母亲。她亲眼看到她伪造了我父亲自杀的证据。如果你相信她说的话——"

赫尔克里·波洛站起身来，说道："小姐，正因为塞西莉亚·威廉姆斯说她看见你母亲在啤酒瓶上伪造了埃米亚斯·克雷尔的指纹——记住，是在啤酒瓶上——只凭这一点，我就可以确信无疑地告诉自己，你母亲并没有杀死你父亲。"

他用力地点了几下头,转身走出了房间,只留下卡拉在身后凝视着他的背影。

波洛提出五个问题

1

"怎么了,波洛先生?"

菲利普·布莱克的语气有些不耐烦。

波洛说道:"我要对你表示感谢,感谢你写的关于克雷尔惨案的那份清晰易懂的记录,那真是值得称赞啊。"

菲利普·布莱克看起来有些不好意思。

"你过奖了,"他喃喃自语道,"我真正下笔写的时候自己也很吃惊,竟然能记得这么多。"

波洛说:"这份记述很清楚,确实好极了,但是这里面有一些遗漏,对吗?"

"遗漏?"菲利普·布莱克皱起了眉头。

赫尔克里·波洛说:"或者我们不妨说,你的叙述并不是完全坦诚的。"他的口气变得强硬起来,"布莱克先生,有人告诉我,至少在那年夏天的某个晚上,克雷尔太太被人看见从你的房间里走出来,而且还是在一个不怎么合适的时间。"

顿时两人之间一片沉寂,只能听到菲利普·布莱克粗重的呼吸声。最终他开口问道:"谁告诉你的?"

赫尔克里·波洛摇了摇头。

"谁告诉我的并不重要,关键是我已经知道了。"

又是一片沉寂，然后菲利普·布莱克像是下定了决心。他说：“看起来，你在不经意间偶然发现了一件纯属于我个人隐私的事情。我承认这件事和我所写的记录并不太相符，不过也没有你想象得那么糟。现在我不得不告诉你真相了。

"我对卡罗琳·克雷尔的确抱有一种憎恨和敌意，而同时我也始终被她深深地吸引着，也许正是由于后者才导致了前者吧。我痛恨她无形中施加于我的影响，因此总试图通过不停地挑她的毛病来压制她对我的吸引力。我从来都不喜欢她，但愿你能理解。不过对我来说，随时随地都在试图吸引她的注意。我还是个孩子的时候就爱上她了，只是她对我毫不在意。我发现在这一点上我很难原谅她。

"当埃米亚斯昏了头似的迷上那个叫格里尔的姑娘的时候，我的机会就来了。我告诉她我爱她，结果却发现这毫无意义。她十分平静地说：'是啊，我一直都知道。'你看这个女人有多傲慢！

"当然，我知道她并不爱我，但我能看出来，因为埃米亚斯的移情别恋，她当时有多么心烦意乱、大失所望。在这种心境下的女人很容易被俘获芳心。她同意那天晚上过来找我，而且她真的来了。"

布莱克停了下来。他此时发现有些话难以启齿。

"她来到我的房间。接着，当我把她拥入怀中的时候，她却冷冷地对我说这样不好！她说她归根结底还是个从一而终的女人。不管怎么样，她都是埃米亚斯·克雷尔的人。她承认以前对我很不好，但她说她无能为力，请求我原谅她。

"然后她就离开我了，她就那么离开了！由此我对她恨之入骨。你会觉得奇怪吗，波洛先生？我永远都不会原谅她，你会觉得奇怪吗？因为她侮辱了我，还因为她杀了我在这个世界上最挚爱的朋友！"

菲利普·布莱克浑身剧烈地颤抖着，他大声吼道："我不想再说这些了，你听见了吗？你已经得到了你想要的答案。现在走吧！永远都不要再跟我提起这件事！"

2

"布莱克先生，我想要知道那天你的客人们离开实验室的时候是什么顺序。"

梅瑞迪斯·布莱克对此提出了异议。

"但是我亲爱的波洛先生，都已经过去十六年啦！我怎么可能还记得呢？我已经告诉过你，卡罗琳是最后一个出来的。"

"你能确定吗？"

"是的，至少我认为是……"

"我们现在就去那儿，要知道，我们必须非常确定。"

梅瑞迪斯·布莱克一边带路，一边还在提出不同意见。他打开门锁，推开了百叶窗。波洛带着命令的口吻对他说道："那么现在，我的朋友。你已经向你的客人们展示了你那些有趣的草药制剂。闭上眼睛，开始思考——"

梅瑞迪斯·布莱克顺从地闭上了眼睛。波洛从他的口袋里掏出了一块手绢，轻轻地挥来挥去。布莱克的鼻翼微微翕动，喃喃自语："没错，没错，这些事情一下子就都想起来了，真是不可思议。我记得卡罗琳穿了一条浅咖啡色的裙子；菲尔看上去不胜其烦……他总是觉得我的小爱好愚蠢透顶。"

波洛说道："现在回想一下，你们就要离开房间了。你们即将前往书房，在那里你准备给他们念一段关于苏格拉底之死的文字。谁最先走出房间的——是你吗?"

"是的——是埃尔莎和我。她最先走出门外,我紧跟在她后面,我们在说着话。我站在那儿等着其他人出来,这样我就可以再把门锁好了。菲利普——没错,下一个出来的是菲利普。然后是安吉拉——她正在问他什么叫牛市,什么叫熊市。他们继续往前走,穿过大厅。埃米亚斯跟在他们后面。当然,我依然站在那儿,在等着卡罗琳。"

"这么说,你非常确定卡罗琳留在了最后。你看到她做什么了吗?"

布莱克摇了摇头。

"没有,你知道,我当时背对着房间门。我正在和埃尔莎说话,给她讲按照古老的迷信,某些植物是如何必须在月圆之时去采集之类的事情,我猜她其实也没什么兴趣听这些。接着卡罗琳出来了,有点儿匆忙的样子,我就把门锁上了。"

他停下来看着波洛,后者正把手绢放回口袋。梅瑞迪斯·布莱克厌恶地抽了抽鼻子,心想:"嗬,这家伙居然还用香水呢!"

他大声说道:"我非常确信,就是这个顺序。埃尔莎,我自己,菲利普,安吉拉和卡罗琳。这些能帮上你的忙吗?"

波洛说道:"这样就都对上了。听着,我想要在这里安排一次聚会。我觉得应该不会很难吧……"

3

"什么事?"

埃尔莎·狄提斯汉姆的口气几乎称得上是热切了,就像个孩子一样。

"我想要问你个问题,夫人。"

"哦?"

波洛说:"当一切都平息以后——我指的是审判——梅瑞迪斯·布莱克有没有向你求婚?"

埃尔莎睁大了眼睛。她看起来鄙夷不屑,似乎觉得这个问题很无聊。

"有啊,他求过。怎么了?"

"你觉得意外吗?"

"我觉得意外吗?我不记得了。"

"你怎么说的?"

埃尔莎放声大笑,接着说道:"你认为我会怎么说?埃米亚斯之后,换成梅瑞迪斯?这简直太可笑太荒唐了!他那么愚蠢,而且他一直都那么蠢。"

忽然间,她又嫣然一笑。

"知道吗,他想要保护我——'照顾我'——那就是他的原话!跟其他所有人一样,他也觉得审判对我来说是一种可怕的折磨和煎熬。还有那些记者!那些起哄的人们!以及所有那些对我的诽谤。"

她沉思了一阵子,然后说:"可怜的老梅瑞迪斯!真是笨到家了!"说完便又哈哈大笑起来。

4

赫尔克里·波洛再一次遭遇了威廉姆斯小姐那敏锐且有洞察力的目光,也再一次感到了时光倒流,自己仿佛又变成了温顺而害怕的小男孩。

他解释说，他有一个问题想请教一下。

威廉姆斯小姐表示愿意洗耳恭听。

波洛字斟句酌，慢悠悠地说道："安吉拉·沃伦在她很小的时候就受了伤。在我所做的记录中，我发现关于这件事有两种说法。一种说法是克雷尔太太向她扔了个镇纸；另一种则说她用铁撬棍打了她。这两种说法哪个正确呢？"

威廉姆斯小姐干脆利落地答道："我从来没听说过什么铁撬棍，镇纸的那种说法是正确的。"

"你是听谁说的？"

"安吉拉亲口告诉我的。她很早就把这件事讲给我听了。"

"她具体是怎么说的？"

"她摸着她的脸颊，说道：'这是当我还是个婴儿的时候卡罗琳造成的。她扔了个镇纸砸我。永远都别提这件事，好吗？因为那会让她感到极其难过的。'"

"克雷尔太太自己跟你提起过这件事吗？"

"只是拐弯抹角地说到过。她觉得我应该已经知道这件事了。我记得有一次她说：'我知道你认为我太惯着安吉拉了，但是你瞧，我总是觉得无论做什么都无法补偿我对她犯下的过错。'还有一次她说：'知道自己对另一个人造成了永久的伤害，真的是人所能承受的最沉重的心理负担了。'"

"谢谢你，威廉姆斯小姐。这就是我想知道的全部。"

塞西莉亚·威廉姆斯尖厉地说道："波洛先生，我不明白你的意思。你把我写的关于惨案的记录给卡拉看了吗？"

波洛点点头。

"而你仍然——"她没再说下去。

波洛说:"稍微想一想。如果你路过一家鱼贩的摊子,看见他的案板上摆着一堆鱼,你会认为它们都是真正的鱼,对吗?但它们之中有一条可能只是标本而已。"

威廉姆斯小姐目光炯炯地答道:"这几乎不可能,而且无论如何——"

"啊,几乎不可能,没错,但并不是完全没有可能——因为我的一位朋友有一次就拿了一只标本鱼(要知道,他就是干这行的),想要把它和真鱼放在一起比较一下!再比如你在十二月份的客厅里看到一盆百日菊①,你也许会说这些是假的——但它们也有可能都货真价实,是从巴格达空运回来的。"

"你说这些乱七八糟的东西究竟有何用意啊?"塞西莉亚·威廉姆斯问道。

"这是为了告诉你,只有用心灵的眼睛去看,你才能够真正看懂……"

5

当他来到那栋可以俯瞰摄政公园的公寓楼时,赫尔克里·波洛稍稍放慢了脚步。

事实上,仔细地思考了一下之后他就发现,根本没有什么问题要问安吉拉·沃伦的。他唯一想问她的问题还可以再等等……

确实没有,实际上驱使他来这里的只是他心里那种难以满足的对于完整性的追求。五个人——就应该有五个问题!这样会显得更好,能让事情有个更为圆满的结束。

---

①原产墨西哥的一年生花卉,通常于霜降前枯萎死亡。

啊,好吧——他得想出个问题来。

安吉拉·沃伦热切地迎接了他,似乎有些迫不及待。她说:"你发现什么了吗?进展到哪一步了?"

波洛毕恭毕敬地缓缓点了点头,说道:"我终于取得了一些进展。"

"是菲利普·布莱克?"这句话的语气一半是陈述,一半是疑问。

"小姐,此时此刻我还不想透露任何消息,因为时机还不到。我来是想邀请你赏光去一趟汉考斯庄园。其他人都已经同意了。"

她眉头微蹙,说道:"你打算做什么呢?重现十六年前发生的事吗?"

"也许,我们可以从一个更清楚的角度来看这件事情。你会去吗?"

安吉拉·沃伦缓缓地说:"哦,好,我会去的。能再次见到那些人也挺有意思的。也许,我现在再看他们的角度会比以前更清楚呢(就像你所说的那样)。"

"那么你愿意带上你给我看过的那封信吗?"

安吉拉·沃伦皱起了眉头。

"那封信是我的私人物品。给你看我有很好、很充分的理由,但我可不打算让不太熟悉或者没有同情心的人看到。"

"不过在这件事情上,你愿意按我说的去做吗?"

"我不愿意那么做。我会带上那封信,但给不给他们看我要自己决定,我自认为我的判断力不比你的差。"

波洛无可奈何地摊开双手,表示不再争辩。他起身准备告辞,同时说道:"你能允许我问你一个小问题吗?"

"什么问题?"

"悲剧发生的那个时候，你刚刚读过萨默塞特·毛姆的《月亮和六便士》，对吗？"

安吉拉目不转睛地瞪着他，然后说道："我相信——啊，没错，你说得很对。"她带着毫不掩饰的好奇看着他，"可你又是怎么知道的？"

"小姐，我想让你明白，即使在这种微不足道的事上，我也能表现得像个魔术师一样。很多事情，不用别人告诉我也知道。"

重现

午后的阳光照进汉考斯庄园的那间实验室。屋子里已经摆上了一些安乐椅和一张长沙发，与其说它们点缀了这个房间，莫不如说更凸显了这间屋子的空寂。

梅瑞迪斯·布莱克有点儿局促不安。他一边用力揪着他的胡子，一边和卡拉东拉西扯地闲聊。有一回他突然停了一下，然后说："亲爱的，你很像你妈妈，但是又跟她不一样。"

卡拉问道："我哪里像她？哪里又不像？"

"你的肤色像她，走路的样子也像，但是——我该怎么说呢——你看上去比她要积极得多。"

菲利普·布莱克眉头紧锁地望着窗外，不耐烦地敲着窗玻璃。他说："所有这一切究竟是要搞什么名堂？一个好端端的周六下午——"

赫尔克里·波洛赶忙出来打圆场。

"啊，我很抱歉——我知道，打乱了你原本打高尔夫的安排实在是罪不可恕。不过算了吧，布莱克先生，这是你最好的朋友的女儿。你会为了她破一回例的,对吗?"

男管家在外面通报:"沃伦小姐到。"

梅瑞迪斯走过去迎接她。他说:"你能够抽空来,这太好了,安吉拉。我知道你很忙的。"

他领着她来到窗边。

卡拉说:"嗨,安吉拉姨妈。今天早上我刚刚看了你在《泰晤士报》上写的文章。能有这么个杰出的亲戚可真好。"她指了指旁边一个方下巴、有着一双坚定的灰色眼睛的高个子年轻人。"这位是约翰·拉特里,他和我——准备结婚。"

安吉拉·沃伦说:"噢!我还不知道……"

梅瑞迪斯又去迎接下一位客人。

"啊,威廉姆斯小姐,多年不见。"

上了年纪的家庭女教师走进屋来,她的外表看似弱不禁风,实际上却是百折不挠。她的目光在波洛身上若有所思地停留了片刻,然后又投向了那个肩宽体长、穿着剪裁考究的粗花呢套装的身影。

安吉拉·沃伦迎上前来,面带微笑地说道:"我感觉自己又要变成女学生了。"

"亲爱的,我为你感到无比自豪,"威廉姆斯小姐说,"你给我也争了口气。我猜这是卡拉吧?她不会记得我的,那时她还太小了……"

菲利普·布莱克烦躁地说道:"这到底在干什么啊?没人告诉我——"

赫尔克里·波洛说:"我自己,把它称为重回旧日之旅。我们不能都坐下来吗?这样一来,当最后一位客人到达的时候我们就准备就绪了。等她一到,我们就马上进入今天的正题——驱除鬼魂。"

菲利普·布莱克叫道："你到底搞什么鬼？不会是要举行个降神会吧？"

"不，不。我们只是要讨论一些很久以前发生的事情——讨论一下，也许我们就能够把事情的来龙去脉梳理得更清楚。至于鬼魂嘛，它们当然不会现身，不过尽管我们看不到，可谁敢说它们不在这里，不在这个房间之中呢？谁又敢说埃米亚斯和卡罗琳·克雷尔夫妇没有在这里聆听呢？"

菲利普·布莱克说："无稽之谈，荒唐透顶——"这时候门又开了，打断了他的话，管家通报狄提斯汉姆夫人到了。

埃尔莎·狄提斯汉姆带着她一贯的那种淡淡的兴味索然的傲慢神情走了进来。她冲梅瑞迪斯微微一笑，冷冷地盯着安吉拉和菲利普，然后走到窗边，在离其他人都比较远的一把椅子上坐下。在松开脖子上那条昂贵的浅色皮草围巾并任其滑落之后，她先是打量了这间屋子片刻，然后瞧着卡拉。那个女孩儿也回看着她，心里默默揣度着这个给她父母的生活带来了灭顶之灾的女人。她那张年轻而真挚的脸上没有憎恨，只有好奇。

埃尔莎说："抱歉，波洛先生，我可能有点儿晚了。"

"夫人，你能来就已经很好了。"

塞西莉亚·威廉姆斯轻轻地哼了一声。她眼中充满敌意，但埃尔莎只是毫无兴致地瞟了一眼。她说道："安吉拉，我都认不出你来了。多久没见了？十六年？"

赫尔克里·波洛赶忙抓住了这个机会。

"是啊，我们将要谈起的这件事已经过去十六年了，首先我想告诉诸位我们为什么会重聚于此。"

接着他用了寥寥数语简述了卡拉向他提出请求和他接受这项

任务的过程。

他说得很快，全然无视菲利普脸上显现出的阴云密布，以及梅瑞迪斯带有震惊的厌恶表情。

"我接受了这项委托，于是就着手调查，想要找出真相。"

卡拉·勒马钱特远远地坐在宽大的单人沙发里，模模糊糊地听着波洛所说的话。

她用手遮住了双眼，偷偷地从指缝间研究这五张面孔。她能看出来这群人中的哪一个杀了人吗？是时髦而迷人的埃尔莎，面红耳赤的菲利普，既和蔼可亲又善良的梅瑞迪斯·布莱克先生，严厉凶悍的家庭女教师，还是冷静干练的安吉拉·沃伦？

如果她努力去想，能否想象出他们其中的一个去杀人的场景呢？对，有可能，但那些都不是真正意义上的谋杀。她能够想象菲利普·布莱克在盛怒之下掐死某个女人——没错，她能想象出那个画面……她也能想象梅瑞迪斯·布莱克拿着左轮手枪去恐吓一个窃贼——然后不小心枪走了火……她还能想象安吉拉·沃伦开枪杀人，但并非意外，绝不掺杂个人的感情——只是为了保证探险行动的安全！还有埃尔莎，在某个古怪的城堡中，在铺着东方丝绸的长榻上说："把这个浑蛋扔到城下去！"都是些胡思乱想——不过即使动用她最大胆最疯狂的想象力，她也完全想象不出瘦瘦小小的威廉姆斯小姐能杀人！又一幅荒诞不经的画面浮现出来——"威廉姆斯小姐，你杀过人吗？""做你的算术题，卡拉，别问傻问题。杀人可是很邪恶的事情。"

卡拉想："我脑子有病了——我必须要停下来。你这个傻瓜，好好听，听那个自称什么都知道的小个子男人怎么说。"

赫尔克里·波洛正在滔滔不绝。

"这就是我的任务——可以说就像是给自己挂上了倒车挡，

穿越多年的时光回到过去,去发现当年究竟发生了什么。"

菲利普·布莱克说:"我们都知道发生了什么。你谎称还有其他的可能,那不过是个骗局——这就是我想说的,一个厚颜无耻的骗局。你就是要通过弄虚作假,从这个姑娘身上骗钱。"

波洛并未让自己被这番话激怒,他说:"你刚才说,我们都知道发生了什么,这么说未免欠考虑。大家公认的事情未必就是事实真相。举个例子来说,就比如你吧,布莱克先生,从表面上来看,你极其厌恶卡罗琳·克雷尔。你的态度尽人皆知。但是对心理学稍有认识的人就会立刻看出来事实恰恰相反。你一直极度迷恋卡罗琳·克雷尔,你对此感到愤怒,于是一再提醒自己她有各种毛病,反复强调自己有多么厌恶她,试图通过这种方法来克服那种迷恋的感觉。同样的,梅瑞迪斯·布莱克先生多年来对卡罗琳·克雷尔一直痴心不改。在他讲述的关于惨案的故事里,他把自己说成是因为她的缘故才痛恨埃米亚斯·克雷尔的行为。但是你只有仔细地从字里行间去发掘,才能明白其实这份倾其一生的爱慕已经逐渐消磨殆尽,当时占据他全部心灵的是年轻漂亮的埃尔莎·格里尔。"

梅瑞迪斯结结巴巴地想要辩解,狄提斯汉姆夫人嫣然一笑。

波洛继续说道:"我提起这些事情只是为了做个说明,不过它们和实际发生的事情也都有关联。很好,那么我准备开始我的回溯之旅——尽我所能去获悉所有与惨案有关的事实。我想告诉你们我是如何着手调查的。我和当年为卡罗琳·克雷尔辩护的法律顾问、代表检方的年轻法律顾问、和克雷尔家族关系密切的老律师、庭审过程中始终在场的律师事务所的职员,以及负责本案的警官分别谈过话——最终找到了五位当年在场的目击证人。所有这些人帮助我在头脑中描绘出了一幅图画——那是一个女人的合成图。而且我得知了如下事实：

"卡罗琳·克雷尔从未申辩过自己是无辜的（除了在那封写给女儿的信里）。

"卡罗琳·克雷尔并没有在被告席上显露出恐惧，事实上，她表现得事不关己，自始至终都采取了一种完完全全的失败主义者的态度。在狱中她也很平静安详。法庭裁决之后她立即给她的妹妹写了一封信，信里表达了自己会接受并服从命运的安排。而且与我交谈过的每个人（只有一个明显的例外）都认为卡罗琳·克雷尔是有罪的。"

菲利普·布莱克点着头说道："她当然是有罪的。"

赫尔克里·波洛说："不过我的角色并不只是去轻易接受别人的判断。我必须亲自调查这些证词。调查事实，并且确信这件案子中的心理学因素与它们相符，这才能够令我满意。为此我仔细翻阅了警方的案卷，而且我也成功地得到了五位当时在场的人为我写下的他们自己关于惨案的记述。这些记述弥足珍贵，因为它们包含了某些我从警方的案卷中无法获知的事情——也就是说：首先，一些从警方角度来看无关紧要的谈话和事件；其次，这些人自己对于卡罗琳·克雷尔当时的想法和感觉的看法（这在法律上并不会被作为证据来接受）；第三，某些故意对警方有所隐瞒的事实。

"现在我可以自己来断这个案子了。卡罗琳·克雷尔有充分的犯罪动机，这一点似乎毫无疑问。她爱丈夫，她丈夫则公开承认要为了另一个女人弃她而去，而她自己也承认她是个嫉妒心很强的女人。

"说完动机，再来看看作案的手段，在她的衣柜抽屉里发现了一个装过毒芹碱的空香水瓶子，上面只有她的指纹。当被警察问起的时候,她承认那就是从我们现在所处的这间屋子里拿的。这里的毒芹碱瓶子上同样有她的指纹。我问过梅瑞迪斯·布莱克先生,当天五个人离开这间屋子的顺序——因为在我看来,无法想象任何人能够在五个人全部在场的情况下拿走毒药。大家离开实验室的顺序是这样的——埃尔莎·格里尔,梅瑞迪斯·布莱克,安吉拉·沃伦和菲利普·布莱克,埃米亚斯·克雷尔,最后是卡罗琳·克雷尔。而且,梅瑞迪斯·布莱克先生在等克雷尔太太出来的时候是背对房间的,因此他不可能看到她正在做的事情。也就是说,她有机会。至此,我确信她的确拿了毒芹碱。关于这件事,还有一个间接的证明。那天梅瑞迪斯·布莱克先生对我说:'我能记起站在这里,从敞开的窗口闻到阵阵茉莉花香。'但当时可是九月,那扇窗外的茉莉花应该已经过了花期。茉莉花通常是在六七月间盛开的。不过在她房间中找到的那个还残留着一点点毒芹碱的香水瓶子,原本就是用来装茉莉花香水的。于是我敢肯定,克雷尔太太是想好了要偷毒芹碱的,她趁人不注意,偷偷地倒空了她包里的这瓶香水。

"后来我又做了第二次试验,那天我让布莱克先生闭上眼睛,努力去回想大家离开房间的顺序。结果一点点茉莉花香气立刻就勾起了他的回忆。可见气味对我们的影响是超乎我们预料的。

"接着我们来看看那个事关重大的早晨。目前为止,所有的事实都无可辩驳。格里尔小姐对于她和克雷尔先生打算结婚这件事的突然透露,埃米亚斯·克雷尔对此的确认,以及卡罗琳·克雷尔深陷痛苦不能自拔——所有这些都有不止一个证人能够证明。

"第二天早上夫妇两人在书房里发生了一场争吵。最先被听到的一句话是卡罗琳·克雷尔说:'你和你那些女人!'她说这话的时候愤愤不平。最终她又说道:'哪天我一定要杀了你。'菲利普·布莱克从大厅当中听到了这些,格里尔小姐则是从外面的阳台上听到的。

"她接着又听到克雷尔先生让他的妻子理智一些,然后她听见克雷尔太太说:'在放你去找那个女孩儿之前,我会先杀了你。'这之后不久埃米亚斯·克雷尔就出来了,有些粗鲁地告诉埃尔莎·格里尔下去继续给他摆姿势做模特。她去拿了件毛衣之后就跟着他走了。

"到现在为止,从心理学的角度来看没有什么不对劲的地方。每个人的行为举止都在意料之中。但我们马上就会看到有件事情不那么协调了。

"梅瑞迪斯·布莱克发现他遭窃了,于是打电话给他弟弟;他们在码头会面后一起走上来,路过巴特利花园,卡罗琳·克雷尔正在那里和她丈夫讨论安吉拉去上学的事情。这件事给我的感觉非常奇怪。这对夫妻之间刚刚吵得不可开交,最后还是以卡罗琳显而易见的威胁而告终的,然而才过了二十多分钟,她就又下来和他争论一件家庭琐事。"

波洛转向梅瑞迪斯·布莱克。

"你在你的叙述中提起了你听到克雷尔说的那几句话。他说的是:'事情已经定下来了——我会帮她收拾行李的。'对吗?"

梅瑞迪斯·布莱克说:"差不多就是这样,没错。"

波洛转向菲利普·布莱克。

"你所记得的是这样吗?"

后者紧皱着眉头。

"在你说之前我确实不记得——不过现在我想起来了。确实说到了收拾行李的事!"

"是克雷尔先生说的,而不是克雷尔太太?"

"是埃米亚斯说的。我听到卡罗琳说的只是一些对那个姑娘太严厉了之类的话。不过说到底,这些又有什么关系呢?我们都知道再过一两天安吉拉就要去学校了。"

波洛说道:"你还没有抓住我所说的重点。为什么是埃米亚斯·克雷尔替那个姑娘收拾行李?这也太荒唐了!家里有克雷尔太太,有威廉姆斯小姐,还有个女用人。收拾行李本来就是女人的活儿,不是男人干的。"

菲利普·布莱克不耐烦地说:"那又怎么样?这跟罪案一点儿关系也没有啊。"

"你觉得没关系?在我看来,这正是第一点提示。紧接着还有另一点。克雷尔太太,一个伤心绝望的女人,刚刚还在威胁她的丈夫,而且肯定不是在计划着自杀就是在策划着谋杀,现在却用最为友好的方式提出要去给她的丈夫拿一些冰啤酒下来。"

梅瑞迪斯·布莱克慢悠悠地说道:"如果她正在策划着谋杀的话,也没有什么好奇怪的。无疑那正是她打算做的事情。不过是掩饰一下罢了!"

"你这么认为?她已经拿定主意要毒死丈夫,她也已经拿到了毒药。她丈夫在巴特利花园一直存了一些啤酒,显然她要是稍微有点儿头脑的话,就应该趁着周围没人的时候把毒药放到其中的一瓶里面。"

梅瑞迪斯·布莱克提出了异议。

"她不能那么干。其他人也有可能喝了啊。"

"是的,还有埃尔莎·格里尔。你是要告诉我,在已经下定决心要谋杀她丈夫以后,卡罗琳·克雷尔还会对同时杀死那个姑娘心存顾忌吗?

"不过我们先别为此争论不休,还是让我们只谈事实吧。卡罗琳·克雷尔说她要给丈夫送一些冰镇啤酒下来。她上去回到屋子里,从存放啤酒的温室里拿了一瓶给他带下去。她还把酒倒好了递给他。

"埃米亚斯·克雷尔一饮而尽,然后说道:'今天所有东西都这么难喝。'

"克雷尔太太又上去回到屋子里。她吃了午饭,表现得一如平常。有人说她看起来有点儿担心,有点儿出神。这对我们没有什么帮助,因为杀人凶手的行为并没有一定的标准。有些杀人犯很冷静,有些则很激动。

"午饭以后她又下去到巴特利花园。她发现她丈夫死了。我们可以说,她做的事很显然是意料之中的。她流露出了悲伤之情,然后让家庭教师去打电话叫医生。而我即将说到的是一个以前不为人知的事实。"他看着威廉姆斯小姐,"你不反对吧?"

威廉姆斯小姐的面色有些苍白,她说:"我并没有要求过你保密。"

波洛平静地叙述了家庭教师看到的那一幕,结果却产生了明显的效果。

埃尔莎·狄提斯汉姆挪动了一下位置,眼睛盯着坐在大椅子中的这个了无生气的小个子女人,以难以置信的口气说道:"你真的看见她这么做了?"

菲利普·布莱克一跃而起。

"那不就结了!"他大叫道,"彻底弄清楚了。"

赫尔克里·波洛温和地看着他,说道:"未必吧。"

安吉拉·沃伦厉声说道:"我不相信。"她迅速地瞥了一眼瘦小的家庭教师,目光中闪出一丝敌意。

梅瑞迪斯·布莱克揪着他的胡子,神情惊愕。只有威廉姆斯小姐不为所动。她坐得笔直,双颊微微泛起红光。

她说:"那正是我所看到的。"

波洛慢条斯理地说道:"当然,这只是你的一面之词……"

"是我的一面之词。"她那双不屈不挠的灰色眼睛迎向波洛的目光,"波洛先生,我还不习惯我所说的话受到怀疑。"

赫尔克里·波洛低下头,说道:"我不是怀疑你说的话,威廉姆斯小姐。你所看见的事情正如你所说,也正是由于你看见了这一幕,我才意识到卡罗琳·克雷尔是无辜的——她不可能有罪。"

那个一脸忧心忡忡的高个子年轻人,约翰·拉特里,第一次开口说话:"波洛先生,我很感兴趣为什么你会这么说。"

波洛转向他。

"没问题,我会告诉你的。威廉姆斯小姐看见了什么?她看见了卡罗琳·克雷尔急切而又小心翼翼地擦掉啤酒瓶子上的指纹,接着又把她死去的丈夫的指纹印在了上面。注意,是印在啤酒瓶上。但毒芹碱是在杯子里的——并非在酒瓶中。警方没有在酒瓶里发现任何毒芹碱的痕迹。酒瓶里从来就没放过毒芹碱,卡罗琳·克雷尔却并不知道。

"这个被认定毒害了她丈夫的人根本不知道她丈夫是怎么被毒死的。她以为毒药是下在酒瓶中的。"

梅瑞迪斯反驳道:"可为什么——"

波洛迅即打断了他的话。

"对,为什么?为什么卡罗琳·克雷尔要如此费尽心机地建立起一套自杀的说法呢?答案必定非常简单。因为她知道是谁毒死了他,她愿意做任何事情——忍受一切——也不愿意让这个人被怀疑。

"现在离终点已经不远了。那个人会是谁呢?她会袒护菲利普·布莱克吗？或者梅瑞迪斯？埃尔莎·格里尔？还是塞西莉亚·威廉姆斯？都不是，只有一个人能让她不惜一切代价去保护。"

他停顿了一下："沃伦小姐，如果你随身带着你姐姐写给你的信，我想把它大声地念出来。"

安吉拉·沃伦说："不行。"

"但是，沃伦小姐——"

安吉拉站起身来，话音响起，冰冷如铁。

"我很清楚你在暗示什么。你不就是想说是我杀了埃米亚斯，而我姐姐知道这件事情吗？对于这个指控我完全否认。"

波洛说："那封信……"

"那封信只是给我一个人看的。"

波洛把目光投向了房间里两个最年轻的人所站的地方。

卡拉·勒马钱特说："求你了，安吉拉姨妈，你不愿意按照波洛先生说的做吗？"

安吉拉·沃伦愤愤地说："你真是的，卡拉！难道你连一点儿脸面都不想要了吗？她可是你妈妈啊——你——"

卡拉的声音清晰而狂热。

"是的，她是我妈妈。也正因为如此，我才有权要求你这么做。我这是在替她说话，我要让波洛先生读这封信。"

安吉拉·沃伦这才缓缓地把信从包里拿出来递给波洛，她恨恨地说："真希望我从来没让你看过。"

接着她背转过身去，望向窗外。

就在赫尔克里·波洛大声念着卡罗琳·克雷尔最后一封信的时候，房间角落里的阴影逐渐浓厚起来。卡拉突然之间产生了一种感觉，仿佛有人正在这间屋子里显形，聆听，呼吸，等待。她想:"她在这儿——我妈妈就在这儿。卡罗琳——卡罗琳·克雷尔就在这间屋子里!"

赫尔克里·波洛读信的声音停了下来。他说:"我想,你们应该都同意这是一封极其不同寻常的信。当然,信写得也很美,但确实不同寻常。因为这里存在着显而易见的疏漏——竟然通篇没有申明自己是清白的。"

安吉拉·沃伦头也不回地说道:"没有那个必要。"

"对,沃伦小姐,没有必要。卡罗琳·克雷尔不需要告诉她的妹妹她是无辜的——因为她认为她妹妹已经知道这个事实了——而且有最好的理由知道。卡罗琳·克雷尔所关心的全部就是去安慰,去打消疑虑,从而避免安吉拉去自首的可能性。她在信中一再重申——不要紧,亲爱的,真的不要紧。"

安吉拉·沃伦说:"你不明白吗?她是希望我幸福快乐,仅此而已。"

"没错,她想让你幸福快乐,这一点再清楚不过了。这是一件她念念不忘的事情。她有个孩子,但她想到的却并不是孩子——那只是后话。不,占据她全部心思,让她罔顾其他一切事情的就是她的妹妹。必须让她的妹妹打消疑虑,鼓励她过自己的生活,要让她幸福快乐,要让她成功。这样想来,代人受过接受错判的重负也就没有那么不可承受了,卡罗琳自己把这归纳成了一句很值得注意的话:'谁欠的债谁就要还。'

"这句话解释了一切。它实际上明显是指卡罗琳多年以来的一块心病。少年时期的她曾经在一阵失控狂怒之下将一个镇纸扔向她的小妹妹,给妹妹留下了终身的伤害,自那以后她便背负起了沉重的心理负担。现在,她终于有机会去偿还她所欠下的债了。说到安慰的话,我可以真诚地告诉你们,我相信在还债之后,卡罗琳·克雷尔确实能够获得从未体验过的内心安宁与平静。由于她相信此举就是还债,因此审判的折磨及最终的定罪对于她来说都已经无关痛痒。这么去说一个已经被定罪的杀人凶手也许有些奇怪——但她的确从中体会到了快乐。是的,这或许超出了你们的想象,而我接下来还会继续说明。

"按照这种解释,再去想想卡罗琳自己的反应,你们就会发现一切都是顺理成章的。让我们从她的角度再来审视一下这一系列的事件。一开始是在头天晚上,当时发生了一件事,这件事迫使她回想起了自己顽劣不羁的少女时代。那就是安吉拉把一个镇纸冲着埃米亚斯·克雷尔砸了过去。要记得,那正是多年之前她做过的事情。安吉拉大吼大叫说希望埃米亚斯死了才好。接着第二天早上,卡罗琳去温室的时候发现安吉拉正在摆弄啤酒。还记得威廉姆斯小姐的话吗?'安吉拉在那儿,她看起来显得很愧疚……'威廉姆斯小姐说这话的意思是指她因为逃学而愧疚,但对于卡罗琳来说,安吉拉那张由于冷不丁被抓到而显露愧疚的脸,却有着截然不同的含义。别忘了,以前安吉拉至少有一次往埃米亚斯的饮料里放过东西。这也许是她很容易就能想到的事情。

"卡罗琳接过了安吉拉给她的这瓶酒,带着它下去到了巴特利花园。在那里她把酒斟满杯子,并且递给了埃米亚斯。而他在一饮而尽之后露出一脸苦相,说了那句意味深长的话:'今天所有东西都这么难喝。'

"卡罗琳当时并没有起疑心——但是当午饭以后她又去巴特利花园的时候,就发现她丈夫已经死了——她知道毫无疑问他是被毒死的。不是她干的,那么,会是谁呢?猛然间,整件事情涌入了她的脑海——安吉拉的威胁;安吉拉的脸贴在啤酒瓶子上,在不经意间被抓到——愧疚……愧疚……愧疚。这个孩子为什么要这么做？作为对埃米亚斯的报复，也许她并不是存心要杀死他，只是想让他生病或者感到不舒服吧？又或者她是为了卡罗琳的缘故才这么做的？难道她是因为意识到了埃米亚斯要抛弃她姐姐而对他感到怨恨？卡罗琳想起了自己在安吉拉这个年纪也是如此桀骜不驯，真是历历在目啊。此时她心里只有一个念头，她怎么才能保护安吉拉？安吉拉拿过那个酒瓶，安吉拉的指纹也会留在上面。她迅速地把酒瓶擦拭得干干净净。要是所有人都能相信这是一起自杀就好了——只要那上面只有埃米亚斯的指纹。于是她试着用他僵硬的手指去握住酒瓶——孤注一掷——同时还得听着有没有人来……

"一旦认可了这种假设，这以后的所有事情就都解释得通了。她自始至终都为安吉拉担忧。她坚持要把她送走，不让她和眼前发生的一切有任何接触。她害怕安吉拉可能会受到警方的过分盘问。最终演变成了她不顾一切地要在审判之前把安吉拉送出英国。因为她一直都担心安吉拉会坚持不住而坦白认罪。"

真相

安吉拉·沃伦慢慢地转过身来。她的眼睛将每一张转向她的面孔——扫过，目光中透出严厉和鄙夷。

她说："你们都是瞎了眼的傻子——所有人都是。你们难道不知道，如果是我干的，我一定会坦白的吗？我永远都不会让卡罗琳因为我所做的事去承受痛苦。永远不会！"

波洛说道："但你确实摆弄过那瓶啤酒。"

"我？摆弄那瓶啤酒？"

波洛转向梅瑞迪斯·布莱克。

"听着,先生。在你的这份记述中提到过,命案发生的那天早上,你听到在你卧室下方的这间屋子里有声音。"

布莱克点点头。

"不过那只是一只猫。"

"你怎么知道那是一只猫呢?"

"我——我也记不得了。但那就是只猫,我非常确定是一只猫。窗户打开的大小也就够一只猫钻进去的。"

"不过它并非固定在那个位置上。它可以被随意推动,因此完全可能被推起来,这样一来一个人也同样可以钻进钻出。"

"没错,但我知道那就是只猫。"

"你没有看见那只猫吧?"

布莱克一脸困惑。他慢吞吞地说道:"没有,我没看见它——"他顿了一下,皱起了眉头,"不过我还是知道。"

"我马上就告诉你为什么你会知道。同时我还要告诉你一件事:那天早上可能有人来过你的房子,在你没看见的情况下进了你的实验室,从架子上拿了一些东西之后就又溜走了。如果是从奥尔德伯里来的,那么这个人不可能是菲利普·布莱克,不可能是埃尔莎·格里尔,不可能是埃米亚斯·克雷尔,也不可能是卡罗琳·克雷尔。我们很清楚这四个人当时在做什么。剩下的就是安吉拉·沃伦和威廉姆斯小姐。威廉姆斯小姐确实来过这边——你出去的时候正好碰见她了。她告诉你她正在找安吉拉。安吉拉一早就去游泳了,但威廉姆斯小姐无论在水里还是在岸边的石头上都没有看见她。她可以很轻易地游到这边来,实际上那天上午晚些时候,当她和菲利普·布莱克一起游泳的时候她也确实游过来了。我认为她游过来以后,上岸来到这所房子,从窗户钻进了实验室,然后从架子上拿走了一些东西。"

安吉拉·沃伦说:"我从来没干过这种事儿——没有——至少——"

"啊!"波洛发出一声胜利般的欢呼,"你已经想起来了。你告诉过我,为了跟埃米亚斯·克雷尔搞恶作剧,你曾经偷拿过一些你称之为'猫食'的东西——你就是这么说的——"

梅瑞迪斯·布莱克脱口而出:"缬草!难怪啊。"

"完全正确。那就是使你心里确信有只猫进过这个房间的原因。你对鼻子极其灵敏。也许你在不知不觉中闻到了那股淡淡的令人不快的缬草气味——而你的潜意识受到了暗示,认为这和'猫'有关系。猫喜欢缬草的味道,它们会到处去找。而缬草的味道极其难吃,也正是由于前一天你的讲述,才使得喜欢恶作剧的安吉拉小姐想到要拿些缬草放到她姐夫的啤酒里,因为她知道他喝东西总是喜欢一饮而尽。"

安吉拉·沃伦惊讶地说道:"真的是那天吗?我清楚地记得我是偷拿过。没错,我也记得我把啤酒拿出来,然后卡罗琳进来了,差点儿抓到我!我当然记得⋯⋯但我从来没有把这件事和那天联系起来过。"

"当然不会有——因为在你心中觉得它们之间并无关联。对你来说这两件事毫不相干。一件事完全和你平时搞的恶作剧一样——而另一件则是事先没有任何预兆的飞来横祸,一下子就让你把心里那些小事都抛到九霄云外去了。但是,我注意到当你提起这些的时候是这样说的:'我偷拿了这个,偷拿了那个,要放到埃米亚斯的饮料里。'却并没有说你真的放了。"

"对,因为我从来都没放过。就在我要拧瓶盖的时候卡罗琳进来了。噢!"她惊呼了一声,"而卡罗琳认为——她认为是我干的!"

她停住了,环顾四周,然后用她一贯的那种冷静语调说道:"我猜,你们也都是这么想的。"

她又停顿了一下,接着说道:"我没有杀埃米亚斯。那既不是我恶作剧的结果,也不是什么其他的。如果是我干的,我绝不会保持沉默。"

威廉姆斯小姐急忙大声说道:"亲爱的,当然不是你干的。"她看着赫尔克里·波洛,"除了傻子,没人会那么想。"

赫尔克里·波洛温和地说:"我不是傻子,而且我也没有那么想。我很清楚是谁杀了埃米亚斯·克雷尔。"

他停了一下。

"在事情还没有被证实之前就盲目接受总是很危险的。我们就来看看奥尔德伯里的情况吧。这种情形屡见不鲜,两个女人和一个男人。我们想当然地认为埃米亚斯·克雷尔打算为了另一个女人而抛下他的妻子。但我现在要告诉你们,他从未想过这么做。

"他以前确实迷恋过很多女人。这些女人在某一段时间可能会令他着迷,但很快就会成为过眼云烟。他爱上的通常都是具有某种共性的女人——那就是她们对他并不寄予太高的期望。但这次这个女人却不一样了。要知道,她还算不上是个女人呢。她就是个小姑娘,用卡罗琳的话来说,她真挚得要命……她也许看起来老于世故,说出话来也头头是道,但在对待爱情问题上却偏执得可怕。由于她自己对埃米亚斯·克雷尔一往情深,于是就认为他对她的感情也是同等的。她毫不怀疑他们之间的激情可以一生不渝。她连问都没问就认为他一定会离开他的妻子。

"你们可能会问,那为什么埃米亚斯·克雷尔没有跟她挑明,从而让她不再抱有幻想呢?我的答案是——那幅画。他想要完成那幅画。

"对有些人来说,这听起来简直不可思议——但对于任何了解艺术家的人来说,却是见怪不怪了。而且我们已经基本上接受了这种说法。现在看来克雷尔和梅瑞迪斯·布莱克之间的谈话也就很容易理解了。克雷尔有些尴尬——他拍拍布莱克的后背,很乐观地向他保证整件事情就要搞定了。要知道,对埃米亚斯·克雷尔来说,所有的事情都很单纯。他正在画一幅画,结果却被两个女人所拖累,这两个女人在他看来争风吃醋又神经兮兮——只是他绝不允许她们中的任何一个去妨碍他完成这幅此生最重要的作品。

"如果他把实情告诉了埃尔莎,这幅画就要泡汤了。或许在最初的那股冲动之下,他确实说过要离开卡罗琳。恋爱中的男人的确会说这样的话。或许他当初也只是放任别人去猜想,就像他后来依然放任别人去猜想一样。他并不在乎埃尔莎心里会有怎样的憧憬,她爱怎么想就怎么想吧,只要能让她再保持安静一两天就大功告成了。

"然后,他就会告诉她实情,告诉她他们之间的关系结束了。他从来都不是个会为此感到良心不安的人。

"我想,他一开始确实努力过,不想和埃尔莎纠缠不清。他警告过她,自己是个什么样的人,但她不肯听,反而还迎上前去,去迎接她的宿命。对于像克雷尔这样的男人来说,女人只是些玩物而已。如果你问他的话,他可能会轻描淡写地回答说埃尔莎还很年轻——她很快就会缓过劲儿来的。这就是埃米亚斯·克雷尔的思维方式。

"事实上，他的妻子才是他唯一在乎的人。他并不特别担心她，她只需要再多忍上几天就好了。对于埃尔莎口无遮拦地把什么事情都说给卡罗琳听，他感到很生气，但他依然很乐观地认为这一切都'没什么了不起'。卡罗琳肯定还会像以前每一次那样原谅他，而埃尔莎呢——埃尔莎也就只能'将就着忍了吧'。对于一个像埃米亚斯·克雷尔这样的男人来说，生活中的问题就是这么简单。

"但我想，在最后那天晚上他真的开始担心了。是为卡罗琳，而不是为埃尔莎。也许他去了她的房间，而她拒绝和他说话。不管怎么样，经过一个不眠之夜，早饭后他把她叫到了一边，把实情一股脑儿地说了出来。他确实迷恋过埃尔莎，不过那都已经是过去的事情了。一等那幅画画完，他就决定不再见她。

"作为回应，卡罗琳·克雷尔气愤地大喊：'你和你那些女人！'你们看，这句话把埃尔莎和其他那些女人，那些已经各走各路的女人们归为一类了。而且她又愤愤不平地加上一句：'哪天我一定要杀了你。'

"她气坏了，对他的冷漠无情，以及他对那个姑娘的残忍深恶痛绝。当菲利普·布莱克在大厅里看见她，并且听见她自言自语嘟囔着说'太残忍了'的时候，她心里想着的其实是埃尔莎。

"而说到克雷尔呢，他从书房走出来，看见埃尔莎和菲利普·布莱克在一起，于是就粗鲁地命令她继续下去摆姿势。他不知道的是，埃尔莎·格里尔刚才就坐在书房的窗户外面，把一切都听得清清楚楚。她后来写给我的那份记录中关于那段对话的内容并不真实。别忘了，那只是她一个人的说法。

"想象一下吧，当她听到事实真相以那样一种残酷的方式说出来的时候，该有多么震惊！

"梅瑞迪斯·布莱克已经告诉我们了,在之前一天的下午,他等卡罗琳从实验室里出来的时候是背对着房间站在门口的。他当时正在和埃尔莎·格里尔说话。那也就意味着她是面向着他的,她可以越过他的肩膀看到卡罗琳正在干什么,看得一清二楚——而且她也是唯一可能做到这一点的人。

"她看见卡罗琳偷拿了毒药。她当时什么都没说,但当她坐在书房窗外的时候她回想起来了。

"埃米亚斯·克雷尔出来的时候,她借口说想要去拿件毛衣,接着就去了卡罗琳·克雷尔的房间找毒药。女人知道女人喜欢把东西藏在什么地方。她找到了装毒药的瓶子,把里面的液体吸到了一个钢笔的墨水囊里,同时非常小心地既没有蹭掉上面的指纹,也没有留下自己的。

"然后她再次下楼来,跟克雷尔一起去了巴特利花园。毫无疑问,她马上就给他倒了些啤酒,而他也一如往常地一饮而尽了。

"与此同时,卡罗琳·克雷尔的心里也是翻江倒海。一看到埃尔莎回屋去(这次是真的去取毛衣了),卡罗琳立即来到巴特利花园找她丈夫谈这件事。他的所作所为令人不齿!令她无法忍受!这对那个姑娘来说简直太残忍太无情了,让人难以置信!而埃米亚斯因为受到了打扰也烦躁起来,说事情已经定下来了——等画一画完,他就会让那姑娘收拾东西走人!'事情已经定下来了——我会让她收拾行李的。我告诉你了。'

"然后他们听见了布莱克兄弟的脚步声,接着卡罗琳走了出来,稍微有些尴尬,嘴里嘟囔着一些关于安吉拉啊,学校啊,还有好多事情要做之类的话,于是两兄弟很自然地就把这些联系起来,认定他们听到的谈话是和安吉拉有关的,而那句'我会让她收拾行李'也就变成了'我会帮她收拾行李'。

"此时埃尔莎手里拿着毛衣,沿着小路走下来,泰然自若,面带微笑,再一次摆好了姿势。

"无疑她已经料定卡罗琳会受到怀疑,因为毒芹碱瓶子会在她的房间里被发现。而现在卡罗琳带了一瓶冰镇啤酒下来,并且给丈夫倒了一杯,这让她觉得自己已经完完全全地胜券在握了。

"埃米亚斯一口喝了个精光,做了副苦相,说道:'今天所有东西都这么难喝。'

"你们还没看出来这句话别有含义吗?所有东西都难喝?说明在喝下这杯啤酒之前他还喝过什么别的难喝的东西,他的嘴里还有余味。此外还有一点,菲利普·布莱克提到克雷尔有点儿跟跟跄跄,还纳闷'他是不是已经喝多了。'其实这轻微的跟跄正是毒芹碱起效的最初表现,那也就意味着,在卡罗琳拿给他冰镇啤酒之前的一段时间,他已经服下了毒芹碱。

"接下来埃尔莎·格里尔继续坐在灰墙之上,一边摆着姿势,一边活泼自然地和埃米亚斯·克雷尔说着话。她必须尽可能地拖延时间,不让他起疑心,直到毒性发作无可挽回。不久她又看见梅瑞迪斯坐在上面的长椅上,于是向他挥挥手。由于他在那里,她必须表演得更加认真严谨了。

"而埃米亚斯·克雷尔,这个痛恨生病且不愿为之屈服的男人,仍然在固执地作画,直到四肢已经不听使唤,话也说不清楚的时候,才无助地瘫倒在长椅上,但此时他的头脑依然是清醒的。

"从屋子那边传来了午饭的铃声,梅瑞迪斯从长椅上站起身,走下来到巴特利花园。我想就在那片刻之间,埃尔莎离开了她坐的地方,跑到桌边,把最后的几滴毒药加进了最后那杯原本清白无辜的啤酒里。(她在回屋的路上把那个滴管处理掉了——把它弄了个粉碎。）然后她在花园门口迎上了梅瑞迪斯。

"刚刚从树荫里走出来的时候总是会有些晃眼。梅瑞迪斯并没有看得很清楚——他只看到他的朋友四肢伸开，躺在那个熟悉的地方，看到他的眼睛从画上移开——用梅瑞迪斯的话来形容就是目露凶光。

"埃米亚斯到底能知道或者猜到多少呢？他的意识中究竟明白了多少我们不得而知，但他的手和他的眼睛是忠实的。"

赫尔克里·波洛指着墙上的那幅画。

"我第一眼看见这幅画的时候就应该知道。因为这是一幅非同凡响的作品。这是一幅被害者为凶手画的像；画的是一个姑娘看着她的爱人在眼前死去……"

余波

伴随着接下来的一片令人毛骨悚然的静寂，太阳渐渐西沉，最后一抹余晖也从坐在窗边的那个围着浅色皮草的黑发女人身上隐去了。

埃尔莎·狄提斯汉姆动了动身体，开口说道："梅瑞迪斯，把他们都带走吧。让我和波洛先生单独待一会儿。"

她坐在那里一动不动，直到房门在他们身后关上。然后她才说道："你很聪明，对吗？"

波洛没有回答。

她说："你期望我会怎么做？认罪吗？"

他摇了摇头。

埃尔莎说："因为我绝对不会那么做！我什么也不会承认。

不过我们两个人在这里说的话并不算数，因为那也只不过是你我的说辞不一致的问题罢了。"

"完全正确。"

"我想知道你打算怎么做。"

赫尔克里·波洛说："我准备尽我所能劝说当局对卡罗琳·克雷尔给予死后赦免。"

埃尔莎放声大笑，说道："太荒唐了吧！为一件没有做过的事得到赦免。"接着她又说道，"那我呢？"

"我会在必要的人面前说出我的结论。如果他们认为有可能以此为据对你立案的话，他们会采取行动的。我可以告诉你，在我看来，这件事情的证据不足——只是一些推断，而非事实。而且，除非他们有充足的理由，否则不会急于起诉任何处于你这样地位的人。"

埃尔莎说："我不在乎。如果我需要站在被告席上，为我的生命去做抗争，那可能是件很有意思，很令人激动的事情。我应该会享受这个过程。"

"但你丈夫不会的。"

她瞪着他。

"你觉得我会在乎我丈夫怎么想吗？哪怕一点点？"

"不，我不这么认为。我觉得你这辈子从来没有在乎过其他人怎么想。如果你在乎过，你也许会比现在更幸福。"

她尖刻地说："你怎么会为我感到难过？"

"因为，我的孩子，你有太多东西要学了。"

"有什么我非得学的？"

"所有成年人的情感——怜悯、同情、理解。你向来知道的只是——爱和恨。"

埃尔莎说:"我看见卡罗琳拿了毒芹碱。我认为她是想要自杀,那样的话事情就简单了。然后,在第二天早上,我得知了真相。他告诉她,其实他对我一点儿都不在意——他曾经喜欢过我,但那都已经过去了。他一完成那幅画就会打发我去收拾东西。他说,她没有什么好担心的。

"而她呢,为我感到难过……你能理解那对我产生了怎样的影响吗?我找到了毒药,给他喝下去,然后坐在那儿看着他死去。我从未觉得自己那么活力焕发,那么欢欣鼓舞,那么充满力量。我看着他死去……"

她用力地挥挥手。

"我不知道的是,那其实是在杀死我自己——而不是他。后来我看见她落入了圈套,但那也无济于事。我伤害不了她——她根本不在意——有一半的时间她看上去都心不在焉的——她已经从这件事中抽身而去了。她和埃米亚斯两个人都逃开了,他们去了一个我无法找到他们的地方。但他们没有死,死的人是我。"

埃尔莎·狄提斯汉姆站起身来,走向房间门口,口中再次说道:"死的是我……"

在大厅里,她从两个即将开始共同生活的年轻人身边走过。

司机为她打开了车门。狄提斯汉姆夫人坐进车里,司机替她将毛皮毯子围在了膝上。

Five Little Pigs
Copyright © 1942 Agatha Christie Limited. All rights reserved.
Letter for Chinese Reader, New Star Edition by Mathew Prichard © 2013 Mathew Prichard.
Translation © 2023 arranged by New Star Press, Agatha Christie Limited. All rights reserved.
www.agathachristie.com
The Poirot icon is a trademark, and AGATHA CHRISTIE, POIROT, *Agatha Christie*® and the AC Monogram Logo are registered trade marks of Agatha Christie Limited in the UK and elsewhere. All rights reserved.
Published by agreement with ACL.
Simplified Chinese edition copyright: 2023 New Star Press Co., Ltd.

图书在版编目（CIP）数据

五只小猪 /（英）阿加莎·克里斯蒂著；周力译 . —— 北京：新星出版社，2023.6
（阿加莎·克里斯蒂侦探小说全集：精装典藏版）
ISBN 978-7-5133-4914-7

Ⅰ . ①五… Ⅱ . ①阿… ②周… Ⅲ . ①侦探小说－英国－现代 Ⅳ . ① I561.45

中国国家版本馆 CIP 数据核字 (2023) 第 054538 号